TERCERA EDICIÓN

CRUDOS
SUCIOS
SANGRIENTOS

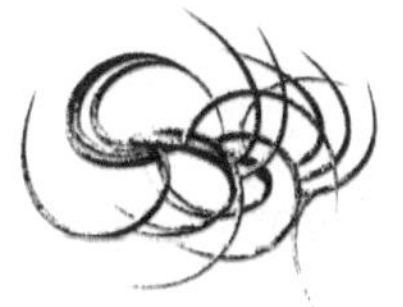

Cristina Selva
Antonio Marcelo Beltrán

índice

Prólogo

Crudos, sucios, sangrientos es un libro de relatos que nació por mera casualidad. Antonio Marcelo Beltrán y Cristina Selva mantienen desde hace años una relación mitad de amistad, mitad profesional, que les lleva a conversar a menudo de su pasión desbordada por la escritura, entre otras cosas. Ambos, además de sus trabajos como periodistas y sus familias, dedican gran parte de su ocio a la creación de mundos paralelos por medio de la escritura.

Con el tiempo se percataron de que los dos poseían esa parte oscura capaz de crear historias perversas, disparatadas y desagradables pero imaginativas y muy potentes. No tardaron en ponerse de acuerdo para recopilar algunos de sus cuentos más impactantes, los más crudos, más sucios y más sangrientos, y crear otros nuevos del mismo estilo. Una aventura que ha durado alrededor de un año y que ha dado como resultado esta compilación de narraciones sorprendentes y terroríficas, nada aptas para lectores sensibles.

En este libro conviven alienígenas, vampiros, asesinos, locos, sicarios, psicópatas, fantasmas... y, en general, personajes muy poco recomendables de almas retorcidas y oscuras; además de sucesos paranormales y paranormales. Crimen, sexo, miedo, violencia, vísceras y sangre, mucha sangre... Aún estás a tiempo de dejarlo sobre la mesilla para no volver a cogerlo jamás; pero si comienzas a leerlo, cuidado; porque puede que te atrape.

Los autores han querido que en esta andadura les acompañe su amiga y maestra Ángela Ruiz, una escritora y periodista lorquina, referente del Periodismo y gran defensora de la igualdad. Antes de dejarnos, este mismo año, se dedicó a hacer volar su imaginación para plasmar en papel historias muy sugerentes. La inclusión de uno de sus cuentos es un pequeño homenaje a esta gran mujer que siempre permanecerá en la memoria colectiva.

Por cierto; en el último momento, para evitar querellas, amenazas de muerte, visitas de sicarios y apariciones de ultratumba, los autores optaron por retirar sus firmas de cada cuento individual y retar al lector a desenmascararlos. De manera que, si logras adivinar de quién es cada uno de los relatos... tendrás tu merecido, como se expone al final del libro.

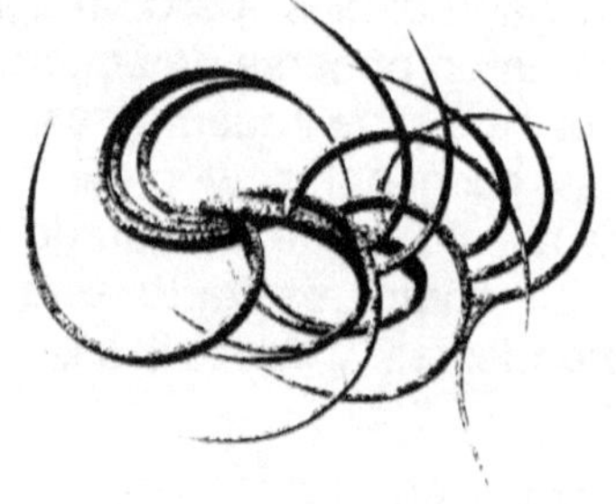

Siete nueves (Deathclock)

Si cierro los ojos puedo recordar la Vía Magna abarrotada de gente; gente hacinada, codo con codo, peleándose por un espacio de acera, invadiendo los seis carriles cortados al tráfico de manera excepcional. Había gente subida a las farolas, gente trepando como mandriles a las ramas de los tilos centenarios, gente que había pagado miles de euros por el privilegio de un lugar en el balcón de los pastosos cuyas mansiones daban a la calle, la más prestigiosa de la ciudad. El monitor de la sala de espera mostraba una pequeña fracción de toda aquella muchedumbre, nos permitía ver el espectáculo cómodamente sentados, interesados y eufóricos a pesar de todo; el cámara se volvía loco para abarcar toda aquella manada que reía, aplaudía, daba gritos de impaciencia, se metía mano y respiraba una y otra vez el mismo aliento colectivo; todos mirando hacia un mismo punto: un inmenso panel con números rojos que cambiaban constantemente; y cada número era un muerto.

El panel estaba ubicado en el edificio más emblemático de la capital; emblema sobre emblema, ya que él mismo, con sus toscos números dibujados con un sinfín de bombillas led, había acabado convirtiéndose en uno de los monumentos de la ciudad. Ahora protagonizaba desde camisetas hasta botellas de alcohol, desde condones hasta imanes de nevera. Y en su centro un rectángulo negro ominoso con siete números en rojo y en la parte superior, trazadas en grandes letras también rojas, una palabra: *DeathClock*.

DeathClock: el Reloj de las Muertes Violentas.

Si cierro los ojos veo cómo se mueven los números. Siempre hacia adelante: la Muerte jamás suelta una pieza. Atracos a mano armada con un disparo final, mujeres violadas y estranguladas entre la basura de un callejón, bebés que reciben la última paliza doméstica, accidentes de tráfico, desdichados que se ahorcan en la soledad de su habitación a oscuras...

Números, números, números. En la planta cincuenta del rascacielos, a un par de metros de distancia de la parte inferior del cartel, el informático jefe sudaba la gota gorda mientras comprobaba que todos los programas funcionasen correctamente. Hacía menos de un mes que su propio padre había tenido su minuto de gloria en el contador del reloj pero ahí estaba ahora él, sonriendo con satisfacción mientras comprobaba una por una las bombillas del panel de las centenas. Una semana más tarde se iba a convertir en el muerto 1.000.235, lo maté yo mismo, pero eso, como es natural, él no podía saberlo. A su lado estaba el viudo de la mujer 733.498, repasando con parsimonia los sensores del panel número siete, el de las unidades de millón, que según las previsiones de estadísticos, policías y sociólogos se iba a encender aquella misma tarde, en algún momento entre las siete y las diez de la noche, dependiendo de la cantidad de lluvia que cayera en las carreteras del Norte y de los litros de alcohol que los veraneantes de las playas del Sur fueran capaces de beber.

Las siete cifras cambiaban, siguen cambiando hoy, velozmente. El panel de las unidades a veces parpadeaba y se comía algunos números cuando había varias víctimas que se disputaban la preferencia.

808.102... 808.105: un hombre se salta un stop mientras va con su familia a pasar el día en la playa.

909.234... 909.238: un policía de baja por depresión entra borracho en un bar y dice que esa ronda la paga él.

947.015... 947.054: al conductor de un autobús escolar le llama su mujer al móvil para preguntarle qué va a querer para comer.

Números, números, números. Si cierro los ojos, los sigo viendo. Y oyendo.

Hace dos meses, el Reloj de las Muertes Violentas —el DeathClock— llegó a los 990.000. Una cifra en el fondo arbitraria, un punto de partida tomado desde el momento en que el Presidente en funciones le dio al interruptor del gigantesco reclamo publicitario instalado en plena Vía Magna por una de las empresas de refrescos más importantes del planeta. Pero ahí está la magia de los símbolos.

Los telediarios de todo el país se hicieron eco del momento en que se encendió el quinto panel, indicando la muerte violenta número 10.000; una chica murciana que se mató al caerse dentro de una tumba mientras su novio se la estaba follando en un cementerio.

El encendido del sexto número fue retransmitido por *streaming* a lo largo y ancho de todo el planeta.

El DeathClock nació para concienciar a la sociedad de la necesidad de prevenir determinadas actitudes, aunque luego, de manera insensible, se fue convirtiendo en un pasatiempo inofensivo. Más allá del morbo que atrae a esas masas que se solazan viendo el juego de las bombillas, sus números se han convertido en un factor capaz de atraer o repeler inversores. Se miden intervalos idénticos de tiempo, se calcula la diferencia de población y se concreta cuáles son los relojes más rápidos y en qué países las muertes violentas avanzan con más morigeración.

Hace unas semanas, el panel llegó a los 999.000. Novecientas noventa y nueve mil muertes violentas en un solo país, desde el cambio de siglo y de milenio. Si lo pensáramos así nos resultaría insoportable y nos haría daño al alma, pero reducido a cifras que bailan no es más que un récord Guinness; un motivo de alegría, algo para romper la monotonía.

Con la aparición de los tres nueves la gente empezó a barruntar la cercanía del millón. Hubo estudios estadísticos, tertulias con audiencia ésta sí millonaria, que llegaron a la conclusión de que la cifra mágica se iba a alcanzar antes de finales del mes de febrero. Las multinacionales empezaron a contratar sus spots publicitarios en todas las televisiones, previendo un pico increíble de audiencia y por tanto una subida de tarifas. Las cadenas más poderosas ocuparon las aceras con sus unidades móviles y alquilaron balcones a precios desorbitados. Los principales *youtubers* instalaron sus *webcams* en postes y fachadas, y algunos contrataron guardias de seguridad para asegurarse de que no eran saboteadas por las estrellas que les hacían competencia.

La primera semana de febrero, decenas de jóvenes acamparon al comienzo de la Vía Magna, en la explanada gigantesca del Edificio Divofatis, y se dedicaron a sacarse fotos y charlar de sus experiencias en las redes sociales. Algunos, los más clásicos, encontraron tiempo para beber, fumar, jugar a las cartas y follar, mientras a varios centenares de metros, presidiendo el horizonte urbano, el gigantesco DeathClock seguía moviendo los números.

La siguiente semana apareció el cuarto nueve en el panel: 999.900, o, como todos sabemos, la Taxista. La gente de a pie, los periodistas, incluso algún político campechano, llevan mucho tiempo llamando de esa forma a la terminación 900, porque el muerto número 715.900 fue una mujer taxista que murió apuñalada en Barcelona. Por eso aquella cifra fue saludada con un coro alegre de bocinas por todos los conductores que circulaban por la Vía Magna. Algunos taxistas pararon los coches y permanecieron cruzados de brazos, el semblante serio, entre los gritos de los viandantes, hasta que la Taxista fue relevada por el austero y anónimo 901.

Por similares razones se llama el Pizzero a la terminación 878, el Ciego a la 4.567, la Morita al 112 y los Niños de las Quebrás a las 347 y 348; el siete es el niño y el ocho la niña, su hermanita, por los designios inescrutables de la inteligencia colectiva.

La Taxista marcó el principio de la fiesta para millones de ciudadanos; para muchos también fue el principio de su propio fin, pero no nos adelantemos a los acontecimientos.

Aquellos días, la afluencia de visitantes a la ciudad se multiplicó por un millón. Hoteles y pensiones hicieron su agosto en el mes de febrero. Los autocares con turistas nacionales y extranjeros vomitaban sin cesar su carga de ciudadanos ávidos de alegrías y emociones.

A mediodía del 27 de febrero aparecieron los Patitos, el 999.922. Decenas de miles de personas empezaron a abrir y cerrar las manos en pinza, gritando *¡Cua, cua!* Un adelantamiento en un cambio de rasante en una de las carreteras de la huerta de Lorca, en el que murió un niño de diez años, de la misma edad que mi hija. Dos horas más tarde, los más devotos estaban rezando un padrenuestro rememorando la edad de Cristo, entre las risas disimuladas de los demás.

El día 28, por la tarde, en un pueblo de Sevilla un cincuentón amargado y violento mató a su esposa de un martillazo en la cabeza, dando fin a quince años de tortura, y luego se arrojó él mismo por el balcón; el contador saltó de los 999.968 a los 999.970 y privó a la gente del ataque de locura colectiva que siempre acompaña a la mención del 69. El chasco no impidió que varios estudiantes de una escuela de Arte Dramático venidos ex profeso desde Cataluña se desnudasen en plena Vía Magna a pesar del frío y escenificasen la cifra ante una multitud de morbosos, hasta que fueron detenidos por una patrulla de la policía.

Ya de noche un grupo de jubilados aragoneses repartió cartones de cigarrillos entre la multitud para saludar la llegada del 978, el antiguo prefijo de los teléfonos de Teruel. Una manera distendida de reivindicar que Teruel también existe.

Casualmente el muerto número 999.978 fue un adolescente de Zaragoza que se tiró desde lo alto de un puente harto de sufrir acoso escolar; pero eso la audiencia jamás llegó a saberlo, y fueron muy pocos los que llegaron a atar cabos. Ya he explicado que las cifras del DeathClock no tienen nombre ni apellidos. Cuando están en presencia de una muerte violenta, y obedeciendo a una ley que se dictó un mes después de ponerse en marcha el reloj, los médicos forenses pulsan el botón de un pequeño busca que llevan enganchado a sus cinturones, una sola pulsación por cada muerto violento, y luego los datos se contrastan en la Central del Reloj, en el propio rascacielos que acoge al DeathClock; pero nadie puede saber, exactamente, a quién corresponde cada uno de los parpadeos de los paneles de bombillas.

Tener ese conocimiento podría volvernos locos.

Como iba diciendo, el prefijo de Teruel apareció la noche del día 28. Ya de madrugada uno de los miles de congregados, un anciano que llevaba más de veinte horas de pie en la plaza, con el cuello mirando hacia el Reloj, feliz por estar rodeado de tanta gente, sintió un extraño dolor en el pecho mientras saludaba al 988 coreando los gritos de *¡cho-cho!* y fue retirado en camilla mientras se esforzaba por ver aparecer su propio número en el panel.

El 999.990 apareció a las ocho en punto de la mañana del día 29 de febrero. El frenesí de las masas despertó a los vecinos en varias manzanas a la redonda e hizo que más de un conductor dejase olvidado su vehículo en plena calle, para acercarse corriendo a ver el prodigio.

Las bombillas de la unidad de millón se estaban preparando para ponerse a trabajar.

El informático jefe le rezaba a todos los dioses de Internet.

El televisor de la sala de urgencias hizo un zoom hasta encuadrar los siete paneles, en una toma que ya no iba a modificar.

Todas las cadenas de televisión conectaron en directo; las páginas de Internet empezaron a parpadear; hubo millones de mensajes a los teléfonos móviles y la Bolsa subió más de tres puntos.

Serios y solemnes en sus despachos, los políticos se ajustaron las corbatas o se compusieron el maquillaje, y le echaron un último vistazo a sus discursos. El partido de la oposición tenía que lamentar profundamente la llegada del muerto violento número un millón, fruto de la manifiesta incapacidad del Gobierno en funciones a la hora de atajar la delincuencia. Por su parte, el partido en el poder iba a comparar las cien mil muertes ocurridas durante lo que llevaban de legislatura con las más de doscientas mil que se habían producido, en idéntico período de tiempo, durante el mandato del partido de la oposición.

A las nueve menos diez de la mañana apareció el 991. Dos minutos más tarde apareció el 992, y de inmediato el 993. Un día duro en las carreteras del país.

El 994 no llegó hasta las nueve y siete minutos, para consternación de las cadenas de televisión, que pagaban muchísimo dinero por cada segundo de conexión vía satélite. Afortunadamente para ellas, del 994 se pasó casi al instante al 995 por el vuelco de un toro mecánico en una fábrica de palets de Pontevedra.

El posible salto del 999 al 001, sin pasar previamente por la cifra redonda del millón, había sido previsto meses antes por el equipo de informáticos, que habían introducido en el disco duro del reloj un retardo que congelaría el marcador durante varios minutos en el momento adecuado.

También estaba previsto que, al llegar a la cifra deseada, en el extremo inferior del DeathClock se iluminaría la marca de una compañía de seguros de vida, que había pagado por aquel privilegio una cifra que también tenía seis ceros.

Los aplausos con que la multitud recibió al 996 se convirtieron en auténticos aullidos unos minutos más tarde, cuando apareció el 997. El 998 salió cerca de las diez menos cuarto de la mañana, momento en el que se hizo una pausa en todas las escuelas, los edificios públicos, las oficinas e incluso en las cadenas de montaje. El país entero se paralizó y quedó expectante, ansioso de vivir un momento mágico e irrepetible.

A las diez en punto, el Reloj de las Muertes Violentas, el DeathClock, aquel monstruo de ojos llenos de sangre, mostró su rostro capicúa: 999.999.

La muchedumbre mantuvo la mirada fija en los seis nueves. Todos quedaron en silencio, sin atreverse siquiera a pestañear. Fueron las diez y cinco, luego las diez y cuarto, y los paneles permanecieron inmóviles.

La gente empezó a impacientarse. A las diez y veinte, el informático jefe comprobó, tembloroso, que todos los sensores funcionaban correctamente, pero a las diez y veintidós minutos Wall Street anunció una ligera bajada de las acciones de la empresa que había fabricado el reloj.

La leyenda afirma que en aquel momento hubo un determinado ministro que le sugirió a gritos a uno de sus chupatintas que le pidiera la pistola al policía más cercano y se sacrificara él, o sacrificara a alguien, por la causa...

Pero en aquel momento, exactamente a las diez y veintitrés minutos de la mañana, el doctor Liñero entró en la sala de urgencias, nos metió en un despacho a Marina y a mí y nos dijo en voz muy baja que nuestra niña no había superado el atropello.

Instantes después, los televisores del hospital retransmitieron el cambio de números del marcador. Y yo vi todas las caras, escuché vuestros gritos de alegría salvaje e irracional.

Incluso don Juan Liñero sonrió sin darse cuenta...

Claro que aquella misma semana, cuando por fin fui capaz de reaccionar, el médico subió al panel del reloj convertido en un 107.

Y en cuanto a todos vosotros, lo único que sé es que, hasta que me encuentren, voy a hacer todo lo posible para que ese flamante número 1 del millón que tanto me recuerda a mi hija se convierta cuanto antes en un 2. Y luego, si me dejan, en un 3.

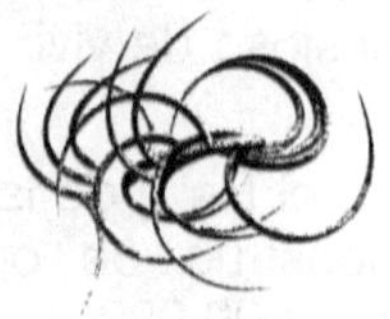

Henchida de amor

Carolina estaba enamorada de Romualdo, lo estuvo desde el primer momento en que lo vio. Era un hombre descuidado y brusco, sucio, nada tierno, parco en palabras; de hecho no lograba explicarse por qué sentía hacia él aquella pasión desbordante y desesperada.

Su único objeto en la vida era él, no había nada más en toda la existencia de Carolina que el amor que le profesaba a Romualdo. Se entregaba como y cuantas veces él la requería y sólo le importaban los momentos que sucedían a su lado, el resto no era nada, sólo oscuridad.

Romualdo la había salvado de la desesperación y la desidia, del abandono. Sin embargo, Carolina sabía que no era ésa la razón por la cual había depositado todas sus esperanzas en aquella relación.

Su vida giraba alrededor de los pocos instantes que compartían. Combatía la soledad con los recuerdos de sus esporádicos encuentros amorosos, escasos pero repletos de ardor.

Al principio los largos períodos en los que no mantenían apenas contacto le dolían como le dañaban sus silencios, sus desprecios y su brusquedad; llegó incluso a plantearse si realmente le merecían la pena aquellos sinsabores continuos. Pero su corazón batía con fuerza cada vez que pensaba en él, cada vez que lo añoraba, y sabía que la relación, aunque tormentosa, merecía la pena. Luego fue acostumbrándose a los aspectos más cotidianos y desagradables de su amante.

Sólo le dirigía la palabra en la cama, pero a ella ya no le importaba tanto, al principio sí, pero luego ya no. Carolina disfrutaba de sus encuentros sexuales casi tanto o más que él; aquel tigre le ofrecía unos orgasmos brutales. Cuanto más fuerte la embestía, más placer le causaba y más lo amaba.

Se lo perdonaba todo, su brusquedad, su parquedad, sus palabras altisonantes, sus golpes, sus desprecios y sus insultos. Hasta le perdonaba aquellas veces, las menos, que traía a otras mujeres, generalmente gordas y rozando la ancianidad, mal vestidas, descaradas y pintadas como putas, y se las follaba a lo perro con jadeos hoscos mientras ella lo veía todo, escondida en el cuartucho. Luego les pagaba dos duros y las echaba a la calle con su habitual falta de educación mientras se volvía a enganchar a la botella de whisky barato y la besaba con más delicadeza que a sus visitantes y que a ella misma. Aquello le dolía, pero se lo perdonaba como se lo perdonaba todo.

Le perdonaba que no cuidara su higiene, ni su propia salud. Le perdonaba que malcomiera y que no la esperara, le perdonaba su silencio y su olvido. Porque Carolina era la gran olvidada, la mujer invisible, un objeto en desuso. Si bien Carolina siempre lo esperaba con el pecho repleto de esperanza; sabía que tenía que ser paciente, él volvería a ella tarde o temprano.

No eran nada el uno del otro, ni novios, ni esposos, ni siquiera amigos. Fueron amantes habituales pero de eso ya había pasado mucho tiempo. Hacía más de un año que él ya no se acordaba de ella, ni le hablaba ni le hacía el amor a pesar de la insistencia de Carolina y de sus armas femeninas.

Lo miraba con ojos lánguidos y hartos de deseo pero él nunca se daba por aludido, la ignoraba mientras se masturbaba con la película porno del canal comunitario y se rociaba de whisky por dentro y por fuera.

Carolina lloraba, cierto, pero, ¿qué iba a hacer si lo amaba a pesar de todo? A pesar de ella. A pesar de él mismo.

En cierta ocasión, después de mucho tiempo, tras haber perdido prácticamente la esperanza, Carolina volvió a hincharse de amor y de consuelo. Romualdo no le habló, tampoco importaba. Le agarró la cabeza con sus manos rudas que olían a suciedad y a tiempo perdido y le introdujo su miembro palpitante por la boca con rudeza. A otra mujer le habría desagradado, pero a Carolina no, ella floreció de alegría y se abrió a él por completo.

Cuando se cansó de la caricia de sus labios le abrió las piernas y, lubricándola con aceite de cocina, le hizo el amor sobre el sofá y entre los restos de comida de la tapicería al ritmo de sus palabras roncas:

–Toma, puta, toma, toma, toma.

Carolina miraba a los ojos a Romualdo perdidamente enamorada. Él, por el contrario, siempre los cerraba.

El amor la inundó por dentro al tiempo que él gruñía como un oso derramándose en su interior. Carolina tuvo el orgasmo más intenso, duradero y jadeante jamás sentido por una mujer. Sus espasmos la hacían bailar aún bajo el cuerpo pesado de él; sus gemidos eran tan hondos que no podía cerrar la boca de placer; sentía todavía los latidos de él en su pecho y los suyos propios en las sienes, suspiró largamente y creyó desinflarse. De hecho se desinfló bajo Romualdo.

Al poco, él se levantó, la enrolló por los pies sin mucho cuidado y la guardó en el cajón. Los ojos pintados en el plástico de la muñeca Carolina seguían abiertos, y su boca, aún con una mueca extraña, mostraba una gran sonrisa de amor.

La autopsia de la araña

Cuando al teniente Eleuterio Ramírez le sonó el teléfono a las dos de la madrugada se cagó en todo lo que se meneaba. Encima era la siesa de Adoración Ansón, una cuarentona malfollada, adicta al trabajo, que echaba decenas de horas extra con tal de no ver cómo su marido se la pelaba en el baño. Fue ella la que le anunció con su voz de graja que unos campesinos de la zona norte habían encontrado el cadáver de un animal muy raro.

–Joder, Ansón, me cago en la puta.

–Lo siento, jefe, pero esto parece una cosa seria. Según Segado esto no debería trascender.

–Segado sigue sin salir del cascarón, cago en la puta.

–Va con Andechaga. Opina lo mismo.

–¿Y los campesinos?

–Retenidos, pero no podrá ser por mucho tiempo.

–¡Tendrá que ser el tiempo que sea necesario! ¡Cago en la...! ¿Dónde has dicho que lo han encontrado?

–En La Rabia, en el macizo boscoso que hay en el meandro de El Capitán.

–¡Hay que joderse! Mándame las coordenadas, voy para allá –lo pensó mejor antes de colgar y le preguntó–: ¿por qué me llamas tú y no Chaneiro?

–Mi teniente, se ha perdido un crío y está él con eso. Además, ya sabe cómo es Chaneiro... –dudó si seguir por ese camino.

Un hijo de puta de mucho cuidado, pensó Eleuterio; pero no lo dijo.

–Gracias, Dori.

–De nada, mi teniente.

Se tomó un café denso y amargo, sin azúcar, que llevaba hecho ya cuatro días y cuyos posos comenzaban a solidificarse en el fondo de la taza de la cafetera. Se encendió un ducados y la primera bocanada le entró en el pecho tan fuerte que le arrancó un ataque de espesa tos mucosa. Comenzó a ponerse los pantalones del uniforme antes de haberse terminado el cigarrillo, apuró la boquilla y casi se chamuscó el bigote que se le metía ya a mitad de labio; hoy tampoco podría recortarse la barba. Se puso las botas de montaña con los calcetines grisáceos y hechos un gurruño que había dentro.

Del trayecto del pabellón al todoterreno verde militar se le atravesó un gato negro, pequeño, de ojos amarillos; cruzó los dedos. Mal agüero, aquello no pintaba nada bien. Además, unas afiladas gotas de lluvia ligera se depositaron en el pelo y la barba abundantes del teniente. ¿Es que en esta puta tierra húmeda no dejaba nunca de llover? ¿Quién le mandaría coger este destino de mierda con lo bien que estaba el Sur, interceptando a los putos negritos en sus pateras...?

Al sentarse en el asiento notó un escozor en el ano que le hizo fruncir aún más el ceño. La noche anterior se había hecho un par de chorizos picantes a la plancha con pan de leña. Todo placer tiene su penitencia.

De camino llamó a Andechaga, un agente experto, cerca ya de jubilarse, que seguía haciendo calle porque decía que si lo metían en una oficina lo mataban. Estaba gordo, y si el asunto no era muy importante se mostraba desganado, de vuelta de todo. Sin embargo, si la cosa era seria trabajaba como el mejor guardia civil que Ramírez había conocido nunca. Lo llamó.

—A la orden, mi teniente. Esto tiene que verlo, joder, esto no es de por aquí. Es lo más raro que me he encontrado en las cuatro décadas de profesión que llevo a mis espaldas.

—Pero algo me podrás decir, Andechaga, por tu puta madre, ¿es un cadáver de qué?

—Ésa es la historia, mi teniente, que no tenemos claro de qué.

—¿Estado de descomposición?

—Por el olor que desprende diría que está medio podrido, pero de aspecto parece recién muerto. Tiene la piel marrón, muy gruesa, como el cuero. Es como un mono gigante, hinchado y pelado.

–¿No será el cadáver de un hombre ahogado?

–Que no, joder, que no, que de ésos he visto a cientos; es... otra cosa.

–No me vengas con cuentos, Andechaga, que no llevo ni dos horas dormidas hoy; pásame a Segado.

–¿Sí, mi teniente? –respondió con voz cantarina y dispuesta el agente bisoño.

–¿Qué coño es lo que tenéis allí?

–Es un puto marciano, mi teniente. Un humanoide marrón sin nariz que parece una mezcla de patata asada a la brasa y cucaracha.

A punto estuvo Eleuterio Ramírez de salirse del camino de tierra húmeda y estamparse contra un árbol. Ante la barbaridad que acababa de escuchar decidió colgarle el teléfono a ese par de mamones y comprobar él mismo qué cojones era el bicho muerto.

Luego suspiró y volvió a marcar el teléfono de Andechaga.

–Andechaga, retén a quienes lo encontraron hasta que yo llegue.

–Sí, mi teniente, descuide. Un hombre tiene que hacer lo que un hombre tiene que hacer.

Eleuterio colgó de nuevo sin despedirse; esa frasecita de Andechaga le tocaba los cojones, la usaba para todo como si con ella justificara las diversas labores impagables que un guardia civil tenía que llevar a cabo prácticamente a diario. Se ajustó las gafas de pasta antiguas y pisó el acelerador. En veinte minutos había llegado al lugar del suceso. Cuando lo destapó se le cuajó por un momento el pensamiento en el cerebro. Se agachó, se levantó las gafas y se las volvió a poner para mirarlo mejor. Le quitó la linterna a Segado y se acercó aún más. ¿Qué coño era esto? En su vida, ni siquiera en el cine, se había topado con un ser tan desagradable como aquél. Estaba recién muerto, de eso no había duda, por la turgencia de la piel y el aspecto de las mucosas, pero ese desagradable olor a infierno le estaba dando náuseas. Náuseas a él, que había trasteado cadáveres con más de un mes en el agua. Había que joderse.

Se quedó pensativo, por primera vez en toda su carrera no tenía claro cómo hacer aquella llamada, pero el coronel estaba desvelado y había visto el aviso por SMS; las órdenes eran claras: *Que Ramírez me llame en cuanto llegue allí*, le había indicado Dori. Se encendió un cigarrillo, y, cuando se le llenaron los pulmones de humo y de valor, marcó.

–Sí, Ramírez –se escuchó una voz clara al otro lado del teléfono–; ¿qué ha sucedido?

–Mi coronel... hemos encontrado un... un animal muy raro... si no pensara que eso es imposible, la verdad, le diría directamente que es una criatura extraterrestre.

–¿Vivo o muerto? –preguntó su superior sin el más mínimo atisbo de duda.

–Muerto, mi coronel. Pero peinaremos la zona por si encontramos algo más.

–De acuerdo, teniente. Voy a informar al ministerio. Ni que decir tiene que esto es confidencial. No quiero ni una filtración, ¿está claro? Que lo tengan muy presente sus hombres.

–Descuide, mi coronel.

–Manténgame informado de cualquier novedad. Le llamo en cuanto tenga respuesta del ministro.

Ramírez se quedó muy confuso por la falta de extrañeza que había mostrado el coronel. Le había dicho que tenía un marciano de los cojones muerto... y como si le hubiera comentado que había desaparecido un niño. Tenía cojones la cosa.

Después de tres horas de espera la pestilencia que desprendía aquel cuerpo no se hizo más respirable, más bien todo lo contrario. Las gargantas comenzaban a quemarles como si estuvieran respirando gas de amoníaco. La cajetilla y media que se fumaron entre Andechaga y él no ayudó mucho a apaciguar las toses. Además, le picaba el culo a rabiar y sabía que si se rascaba era aún peor.

–¿Por qué coño no están aquí el forense y alguien de Policía Judicial para el levantamiento del cadáver?

–Está de guardia Nieto, mi teniente –contestó Andechaga–, pero un colgado se ha bajado del tren nocturno antes de tiempo y están allí. Además, como no estaba claro que esto fuera una persona...

–No, joder, una persona no es, pero no nos vendría mal alguien que pudiera explicar algunas cosas.

–Vendrán cuando acaben con lo del tren. La zona de San Vicente de la Barquera es muy extensa, ya sabe, mi teniente... faltan hombres en el Cuerpo.

Al cabo vieron en el lindero del bosque unos focos potentes que se acercaban con rapidez. De los tres todoterrenos de ruedas gigantescas, motores rugientes y carrocerías abrumadoras se bajaron cinco tipos con trajes de aislamiento especiales para los escapes de gas o las epidemias. Eran militares enviados directamente por el ministro para recoger el cadáver y trasladarlo a la unidad forense del hospital universitario. Aunque se pusieron a las órdenes del teniente, poco tenía que hacer él con un mandato directo del ministro... excepto asentir a todo lo que dijeran aquellos hombres que parecían saber lo que hacían más que él.

De nuevo una llamada de la graja le despertó de su pequeña siesta en la antesala fría del Anatómico Forense:

–Teniente, ha pasado otra cosa importante.

–Sin rodeos, Dori.

–Ha desaparecido un niño.

–Imagino que ya está al corriente el sargento Chaneiro; si no recuerdo mal, está de guardia... ¿o se está tocando los huevos y por eso no me llama él directamente?

–Sí, mi teniente, está con ello, sólo que... me ha dicho que le avise.

–Me cago en la puta de los cojones de Chaneiro, le voy a meter por el culo todos mis galones, a ver si así dejan de atragantársele.

–Eleuterio, por favor...

–Perdona, Dori, es que no he dormido nada y ...

El doctor Juan Liñero, médico y veterinario forense, una

eminencia en la profesión y en los Cuerpos y Fuerzas de Seguridad del Estado, llegó con cara de sueño pero con ojillos aviesos ante la urgencia con que le habían llamado sin terminar de darle explicaciones

–Ahora te llamo, Dori.

–Pero... –la agente Adoración Ansón se quedó con la protesta en la boca y un pitido recurrente en el oído.

Eleuterio ya había colgado para recibir al forense.

–Doctor –se dieron un cálido y fuerte apretón de manos que acompañaron con un toque cada uno en la espalda del otro.

–Dígame, teniente, ¿qué tenemos? Me han dicho que es de extrema urgencia –preguntó, levantándose las gafas y mostrando sus ojos vidriosos.

–Un... –le costaba todavía decir la palabra–; un... extraterrestre.

El doctor soltó una carcajada.

–Desde luego, Eleuterio, cualquiera diría que tiene sentido del humor con esa cara de vinagre –dijo entre risas limpiándose las gafas con la bata de médico–. En serio, que no me he levantado a las tres y media de la mañana para gilipolleces de guardia civil.

–Cago en la puta, Juan, que nos conocemos ya más de un año y medio y sabe que no bromeo.

–Eso es cierto; debería mirárselo, teniente.

–No sé qué mierda hemos recogido ni de qué culo ha salido, pero eso no lo he visto en mi puta vida.

–Veamos... –el doctor entró en la sala y cogió los guantes de látex que le ofreció su ayudante, a quien apenas se le abrían los ojos de sueño.

Al destapar el cuerpo un olor pestífero inundó la sala como una explosión nuclear de bomba fétida. A Eleuterio le sobrevino una arcada que disimuló como pudo y se tapó la nariz; el forense ni se inmutó por la peste, aunque sí subió las cejas casi por encima de su calva de la sorpresa.

–¡Por Dios bendito! De verdad que no bromeaba, aunque habrá que ver qué animal es éste.

El doctor palpó lo que parecía el vientre abultado de la criatura, las extremidades, los ojos y las diversas partes del cuerpo. Cogió una grabadora y se dispuso a hacer su trabajo mientras los allí presentes observaban.

–Quince de diciembre de dos mil veinte –miró el reloj–, cuatro y cincuenta y cinco horas. Individuo de origen desconocido, parece un animal sin catalogar. Antropomorfo, de... dos metros treinta aproximadamente, complexión robusta. Por la tersura de los tejidos el momento del fallecimiento aconteció aproximadamente entre las ocho y las doce de la noche del día anterior –apagó la grabadora y le pidió al ayudante, que no salía de su estupefacción, los utensilios necesarios.

–¿De dónde habrá salido algo así? –preguntó el teniente de la Benemérita.

–Eso es lo que tendremos que averiguar –apuntó el militar de mayor rango; seguía sin quitarse el traje y la máscara de protección. Él era el único que había entrado en la sala de autopsias junto con Eleuterio y el equipo forense.

–No sé yo qué cojones vamos a averiguar de este bicho.

–Por lo pronto que es inteligente, por su capacidad craneal diría que tanto o más que el ser humano.

–Eso no es muy difícil –apuntó Eleuterio sin ningún atisbo de broma.

–Ojos de visión frontal, sin pupilas visibles, oscuros y grandes. Carece de nariz y vías respiratorias perceptibles a simple vista. Boca grande, sin dientes ni lengua... ¡qué extraño! –el doctor introdujo toda la mano en la abertura desproporcionada que parecía la boca de la criatura.

A Eleuterio Ramírez le sonó el móvil y salió refunfuñando.

–Dori, bonita, dime que me llamas porque te pica el coño y no para darme otra mala noticia.

–¡Eleuterio! Tú no vas a volver a saborear mi coño ni aunque seas el último hombre del planeta –su voz sonó aún más rasgada y aguda–. Seamos profesionales, joder, que tenemos un buen pastel montado.

–Eso ya lo veremos, encanto; lo de tu coño, digo... –soltó una risa ahogada al recordar el desenfreno que mostraba la siesa de Ansón en el asiento trasero de su todoterreno cuando le metía su cuarto y mitad de rabo–. Dime.

–Lo del niño; Chaneiro insiste en que debes venir.

–Ansón, ¡cago en la puta que me parió! Tengo a un fétido marciano en la sala de autopsias y Chaneiro quiere que vaya a buscar a un puto crío perdido, ¿es que no sabe hacer su trabajo?

–Mi teniente, tranquilízate. No es un puto crío perdido cualquiera, es el nieto del delegado del Gobierno.

–¡Hay que joderse...! ¡Puta noche...! Quiero un despliegue por todo lo alto. Llama a todos los agentes. Me importa una mierda que estén durmiendo, de vacaciones o muriéndose, los quiero a todos buscando al crío del delegado del Gobierno. ¡Ya! –se encendió un cigarro, aspiró buscando consuelo y preguntó–: dime, ¿cómo ha sido?

–El chiquillo estaba dando un paseo con sus padres por el club de golf de Oyambre cuando echó a correr y desapareció.

–¿Edad?

–Tres años, moreno, delgado, una monería de chiquillo. En el momento de la desaparición vestía una chaqueta verde, vaqueros y zapatos rojos. Debe de estar asustadísimo después de media noche por ahí.

–Que el equipo de buzos fondee los lagos del club y las marismas de alrededor, quiero perros olisqueando el puto césped del campo y el bosque de al lado. Ese crío tiene que aparecer esta misma noche o se nos cae el pelo a todos.

–Está todo el dispositivo en marcha, jefe. ¿Vienes?

–Si te soy sincero, Dori, no sé qué hacer... –se chamuscó el bigote en la última calada–; no sé qué hacer.

–Eleuterio, tranquilo –la graja intentó dulcificar la voz sin conseguirlo, pero él se lo agradeció–. El coronel está a punto de llamarte, que decida él.

–Gracias, Dori. Una mujer como tú es lo que necesito a mi lado.

–Hasta luego, mi teniente.

Cuando volvió a entrar en la sala el cadáver seguía

intacto.

–Mire, teniente, lo que he descubierto –el médico tiró del labio carnoso superior de la criatura y levantó lo que parecía una máscara que cubría desde la boca hasta los ojos.

–¿Qué mierda es eso?

–Parece una máscara de material biológico, pero no es suyo. No pertenece a su cuerpo, quiero decir, digamos que... se lo ha colocado. Mire –señaló un orificio oscuro y baboso sobre la boca–: este orificio puede que sean las vías respiratorias. Por lo que sea, parece ser que necesitaba esa especie de máscara para filtrar el aire y hacerlo respirable.

–Joder, ¡qué cosas!

–Y eso no es todo, ¿ve estos tentáculos entre los brazos y las piernas? Parecen como otros dos brazos auxiliares pero sin fuerza, apéndices inservibles... pero mire, tienen dedos como los otros brazos.

Volvió a sonarle el móvil, pidió disculpas y salió. Se encendió otro cigarrillo.

–Teniente Ramírez –sonó la voz autoritaria del coronel–, la mala suerte ha querido que yo esté en Huelva la noche más complicada del año. Salgo para allá, pero de momento está usted al mando. Ya está al corriente de lo del nieto del delegado, ¿verdad?

–Sí, mi coronel, está todo el dispositivo de búsqueda montado, perros, buzos, material de tierra, helicópteros...

–¡Perfecto! ¿Y el extraterrestre?

–Estoy en la autopsia; de momento es sólo externa, esperamos órdenes del ministerio para comenzar a abrir el cadáver. ¿Quiere que me incorpore a la búsqueda o que me quede aquí?

–¿Tiene controlada la búsqueda del niño?

–Sí, he dado orden de que me informen de cualquier novedad que suceda.

–Perfecto, mejor quédese en la autopsia, es una cosa seria. Secreto de Estado, teniente, no lo olvide.

–Descuide, mi coronel.

–Buen trabajo, Eleuterio.

Suspiró aliviado; al menos desde arriba le cubrían las espaldas y tenía a su gente consigo. Intentó echar una cabezada hasta que, al rayar el alba:

–¡Mi teniente, mi teniente! –el bisoño de Segado corría hacia él excitado–, acabo de recordar algo importante.

–Dime, Segado.

–¡Un arakno! ¡Es un arakno!

–¿Un qué? ¿A qué cojones te refieres?

–El bicho apestoso es un arakno. Desde que lo vi no he parado de darle vueltas a la cabeza hasta que meando me ha venido sólo a la mente. Hace tiempo leí una novela sobre extraterrestres que invadían la Tierra y sometían a los humanos a su voluntad. Eran jodida y exactamente igual que éste.

–Hay que joderse. ¿Recuerdas quién la escribió?

–Sí, claro; Antonio Marcelo, un escritor al que se le ha ido un poco la cabeza, está interno en el psiquiátrico del Padre Menni, ya lo he averiguado.

–Bien hecho, Segado. Por cierto, ¿tu servicio no debería haber acabado ya? Son más de las seis.

–Es un puto extraterrestre, mi teniente, ¿de qué turnos me habla? –sonrió de medio lado.

–Por la A-8 tardamos menos de cuarenta minutos.

–Si nos saltamos todos los límites de velocidad, sí.

–Vamos, en el CNI no logran ponerse de acuerdo sobre cuándo abrir al bicho. Puede que nos dé tiempo a ir, averiguar algo y volver.

Condujo acelerado, como siempre, haciendo el gesto de subirse las gafas cada vez que cambiaba de marcha, aunque fuera innecesario. En el coche era peor, el ano le ardía como si se hubiera sentado sobre una brasa incandescente. Intentaba cambiar el punto de apoyo sobre una nalga u otra pero el dolor no desaparecía y se hacía cada vez más latente.

Llegaron al hospital psiquiátrico del Padre Menni: un lugar regentado por una congregación de monjas, con muy buena fama en toda Cantabria y que, sin embargo, se esperaban de otra manera. El hospital constaba de una nave principal y antigua, de ladrillo visto, en cuya cúspide acechaban como aves de presa tres cruces muy juntas repletas de herrumbre. Alrededor de dicha edificación habían crecido como setas algunas pequeñas naves blancas con ventanales oscuros, en total disonancia con la construcción principal. Se veía claramente que se habían ido levantando pabellones en función de los fondos recibidos.

En la entrada principal a la recepción, en el pabellón primigenio, una buganvilla repleta de flores fucsias ofrecía bajo sus ramas el amparo, la sombra y la serenidad que el lugar requería.

El escritor acababa de desayunar y sobre la perilla negra descansaban migas de pan tostado y mermelada de fresa. Las visitas estaban prohibidas a aquellas horas en que a los enfermos todavía no les había hecho efecto la medicación que acababan de ingerir junto con el desayuno. Si bien a la Guardia Civil pocos se atrevían a negarle nada, y si tenían que hablar con el interno número trescientos noventa y tres, pues se lo llevaban.

La sala que se habilitó para aquella visita en concreto parecía un despacho con una mesa redonda y cuatro sillas. Trajeron a Antonio Marcelo, un periodista de los de toda la vida, de imaginación volátil, a quien se le fue un tanto la razón tras escribir un par de novelas sobre el fin del mundo. Era un hombre muy culto y leído a quien el éxito le llegó tristemente estando ya loco de atar. En el manicomio había matado el tiempo haciendo lo que más le gustaba: escribir. Se pasaba el día frente a una antigua Remington de teclas duras, pues los internos no tenían acceso a los ordenadores. Desde su ingreso había escrito una novela por año, cada cuál más disparatada, consiguiendo un éxito rotundo entre los millones de lectores aficionados a la ciencia ficción con los que contaba por todo el mundo.

Era un individuo singular, independientemente de su demencia. Lucía unas gafas de pasta negra que tan sólo llevaban un cristal, zapatos deportivos naranjas con las cordoneras negras y un chaleco de color crudo, raído, con multitud de bolsillos en cuyo interior se podía adivinar todo tipo de objetos disparatados como un frasco de medicamentos, rotuladores de colores sin capucha, una cassette con una etiqueta desvaída –*Psicofonía Aigües*–, un mendrugo de pan que ya verdeaba, una baraja de cartas, y un pequeño bote de desodorante tamaño viaje, entre otros tesoros que seguro ocultaba en los bolsillos más pequeños.

–Así que ha venido a verme la Guardia Civil; ya me imaginaba yo que esto tenía que pasar tarde o temprano. ¡Y nada más y nada menos que un teniente! –hablaba muy rápido, con una cadencia de voz tranquila que ondulaba de graves a agudos. Movía las manos constantemente y sus dedos pequeños de uñas cuidadas parecían más los de una adolescente que los de un hombre que ya se acercaba a los cincuenta–. Bueno, tiene que haber pasado algo importante si ha venido a hablar conmigo un teniente. Porque un teniente es un grado alto en la escala militarizada de los guardias civiles, lo sé porque trabajé de cerca con ellos aquella vez que hubo un terremoto y tuvimos que sacar entre los agentes y los periodistas a todo un grupo de chiquillos que se habían quedado bajo los escombros de una escuela. Por suerte los pabellones eran prefabricados, de ésos de pladur, y la chiquillería no sufrió males mayores...

–Antonio, soy Eleuterio Ramírez; como ya sabe, soy teniente de la Guardia Civil de la comandancia de San Vicente de la Barquera –se presentó.

–Sí, claro; bueno, como le decía, los zagales no sufrieron daño alguno porque las paredes eran de plástico –fijó la vista en un lunar de su propio brazo y le pegó un manotazo como si de un insecto se tratase–. Guardia Civil, ya decía yo que esto algún día tenía que pasar.

–Antonio, Antonio, por favor, atiéndame, ¿qué puede contarme de los...?

–Los araknos –le ayudó Segado–; los extraterrestres sobre los que escribió una de sus primeras novelas.

–¡Ya han llegado! –se levantó alarmado–. ¡Que todos los dioses nos asistan, la Humanidad está perdida!

Eleuterio y Segado se miraron sin saber interpretar muy bien el miedo oculto en sus ojos.

–Tranquilícese, no es eso, es... mera curiosidad sobre su obra.

–Curiosidad... –por una vez pareció hablar más despacio–

; por favor, teniente, que soy periodista, que he visto mentir a más políticos que usted muertos en la carretera; no me venga con gilipolleces... –cambió la expresión de su rostro, se metió bajo la mesa y se agarró a la pierna de Eleuterio como si fuera un niño–. ¡Han llegado ya, han llegado ya, esto tenía que pasar, nos van a invadir, nos tomarán como esclavos, nos pondrán pulseras doradas para que les obedezcamos y nos matarán si no somos sus siervos, nos utilizarán como mano de obra gratuita a cambio de comida y paz! ¡Es el fin del mundo! ¡Estamos perdidos!

–Tranquilícese, Antonio, no está ocurriendo nada de eso, sólo necesitamos algo de información sobre ellos –decidió cambiar de registro y ponerse a la altura de su demencia–, por si deciden venir algún día, ya sabe, por estar preparados.

–¿Han montado ya un Ministerio de Defensa contra los Araknos?

–En eso estamos, por eso acudimos a quien más sabe sobre ellos.

–¿Quién? –miró a derecha e izquierda y al mirar hacia atrás saludó con una sonrisa boba y algo enamoriscada a la celadora de casi dos metros que le vigilaba de cerca.

–Usted, por supuesto, ¿quién, si no?

–Ah, yo, claro, claro... –se atusó el pelo y la perilla retirando por fin las migas y la mermelada de ella y se irguió en la silla poniendo cara de profesional–; ¿quién, si no? –volvió a pegarse un manotazo en el lunar.

–Cuénteme todo lo que sepa sobre esos seres.

–Bueno, son malvados, no tienen piedad, tratan a los que no son de su especie como si fueran animales. Son superiores en tecnología y en inteligencia, se cree que se comunican entre ellos por telepatía –movía las manos sin cesar y sus ojos iban de un lado a otro pero jamás se posaban en la mirada de sus interlocutores. Su verborrea era incesante–. Quieren colonizar la Tierra porque se supone que en su planeta hay superpoblación. Bueno, lo que sucede es que no terminan de acostumbrarse a la atmósfera de aquí, necesitan, digamos... más amoníaco, por eso llevan esas máscaras que los hacen aún más feos y desagradables de lo que son de por sí.

Los dos guardias civiles se volvieron a mirar intrigados mientras el escritor seguía hablando animado y se pegaba de vez en cuando un manotazo en el brazo, de forma que su piel alrededor del lunar había cobrado un color rojizo de tanta agresión.

–Malditos bichos, no hay forma de matarlos, nunca se mueren –sacó el desodorante de uno de sus bolsillos y se roció el lunar con él impregnando el ambiente de un fuerte olor a perfume de vainilla masculino.

–¿Se refiere a los extraterrestres?

–A todos, a todos los malditos bichos que pretenden colonizar al ser humano. No hay forma de matarlos, maldita sea. Como le iba diciendo... bueno... nunca se les ha visto alimentarse, se hacen conjeturas sobre si comen carne humana o de animales, pero eso es sacar las cosas de quicio; nadie los ha visto alimentarse, así que no se sabe de qué lo hacen exactamente. Hay quien dice que comen boñigas de vaca, pero yo tampoco me lo creo. Nadie los ha visto alimentarse.

–Y, ¿cómo sabe usted tanto sobre los araknos? –preguntó Segado con interés, saltándose el protocolo de respetar al jefe.

–Bueno... he convivido con ellos, he visto lo que pretenden hacer con nuestro bonito planeta azul, son perversos, malvados, crueles.

–¿En el futuro, se refiere?

–No, no, hace unos años nos invadieron, ¿no lo recuerda? Nos pusieron esas malditas pulseritas y nos azotaban con látigos si no las queríamos. Yo no me la puse, no señor, antes muerto que servir a las malditas arañas. Miren, miren cómo me dejaron la espalda con sus látigos lacerantes –se levantó la camisa y el chaleco hasta la mitad de la espalda y cuál fue la sorpresa de los agentes al comprobar que, efectivamente, el escritor lucía varias cicatrices alargadas, como si un látigo le hubiera levantado la piel a tiras–. Malditas arañas... no había forma de saber si eran machos o hembras o hermafroditas, son tan feos que no hay manera de distinguirlos entre ellos... como los chinos, ya sabe, que a los occidentales nos parecen todos iguales, lo mismo que nosotros a ellos –otro manotazo en el brazo–, ¡todos iguales! Malditas arañas, no se mueren nunca.

–Muy bien, Antonio. ¿Y sabe cómo llegan a la Tierra esos... araknos?

–¿Cómo va a ser? En naves espaciales –se quitó las gafas, las miró con extrañeza y se las volvió a colocar–. Sí, eso, en naves espaciales. Malditos bichos, no hay forma de matarlos, nunca se mueren. Nunca nadie ha visto una; son transparentes, las naves, digo, o invisibles al ojo humano... pero han tenido que venir en naves espaciales. Sí, eso, en naves espaciales. Malditas arañas, no hay forma de matarlas.

–De acuerdo, Antonio, creo que ya hemos terminado.

–Doten de bastante presupuesto al ministerio de Defensa contra las Arañas, son peligrosas, no se mueren nunca.

–Sí, descuide, lo haremos...

Antonio se acercó despacio al teniente, sin mirarle a los ojos.

–Y, dígame, teniente, ¿ha comprobado ya cómo huelen? Como si estuvieran podridos por dentro, ni el peor de los pedos humanos huele como ellos. Están podridos, no hay forma de matarlos. Malditas arañas –sacó de nuevo el pequeño desodorante y roció con él las estrellas de seis puntas del uniforme de Ramírez.

–¡Cago en la puta! –se apartó Eleuterio.

–Arañas, tengan cuidado con ellas, malditas arañas, no hay forma de matarlas, no se mueren nunca, nos invaden, nos hacen sus esclavos, malditas y apestosas arañas...

La celadora se levantó y con la mirada bajo una sola ceja negra, unida sobre la nariz, les indicó que la visita había terminado; el interno se estaba poniendo demasiado nervioso.

Los agentes de la Benemérita salieron de la sala escuchando de fondo la verborrea incesante y repetitiva del escritor:

–Tengan cuidado con ellas, nos invaden, malditos araknos, apestosas arañas, nos matan, nos invaden, nos hacen sus esclavos. Cómo huelen, malditas arañas, no se mueren nunca, no hay forma de matarlas, no se mueren nunca...

Ya en la calle Segado descargó tensión intentando conversar. Por un momento a Eleuterio se le había olvidado el penetrante dolor de ojete.

–¡Qué extraño el tipo! ¿Verdad, mi teniente?

–Hay que joderse, ya lo creo, ya, está loco perdido pero me escama que coincidan algunas cosas. ¿Cómo puede saber él que el puto bicho lleva una máscara? ¿O que huelen a infierno?

–No cree que sea casualidad, ¿verdad?

–¿Me lo preguntas o lo afirmas?

–Ambas cosas... supongo... En su novela la verdad es que los define bastante bien.

–Puede ser casualidad. Ya averiguaremos algo más.

Se encendió un cigarrillo y sujetándolo entre los labios marcó el teléfono. Le reventaba tener que llamar al mierda de Chaneiro.

–Chaneiro, ¿alguna novedad con el niño?

–Nada, mi teniente. Los ánimos están caldeados, el delegado del Gobierno está aquí como loco, sin parar de dar órdenes.

–Ya, molestando más que otra cosa, ¿no?

–No quería decirlo yo, pero está entorpeciendo a los agentes de campo, las primeras horas son cruciales. Está muy nervioso.

–Lógico. ¿Hay alguna posibilidad de que sea un secuestro?

–Remota; nadie ha pedido rescate pero no la hemos descartado, aún. Lo más probable es que el chiquillo se haya perdido. Lo que pasa es que con el frío que ha hecho esta noche, si no se ha resguardado bien... no creo que lo encontremos vivo. Hacemos lo que podemos.

–Seguid con el operativo. Buen trabajo, Chaneiro, manténgame informado.

–Lo haré.

De nuevo tomaron el camino de vuelta. Cuando estaban

casi a punto de llegar el doctor Liñero llamó personalmente a Eleuterio para saber si se encontraba lejos. El CNI había dado el visto bueno a la autopsia completa pero no quería empezar sin que él estuviera allí.

Dos minutos después el vehículo derrapaba frente a la puerta del Anatómico Forense. A Ramírez le apetecía un cigarro pero la curiosidad era más fuerte; entró en la sala de autopsias.

–Ya estoy aquí, ¿alguna novedad?

–He intentado averiguar el sexo, pero nada, no hay rastro de apéndices sexuales, gónadas o algo similar. Al menos por fuera. Ah, y mientras esperaba he hecho un análisis sencillo de las mucosas de las vías respiratorias. ¿A que no adivina qué he encontrado?

–¿Amoníaco?

–¿Cómo carajo lo sabe?

–He dicho lo primero que se me ha ocurrido –mintió.

–Amoníaco, joder, como si hubiera tragado diez cubos de fregar. Es extraño.

Agarró un bisturí y diseccionó el tremendo cráneo apatatado de la criatura. A Eleuterio le pareció que los huesos se parecían bastante a los humanos y la masa cerebral también, blanquecina, sanguinolenta y recubierta de venillas negras que parecían autopistas ramificadas. El doctor hurgó dentro con más curiosidad que profesionalidad.

–Mmm, curioso, sí señor, muy curioso.

–¿El qué, doctor? –preguntó intrigado Ramírez.

–¿Ve esta parte de aquí delante?

–¿Los sesos?

–Es el córtex frontal del cerebro, extremadamente desarrollado. Se cree que si el ser humano desarrollara evolutivamente esta parte del cerebro podría practicar la telequinesia. ¿Ve esta zona? En el caso de que haya alguna similitud entre nuestro cerebro y el suyo, que a priori es muy parecido, ese pequeño lóbulo de aquí, ¿lo distingue?

–A mí todo me parecen sesos.

–Podría ser el destinado a la comunicación. En el cerebro

humano esta parte es la que corresponde al aprendizaje y manejo de idiomas. Por el tamaño, es como si este ser estuviera capacitado para hablar más de dos mil lenguas distintas.

–¡Qué barbaridad! O sea, que puede ser más inteligente que nosotros.

–A tenor del tamaño del cerebro y las partes que parece que han estado activas... sí, como unas doscientas veces más inteligente que nosotros.

–Estamos jodidos. Espero que se haya perdido o que sea el último de su especie.

–Esperemos... sí...

Al abrir la caja torácica Ramírez se sorprendió de que, a pesar de lo diferente que era por fuera, por dentro era bastante similar a un hombre, o a un cerdo, un perro, un caballo o una vaca. En el fondo somos todos lo mismo, pensó con resignación Eleuterio.

–Corazón, bastante más grande que el nuestro, similar al de una vaca –continuó explicando y grabándose el forense–; tres costillas más que un ser humano, esto parece un hígado o algún órgano destinado a limpiar la sangre, o lo que sea que tenga por dentro este ser –apagó la grabadora–. Tengo que hacer análisis de todos los tejidos y fluidos... –pensó en voz alta–. Esta bolsa amarilla no sé lo que es, la abriré después. Veamos el aparato digestivo...

Sonó el móvil de Ramírez y esta vez ni se molestó en salir, no quería perderse ni un detalle de la autopsia. Era el delegado del Gobierno. Tragó saliva y estuvo tentado de encenderse un cigarrillo.

–¡Teniente! ¿Usted sabe que ha desaparecido mi nieto? ¿Qué hacen el coronel y usted que no están aquí participando de la búsqueda?

–Señor, ha aparecido un... extraterrestre, está el ministerio implicado.

–¡Ni ministerio ni marcianos ni la madre que le parió! ¡Maldito hijo de puta! ¡Mi nieto desaparecido y usted de rositas diseccionando ranas! –los gritos podían escucharlos todos los allí presentes.

–El dispositivo está en marcha, estoy al tanto de todo, su nieto aparecerá, descuide.

–Descuide... Teniente, ¡prepárese porque le voy a encular pero bien, hasta el fondo, hasta hacerle sangrar –a Eleuterio le latió de dolor la hemorroide con sólo escuchar aquellas palabras–. ¡Sus días en la Benemérita están contados, ya me encargaré yo de abrirle un expediente que le van a temblar las piernas!

–Tranquilícese, delegado, todos los medios disponibles y de apoyo están en el dispositivo de búsqueda de su nieto; aparecerá, se lo aseguro.

–Más le vale que aparezca hoy, Ramírez, más le vale...

Guardó el móvil en el bolsillo como si acabara de hablar con el repartidor de pizzas y siguió pendiente de la disección. El doctor había sacado las tripas fuera, metros y metros de tejido visceral violáceo y viscoso estaban mitad en la mesa auxiliar, mitad desparramados por el suelo.

–Bueno, bueno, y esta bolsa rojiza que parece una naranja podrida gigante parece ser el estómago. ¿Qué, señores? –bromeó el médico–; ¿quieren saber con lo que este bichito se dio el festín anoche?

Deslizó el bisturí con pericia e hizo un corte limpio en la bolsa naranja del estómago de la cual salió un líquido sucio marrón que olía a vómito y que le arrancó una arcada tan violenta a Eleuterio que el sabor ácido de la bilis se le instaló en la lengua.

–¡Joder! ¿Qué cojones es eso? –escupió Eleuterio al ver el bulto bajo el tejido naranja.

–Parece un animal grande, un perro o similar –se adelantó Juan Liñero–. Vamos a comprobarlo ahora mismo –abrió con ambas manos la bolsa estomacal, introdujo las manos hasta los codos y sacó su interior.

–¡Hay que joderse! –exclamó Ramírez–. ¡¡Mierda, mierda y mierda!! ¡Cago en la puta que me parió!

Allí estaba, con su chaquetita azul y sus zapatitos rojos. El doctor lo soltó impresionado y el cuerpo inerte del niño cayó sobre las vísceras del arakno quedando en una posición grotesca, con la cabeza torcida, la boquita abierta y los dedos regordetes de las manitas engarrotados.

Al teniente le subió la tensión, ahora tenía que hacer esa temida llamada. Se llevó las manos a la cabeza, giró sobre sí mismo. Sacó un cigarro y le dio una bocanada profunda como si de una mascarilla de oxígeno se tratase.

El ojo del culo le latía con fuerza, le picaba, le ardía y no pudo evitar rascarse para intentar aliviar aquel dolor penetrante hasta que la almorrana estalló y sintió correr un hilillo de sangre cálida y ácida entre las piernas.

Me dejaste caer

Pedro Contreras contempla extasiado el acantilado que le escupe en la cara su brisa salada. Al fondo la Torre de Hércules, hierática, impasible a cualquier sentir humano, majestuosa. Está sentado tan al borde que los pies le cuelgan hacia el abismo; sin embargo, no es miedo lo que siente sino una profunda tristeza que le está sumiendo el corazón en una ciénaga de la que le costará volver a brotar. Al lado se encuentra ella, tan bella y deliciosa como siempre, algo más prudente, también al filo, pero sin dejar que sus pies cuelguen en el vacío. Parece serena, estática. Contempla el mar un tanto extasiada y deja que sus pensamientos vaguen en el pasado. Frunce el ceño levemente, gesto que a él no le pasa desapercibido, pero prefiere no decir nada.

La piedra dura, húmeda y rugosa le clava sus aristas en la parte posterior de los muslos. A pesar de los vaqueros que viste puede sentir cómo la roca se abre paso entre la tela para dejarle un bocado de sal en la carne. Se mueve incómodo. El silencio les envuelve, denso y pastoso, desde hace ya un rato. Ella decide quebrarlo:

–Me dejaste caer –dice con voz dulce.

–¿Cómo puedes decir eso?

–Lo hiciste. Al principio no me daba cuenta, luego supe que no sólo me dejabas caer, sino que me empujabas.

–Es el odio el que habla por tu boca.

–Odio fraguado lentamente, durante años cayendo sin cesar.

–Yo te quería –protestó él.

–Y aun así me dejaste caer.

–Nunca supe que estuvieras cayendo –rezonga Pedro.

–¿Acaso era la misma? Perdí la alegría de vivir poco a poco, hasta no ser más que un desecho humano, un ser incapaz de ver el color del mundo; ¿cómo puedes decir que no lo sabías?

–No me dijiste nada. Te volviste hermética como una tumba.

–¿Y eso no te pareció una evidencia considerable de que algo malo estaba sucediendo?

–Estaba cansado, tampoco andaba yo muy contento por aquel entonces –suspira hondo y los pulmones se llenan de salitre.

–Ibas a lo tuyo, siempre fuiste un ser egoísta.

–Pero te quería –afirmó categórico–. Aún te quiero...

–Podías haberlo evitado. Podías haberme salvado de aquella maldita depresión que me tuvo años deshaciéndome en lágrimas y consumiéndome en la tristeza.

–Creí que era típico de la edad y de las mujeres.

–Podías haber preguntado.

–No querías hablar. No querías ni verme.

–Eso fue casi al final, al principio podías haberme echado un salvavidas, haberme acompañado, haberte interesado lo más mínimo por mí.

–Me preocupaba por ti –dice Pedro bajando el tono de voz, sabiendo que no sonaba muy convincente.

–¿En serio? ¿Cómo? ¿Yéndote al bar y bebiendo hasta entumecerte el pensamiento mientras yo me quedaba sola en casa? Sola, siempre sola, la soledad es lo que más me ha pesado durante años. Sola como una viuda, como la última hoja en un árbol de otoño, sola como la última estrella en el amanecer. Sola, siempre aburrida, triste y sola. ¡Joder! ¡Sola! ¡Más que la una!

–Estás siendo demasiado cruel conmigo –se lleva las manos al rostro y lo esconde entre sus enormes dedos.

–Te estoy contando la verdad, es justo que a estas alturas sepas todo lo que pienso y pensaba entonces.

–Nunca me pediste ayuda –la mira, pero ella no le devuelve el gesto, sigue con los ojos perdidos en el horizonte neblinoso. El sol está a punto de ser tragado por el mar tras la bruma.

–Te la pedí en cientos de ocasiones. En ninguna de ellas me escuchaste. Al final desistí.

–Debiste insistir más.

–Créeme, desistí después de muchos intentos. En el fondo quería que me salvaras de caer al abismo de nostalgia donde me precipité.

–Nunca supe entenderte.

–Nunca lo intentaste.

–Y ya no tiene remedio, ¿verdad?

–No, no lo tiene.

–¿No hay la más mínima esperanza de retomarlo?

–No, no la hay –asevera categórica.

–Me vas a guardar rencor por siempre, ¿no es cierto?

–No, en eso te equivocas. Desde que me quité la vida en este mismo lugar todo se siente más liviano.

–Podrías haberme esperado siquiera, y me habría precipitado contigo.

La mujer comienza a reírse a carcajadas, con cierto desdén, observándole con esos ojos que tan bien conoce, aquellos ojos azules, aquellos ojos del color del mar al que ahora pertenece.

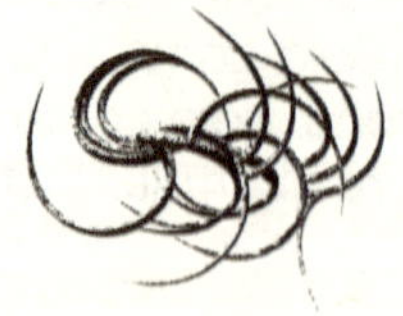

La prueba

En julio de 2016, nuestra amiga y maestra de periodistas Ángela Ruiz Sánchez nos dejó para siempre, sin duda para irse al Cielo a seguir defendiendo desde allí la igualdad entre hombres y mujeres.

En el momento de marcharse, Ángela estaba haciendo sus primeros experimentos en el género del suspense y la novela negra; obteniendo narraciones tan sugerentes como ésta, que hemos querido incluir en nuestro libro sin hacer modificaciones, en honor a su recuerdo y con permiso de su familia.

No podríamos estar mejor acompañados.

Los Autores.

Maté a mi mujer, la descuarticé en múltiples trozos para poder meterlos en bolsas de basura y así poder tirarlas en diversos contenedores por toda la ciudad. Un trabajo muy minucioso y delicado; no podía dejar rastro, todo tenía que ser perfecto... o al menos debería haber sido así porque me he chupado diez años de prisión de los quince que me cayeron.

Hoy salgo de mi encierro por buena conducta, en libertad condicional, y debo empezar mi reinserción social. Los detalles: esas pruebas que me endosaron cuando me estaban juzgando, una retahíla de acontecimientos que tuve que oír desde el banquillo de acusado, un montón de acontecimientos que hasta me hicieron creer que era culpable. No pude demostrar que yo no estaba en el lugar del crimen. Hoy, con mi pequeño equipaje en el que llevo una muda, un pantalón y una camisa, con cincuenta euros en el bolsillo de subsidio de excarcelación, vuelvo a la calle en semilibertad. Debo volver al trullo para dormir, será mi casa hasta demostrar mi reinserción social o, lo que es lo mismo, encontrar un trabajo.

Tras diez años de cárcel no puedo decir que no me haya convertido en un asesino, tengo un poco desfigurada la cara de tantas palizas que me han dado. Aunque mi estructura física es corpulenta y mido un metro ochenta centímetros, nunca tuve cuajo para tan monstruosa acción. En mi imaginación siempre quise matarla hasta descuartizarla por bruja, asquerosa y puta, pero no tenía valor; solía alejarme de ella cuando me entraban esos impulsos insanos ante su aspecto de guarra de prostíbulo. Pero ahora lo haría gustosamente y, con la prueba que debo encontrar, es posible que no demuestre mi inocencia porque mataré a quien me llevó a ser quien soy: un convicto por asesinato.

Luis lleva en su mochila una carta del director de la prisión en la que pide a quien corresponda que le dé una oportunidad y pruebe su buena actitud para el trabajo; pero antes tiene que ir a ver a su cuñada Paquita, la hermana de su mujer, la única que se quedó con todo lo que había en su casa tras el suceso criminal. Paquita también tenía muchos motivos para haber matado a su hermana, pero, mira por dónde: nada ni nadie pudo incriminarla ya que todas las pruebas estaban en contra de Luis.

Marta, la mujer de Luis, era una mujer resultona de cuerpo insinuante, lleno de curvas que ella utilizaba para marear a los mejores conductores de pasiones; una mujer de escaparate de prostíbulo, una mujer con más cuerpo que cerebro. Luis, hombretón vividor de prontos en la vida, no lo pensó. Juntó su hombría con las curvas de Marta y lograron una relación llena de celos, enfrentamientos, pasiones, agravios y violencia. Era una convivencia que se prestaba a vivir una situación trágica cuyo final fuese el asesinato, ese por el que juzgaron a Luis sin ser el asesino; faltó la prueba de su inocencia.

Tendré que prepararme; cuando Paquita me vea montará un gran teatro y posiblemente llame a la policía. Debo sorprenderla y que esté sola, necesito hablar con ella y aclarar ciertos detalles del tema que se ha llevado diez años de mi libertad. Ella sabe más de lo que contó en el juicio, la muy perra omitió pruebas, la prueba que podía haberme exculpado del asesinato. Ella sabe la verdad y yo tengo que conocerla para vengarme.

Luis corre por la avenida de la Constitución para coger el autobús 44 que le llevará al barrio del Carmen, casi en marcha logra subir a él. Frente al conductor, y haciendo equilibrio para no caerse en los escalones que le acercan al chófer para pagar la ruta, saca los cincuenta euros.

–¿No tienes algo más pequeño? –le increpa el conductor.

–No –responde Luis.

–Pues menuda faena; y en movimiento.

El chófer le da la vuelta en calderilla hasta los diez euros, el resto en dos billetes de veinte. Luis se queda de pie al final del autobús, observando atentamente cuál sería su parada. Luis baja del coche a la altura del puente de los Suspiros; la casa de Paquita queda a menos de dos calles.

Se me hace extraño andar por estas calles que son como la cuna que meció mi niñez y la cama de mi pubertad, se me hace extraño reconocer cada esquina, cada rincón, que albergan de mí años y años de colonización. Es mi barrio, del que nunca debí salir. ¡Maldita sea mi suerte!, ¡maldita mi estampa!, ¡nunca debí salir de aquí!

Luis sigue caminando por la calle Alférez Galindo mirando al suelo para que nadie le vea llorar, solo levanta la mirada para calcular la distancia que le separa del edificio blanco con chorretes negros donde vive Paquita. Se para en el portal 23 y por suerte se encuentra la puerta abierta. Sube al piso tercero sigilosamente y delante del 3ºB se para poniendo la oreja en la puerta por si se escucha algo de vida dentro. Parece no haber nadie en el piso y Luis saca un pequeño alambre, herencia de su amigo "el Pelos" en la cárcel, y abre fácilmente la puerta de la casa.

Una vez dentro, y a la espera de no ser descubierto, se pasea por las estancias del piso: cocina, comedor, dormitorios y cuarto de baño. El piso es viejo pero grande, herencia de los padres de su mujer que al final se quedó su cuñada. Percatándose de que está solo, registra cajones y estancias sin saber qué es lo que busca, pero necesita la prueba que le lleve hacia la persona que le había metido en el lío, que le privó de una parte de su vida.

Paquita tenía encima del mueble del comedor –un aparador de principios del siglo XX, de aquellos con espejo manchado y cajones unidos por chinchetas– una foto de su mujer y ella con un niño en los brazos junto a sus padres, una foto antigua metida en un portafotos de pasta nacarada. Era la única foto que había en todo el piso, ninguna otra donde pudiese saber quién era ese niño que mantenían los brazos de Paquita. El resto de la casa presentaba desorden y suciedad. Si Luis no hubiese conocido a Paquita habría asegurado que la casa estaba abandonada; pero no, él sabía que aquella estancia olía a ella, tenía muy presente ese perfume barato que Paquita solía utilizar, los zapatos de tacón debajo del sofá, la ropa interior apilada en una silla del dormitorio, la cama sin hacer y la cocina pidiendo misericordia desde lo más profundo del fregadero. Luis conocía muy bien a su cuñada, sabía que tarde o temprano volvería a casa, además había ropa de hombre en el dormitorio

Vaya mierda de piso, con lo bonito que era el mío y esta puta me lo ha vendido para gastarse mi dinero en sus aventuras de golfa, ella que me juró amor y pasión, ella que siempre criticó a su hermana por sus infidelidades y sus devaneos, ella que estuvo conmigo en una pensión mientras alguien mataba a su hermana en mi piso, a mi mujer que nunca debió haber sido. Paquita, la mujer que quiso consolarme mientras mi mujer se divertía con otros, la hermana más buena porque era menos agraciada, ¡Maldita sea mi suerte!

Luis busca el mejor sitio para esperar el regreso de

Paquita, pero no lleva nada para defenderse por si venía acompañada, así es que se dirige a la cocina y coge un cuchillo de mango corto y hoja ancha, amoldable a sus manos y con el que hacer fuerza contra otro cuerpo. Desaloja el sofá de ropa y cachivaches y se acomoda en él. Es la una de la tarde, tiene tiempo de sobra hasta las doce de la noche que debe volver a la cárcel. El cansancio, la quietud y el hambre le juegan a Luis un mal rato, sus pestañas le pesan, el sueño le invade... pero su cerebro debe estar activo; la sorpresa debe darla él, no llevársela. Alguna que otra cabezada le asalta aunque enseguida abre los ojos. En uno de esos momentos soñolientos oye la cerradura de la puerta cómo da una vuelta y se abre poco a poco. Luis da un respingo y como una liebre se coloca detrás de la puerta. La persona que entra no es Paquita, es un hombre joven cargado de bolsas del supermercado, que cierra la puerta con el pie sin darse la vuelta, de espaldas a Luis. Sin pensarlo se lanza sobre el joven y le coloca el cuchillo en el cuello.

–¿Quién eres?, ¿dónde está Paquita?

El joven sorprendido suelta las bolsas y con voz firme y un tanto socarrona le contesta:

–¡Luis, qué sorpresa!, ¿cuándo has salido de la cárcel?

Luis, extrañado de que le conociese solo al oír su voz, le vuelve a preguntar:

–¿Quién eres?

El joven, tranquilo y con voz suave, le recomienda que deje el cuchillo para poder hablar; pero Luis no le hace caso.

–¿Quién eres, te digo?

Ante la insistencia el joven le dice que es su sobrino, que es de la familia, que no hay que temer nada, que deje el cuchillo que es peligroso y puede hacerle daño. Luis, extrañado y sorprendido, piensa en lo que el joven le está diciendo y recuerda el niño pequeño de la foto, alguien de quien nunca le habían hablado; todo está confuso y Luis no puede pensar con claridad.

El joven sigue calmándolo y le implora que deje el cuchillo y le sugiere sentarse y hablar. Luis termina por hacerle caso pero con ciertas reticencias. Le quita el cuchillo del cuello pero sigue amenazándole con él frontalmente. Luis se da cuenta que el joven tiene cierto parecido con Paquita, aunque también se parece a su mujer, Marta.

El joven le pide a Luis que se sienten en el sofá y hablen tranquilamente. Luis se acomoda en una punta del sofá y sigue apuntando con el cuchillo a la persona que acaba de conocer.

–Me llamo Esteban, soy hijo de Paquita. Ya sé que te parecerá extraño; de mí nunca hablaron, mi madre me dio en adopción, era un estorbo para la familia por aquel entonces. Una deshonra y un gasto, aunque luego la deshonra se quedó instalada en la casa. Tengo veintiocho años, al final nadie me adoptó y tuve que crecer en un hospicio. He probado como tú una cárcel, en este caso un reformatorio en el que me he tirado ocho años. Los dos somos producto de esta familia pero, mira por dónde, ahora estamos aquí uno frente al otro.

Luis sigue a la defensiva; al joven se le ve fuerte, tiene una mirada segura, le recuerda mucho a varios compañeros suyos de prisión. Son de esas miradas que nada tienen que perder, de las que reflejan en las profundidades de su pupila que no existe otra realidad que la que ellas ven.

–¿Desde cuándo vives con tu madre? –pregunta Luis.

–Desde tu ingreso en prisión –responde Esteban–. Tuve la suerte de salir del reformatorio por esas fechas, había cumplido mis dieciocho años y me echaron a la calle. Era el momento de buscar a mi madre.

Luis le observa; tiene una frialdad poco común, no expresa sentimientos, tiene atrapado el tiempo en sus manos y una templanza que produce inseguridad. La mano que sostiene el cuchillo se relaja pero sigue alerta. Luis le pregunta cómo encontró a su madre y el joven, con una sonrisa estirada, le mira fijamente a los ojos y le dice que todo fue una coincidencia, que conoció a una puta guapísima que resultó conocer a su madre y que además sabía que se acostaba con su marido. Esteban seguía con la sonrisa estirada mientras le contaba a Luis su historia y Luis se iba empequeñeciendo frente a aquel cuerpo joven sin sentimientos, lleno de frialdad.

–...y así fue como la encontré, a través de su hermanita; que, por cierto, disfrutaba como una posesa de lo que los jovencitos como yo le dábamos, eso que todas desean.

Luis de repente salta del sofá y se pone en guardia con el brazo estirado y apuntando el cuchillo hacia Esteban.

–¿Te la cargaste cabrón? ¡Fuiste tú!

–Bueno, tito, tampoco te pongas así; al fin y al cabo tú también te la habrías cargado tarde o temprano. Lo que más siento es que tuvieses que cumplir condena por algo que no hiciste. Mientras tanto te follabas a mi madre para compensar, ¿no?

Luis nota que aquella situación llega a su final, a un final inesperado del que sabe que no hay vuelta atrás. Tiene delante de quien tiene que vengarse, y por el que debe volver a prisión, esta vez con motivos reales. Pero Esteban no es de los cuerpos que se dejan matar sin defenderse, así es que tendrá que ser muy hábil para poder clavarle el cuchillo donde la cuchillada sea mortal o correrá peligro su vida.

Esteban se levanta del sofá y como un chulo de barrio se abre de brazos y se acerca a Luis, intimidándole, como si supiese que su tío no tendrá ni el valor ni la fuerza como para abalanzarse sobre él y matarle. Pero Luis ha aprendido a ser un asesino tras sus diez años de prisión donde tuvo que defenderse de violadores, asesinos, locos y mafiosos. Luis lleva tatuado en su brazo izquierdo: LA VIDA ES UN REGALO QUE NO TE PERTENECE, y con ese brazo, en un abrir y cerrar de ojos, casi sin ser visto por Esteban, introduce la hoja del cuchillo entre las costillas de Esteban hasta llegar al corazón.

La prueba estaba en aquella habitación, y como testigo Paquita, que acababa de entrar.

Ángela Ruiz, enero de 2016

hoja del cuchillo entre las costillas de Esteban hasta llegar al corazón.

La prueba estaba en aquella habitación, y como testigo Paquita, que acababa de entrar.

Puta mala pata

Siempre había tenido muy mala suerte con las mujeres. Siempre, siempre. Su primer amor fue Ana, una compañera del instituto a la que deseó en secreto durante los dos últimos años del Bachillerato hasta que una semana antes de fin de curso se la encontró una noche de marcha amorrada a Daniel, uno de los repetidores más estúpidos, y con peor mala leche, de toda la ciudad. Si no abandonó en aquel momento los estudios, si no lo mandó todo a tomar por culo en el preciso instante en que les vio, ella bebiendo del cubata de él, él con la mano abierta tomando posesión del territorio bajo las mallas bien ceñidas de ella, fue por el miedo que le daba su padre. De manera que hizo los exámenes finales, sacó mejor nota de la que él mismo se había esperado y el karma le recompensó una semana más tarde en forma de cajón mal cerrado.

Se ve que su padre había estado tan cocido que no se había dado cuenta de que se había dejado la puerta de casa del abuelo sin cerrar, la luz encendida, el armario de la habitación interior con la llave puesta. Dentro estaba Ana María, a quien su padre llamaba Carolina, y a quien Romu se estuvo cepillando durante todo aquel verano hasta que una noche le entró el mal rollo, se dio cuenta de que aquella muñeca hinchable no la había traído el Ratoncito Pérez. A lo mejor cuando se corría dentro se estaba pringando con la misma lefa que su padre, pensó desquiciado, y corrió a lavarse el glande —en aquel baño de azulejos siempre húmedos, de puerta sin cerrojo y con una ventana de cristal esmerilado que daba a un patio interior del tamaño de una caja de zapatos–, frotándose con fuerza y con la paranoia de que acababa de eyacular encima de alguno de sus hermanos; que algún espermatozoide de su padre le podía haber entrado por el agujero del Nabo y estar haciéndole una visita a sus sobrinos como un alien demencial.

Aquella misma noche compró sus primeros condones en una máquina escondida en lo más recóndito del baño de caballeros de un pub, y en adelante se folló a Ana María, a la Carolina de su padre, con la doble saña de quien se sabe el amo absoluto de su pareja de juegos y quien es consciente de que le está quitando la pareja a un enemigo borracho, sucio y cabrón.

2

La chica se llamaba Dori, de Dorinda, y estaba bastante buena, si uno podía dejar de pensar en sus dientes separados, sus labios babosos y su estúpidamente agudo tonillo de voz. La conoció en la Ronería del Este, cómo no, y le hizo su primera mamada aquella misma noche en el baño de caballeros, a muy poca distancia de la máquina de condones. Sólo que aquella vez él tuvo la seguridad de que su padre no se le había adelantado. Aquella académica de la lengua no se habría ido con un viejo borracho como Romualdo Tachín a menos que hubiera tenido el prepucio chapado en oro. Picaba alto, la tal Dorinda. Alguno de sus colegas le había dicho que Romu era pintor; incluso que había ganado un par de premios y había celebrado un par de exposiciones, una de ellas en Madrid. Aún no se había limpiado la boca con el papel higiénico y ya le estaba exigiendo que la pintase desnuda. A lo que Romu respondió que *quizás más adelante*, entre el agradecimiento por aquella faena sucia pero bien acometida y el miedo a que aquella chica le montase un pollo si le decía que no directamente.

Aunque se consideraba una persona con bastante cultura, y pese a que siempre estaba leyendo cuando no estaba cogiendo un pincel, a Romu nunca le había gustado estudiar. Había devorado manuales enteros de Historia del Arte, cómo no, flipándolo tanto con las escenas mitológicas de Velázquez como con el Bosco y los experimentos de Picasso y de Dalí. Podía jadear de placer delante de un paisaje bucólico de Constable o Gainsborough, con sus arroyos y sus carretas de heno, y a renglón seguido excitarse con las locuras oníricas de un Angarola o un Pickman.

Ante su asombro infinito, el viejo Romualdo no puso el grito en el cielo ni le llamó maricón cuando le dijo que no tenía la menor intención de estudiar una carrera; que lo que le apetecía era ponerse a pintar. Su madre le había pedido que se sacase una carrera o se pusiera a estudiar unas oposiciones y luego, cuando tuviera un trabajo fijo, ya podría dedicarse a pintar alguna cosa como hobby... y precisamente los recelos de su ex mujer fueron el acicate que necesitaba Romualdo para recomendarle todo lo contrario.

–Si esa lista de tu madre dice que no, lo más inteligente es que sí –le dijo, mientras se tomaba una cerveza viendo el Gran Hermano Lesbian–. Ponte a pintar, a ver si te sacas una pasta como esos gilipollas que pintan cuatro garabatos, y nos sacas de pobres –y siguió despatarrado en el sofá, tratando de taparse con un cojín la descomunal erección que deformaba sus calzoncillos mientras sopesaba si valdría la pena vestirse, ponerse unas sandalias, cruzar la calle e irse a la casa del abuelo a follarse a su muñeca Carolina.

A Romu no le dio por pintar garabatos; Romu era un verdadero maestro del naturalismo. Primero bodegones compuestos con la escasa fruta que su padre compraba en el mercado, luego fotos de mares, montañas y campos con flores, luego gente vestida, luego tías en bolas.

Y por eso Dori le abordó en el pub. A ella le molaba el rollo artista, se veía siendo una musa con sus modelitos ceñidos, su maquillaje excesivo y los piños separados. Y era morbosa. Tras hacerle la primera mamada, en aquel váter que olía a desinfectante y con la gente liándola al otro lado, le regaló a Romu sus bragas sucias, que él tiró a la papelera antes de encerrarse en su estudio para relajarse pintando al son de la música de AC/DC.

La primera vez que salieron quiso que Romu le llevara a las minas abandonadas de Mazarrón, y allí se despelotó y se puso a andar desnuda entre aquellos montes y lagos torturados. Tierra impregnada de polvillo de azufre, simas sin fondo; antesala del Infierno que sin duda le esperaba a Romu porque fue allí cuando la chica le espetó, mientras se despojaba del tanga, que era menor de edad. Pero en aquel preciso instante una ráfaga de viento venida de lo alto de las montañas de Bolnuevo le puso a Dori la carne de gallina y convirtió sus dos pezones en dos punzones, de manera que Romu se abalanzó sobre ella, la puso a gatas al borde de un lago de colores extraterrestres, la embistió por detrás y la hizo gritar en media docena de idiomas que la chica ni siquiera sabía que conocía, al tiempo que mezclaba en su mente los colores púrpura, naranja, índigo, añil, de aquellos montes castigados por las lenguas ácidas de la mala digestión de la Tierra.

Después de aquel polvo entre el polvo, de verterse en blanco sobre el amarillo oxidado de aquel desierto, Dori volvió a pedirle que la pintase desnuda mientras le regalaba el tanga arruinado por la arenilla cargada de azufre, algodón tintado de ocre que ningún coñito con sentido común se atrevería a tocar. Romu se guardó la prenda en el bolsillo del pantalón, esperando que no le jodiera aquellos vaqueros de setenta euros, y condujo en silencio de vuelta a la ciudad, soportando los lametazos calientes y babosos, como de vaca, con las que aquella chica imaginativa y ambiciosa recompensaba aquella experiencia por la que, sin duda, algún día le pagarían bastante pasta en alguna tertulia del corazón.

3

Pasaron un par de días follando como las personas normales –o al menos así creía Romu que debían de follar las personas normales–, aprovechando la habitación de Dori en casa de sus padres, el propio cuarto de Romu –mientras el viejo se desahogaba hincándosela a una jodida muñeca de plástico–, las playas de Águilas, el Opel Corsa de él... Pero el sábado siguiente, cuando Romu aparcó delante de su casa, Dori ni siquiera esperó a ponerse el cinturón de seguridad antes de babosearle en la oreja su siguiente capricho.

Un basurero. Quería ser la puta más sucia de toda la provincia, revolcarse entre las bolsas de basura, dejar que su flujo se escurriera sobre la baba lixiviada de los residuos de sus vecinos. *Y por qué no una balsa de purines*, masculló Romu, soñando con salir al campo y echarla en una fosa séptica de una patada en el culo. Pero se contuvo pensando precisamente en aquel preciso y precioso culo cuya sola evocación era capaz de convertir su pene en el mástil de la guitarra de Angus Young, con todas sus rugosidades y su capacidad de hacer chillar y bailar a sus fans. De manera que allá que se fueron, rezando por que no aparecieran los seguratas. Aquella chica estaba tan decidida a hacerse una buena biografía folladora que se había metido unas cizallas en el bolso, de manera que Romu tuvo que emplearse de valiente, arrodillado entre unas matas de cardos rebozadas de polvo, haciendo fuerza para cortar la alambrada a riesgo de que uno de los pinchos le saltase a la cara y le dejase tuerto; lo más adecuado para un pintor.

Entraron. Sortearon los primeros montículos de basura, ella aplaudiendo de emoción, él rezando para no pisar ninguna jeringuilla ni ser devorado por las ratas. Dori estaba tan caliente que no tardó ni diez minutos en quedarse desnuda, sólo con las zapatillas blancas de deporte que no tardaron en volverse marrones. Follaron con precaución, repartiendo bien el peso para no perforar con manos y rodillas las bolsas de basura hinchadas como condones monstruosos, cuyos perfiles de plástico revelaban las caderas de una lata de refrescos, la boca húmeda de una botella sin tapón, los muslos celulíticos de una masa de pañales usados... Dori se movía frenética, escarbaba entre la basura con sus uñas pintadas de carmín, mezclaba sus grititos con el chirrido de las ratas alejadas de sus dominios por el escándalo de aquellos dos primates que se acoplaban, se meneaban juntos, bufaban y reían entre los reflejos de millones de trocitos de cristal acariciados por la luna.

Aquella vez Romu estuvo a punto de decirle que *okey*, que se podía venir a su estudio a que la pintase al natural, lánguida como la Maja Desnuda tras haberse masturbado para Goya, majestuosa como una Venus de Boticelli untada en basura. Tras hacer el amor Dori permaneció agachada mirándole con una sonrisa llena de orgullo, feliz al ver la mueca de asco con la que su chico liberaba los zapatos hundidos hasta el tobillo en bolsas de basura. Orinó en cuclillas retándole a que fuera él quien apartara la mirada; luego se puso en pie y caminó desnuda delante de él, plenamente consciente de los ojos del hombre clavados en sus nalgas poderosas, sucias de barro y de restos de comida. Se negó a ponerse la ropa y entró así en el coche, oliendo a agua sucia y pescado descompuesto. No se vistió hasta que llegaron a las primeras casas de la ciudad y el contacto con la civilización le hizo tomar conciencia de su estado, sucia más que mancillada, llena de basura y de mierda como una niña que se esconde detrás de una mesa para cagarse en los pañales. Romu estuvo en un tris de decirle que le acompañara a su estudio, en el que había instalado un plato de ducha junto a otros refinamientos, pero Dori le calló poniéndole sobre los labios un dedo con un ligero regusto a pollo frito y rancio, salió del coche y se metió en el portal sin despedirse, quitándose pedacitos de papel de entre la melena. Romu permaneció en silencio hasta que llegó a su estudio; una vez allí, entre sus cuadros de paisajes, bodegones y marinas, se quitó el pantalón, la camisa y las zapatillas e inspiró ávidamente el aire cargado con el aroma purificador a óleo y aguarrás.

4

La próxima vez tenía que ser en un colegio, pero en el colegio que ella había escogido –el mismo en el que había estudiado, donde había sentido al mismo tiempo la vergüenza y el orgullo de la primera regla– había aquella noche una reunión del AMPA que tenía las ventanas encendidas, las puertas abiertas y los patios peligrosamente llenos de papás y mamás que habían salido a fumar a pesar del frío. Una auténtica pena porque Dori se moría de ganas de ponerse el mínimo uniforme de colegiala talla XL que traía en una bolsa, y de ser despojada de él jirón a jirón, y a Romu nada le apetecía más que bajarle las bragas y darle una buena azotaina en el culo con una regla de madera, a ser posible bien untada con azufre de las minas o con mierda del basurero; y es que llevaba dos días cogiendo el pincel con guantes de látex para no transmitirle su mal olor al paisaje marino que estaba pintando.

–Vamos al cementerio –mandó entonces Dori.

Y al cementerio que se fueron, saliendo de la ciudad y adentrándose en los bosques y campos de almendros que la separaban de las pedanías más remotas, las únicas donde se podía saltar el muro de un cementerio sin tener a los treinta segundos a algún ocioso o un currante nocturno sacándote una foto y colgándola en Internet. Romu conducía con pulso firme, fumando un cigarrillo y peleando contra el viento racheado que le daba de patadas al coche por todos lados, mientras Dori miraba su propio rostro joven, anhelante y pasional reflejado en la ventanilla por encima de la oscuridad rota de vez en cuando por la luz mortecina de algún caserío perdido.

Para llegar al cementerio que habían elegido tenían que cruzar la aldea, a aquellas horas oscura y silenciosa, o bien meterse entre los campos recorriendo un par de kilómetros de pistas forestales que dejaron bien escocidos los bajos del Corsa. Romu disimuló el coche detrás de dos cipreses de tallo grueso y rugoso que crecían a poca distancia de la tapia húmeda y musgosa. Se acercaron en un completo silencio, contemplando los remates en cruz de los panteones más próximos a la entrada. Una luna casi llena dibujaba sombras de punta de flecha sobre el asfalto torturado por las raíces de los árboles. La puerta era metálica, doble y muy alta, y estaba coronada por una cruz oxidada. Dori avanzaba con pasos rápidos, ansiosos; Romu arrastraba los pies con renuencia.

La chica se echó a un lado al llegar junto a la puerta, dejándole a él la responsabilidad de vulnerar aquel espacio sagrado y enfrentarse a los peligros, terrenales o de ultratumba, que les pudieran estar esperando. Romu asió el picaporte mojado por el relente y rezó por que la puerta estuviera cerrada y pudieran acabar la jornada follando en la parte trasera del coche como las personas normales, pero para su fastidio la puerta se abrió sin ni siquiera exhalar un chirrido de protesta.

–Está abierta –murmuró Dori. Tenía la voz entrecortada, y no solamente por el calentón. Se había puesto un vestido negro que le cubría por encima de las rodillas, y no llevaba medias; sólo unas zapatillas de deporte y unos calcetines diminutos. Marcando estilo, se dijo Romu mientras la miraba de arriba abajo. El vestido le dejaba los hombros al descubierto, y por eso se había tapado con un chal de color claro. *Y más frío que vas a pasar*, se dijo Romu, sintiendo al instante el arranque de una erección. ¡Si al final le iba a molar montárselo con aquella idiota dentro de un cementerio!

Entró el primero, faltaría más. La luz de la luna daba una claridad de plata al recinto. Suelos de tierra, paredes de cemento; siluetas apenas intuidas de alas de piedra, cabezas de mármol y cruces de hierro. Se sobresaltó al oír a sus espaldas un tintineo metálico. Dori acababa de cerrar la verja pasando una cadena con un candado reluciente cuya llave dejó caer en las profundidades de su bolso.

–¿Qué coño haces?

–Es para que no nos pillen –sonrió ella, dejando caer el bolso al suelo.

–¿Ya lo habías hecho antes?

–He soñado con esto muchas veces –dijo entonces la muchacha, acercando su rostro joven y vulgar, aunque hermoso.

El chal cayó al suelo en los forcejeos del primer beso y desapareció entre las sombras como la serpiente del Paraíso tras haber ayudado a Eva a condenar a Adán. Romu quedó de rodillas ante Dori y empezó a acariciarle la pierna con las manos; manos callosas, de pintor, contra la piel lisa y suave, aunque envarada por el frío, de aquella mujer que le hundió ambas manos en el pelo y tiró fuertemente hacia arriba, instándole a que prolongase la caricia más allá de los muslos. El vuelo insuficiente del vestido le impedía a ella separar del todo las piernas, a él hincar la cabeza ansiosa en las profundidades del cuerpo de su compañera; un tirón hacia arriba a cuatro manos resolvió el problema, y luego la propia Dori se quitó el vestido y lo lanzó lejos entre risas. La lengua masculina sorteó sin complicaciones la etérea y precaria resistencia del tanga y hurgó entre los pliegues interiores de la muchacha; hubo gritos falsos de protesta y gemidos verdaderos de deseo. Más de un difunto tuvo que removerse inquieto en su ataúd, luchando contra las apreturas hasta poder masturbarse a gusto. El tanga descendió piernas abajo y acabó adornando la parte superior de una lápida cubierta por la escarcha, escarcha que se derritió al instante.

–Qué guarra eres, que no llevas sujetador –murmuró Romu, agarrándola con firmeza por las nalgas e iniciando un beso lento, concentrado, que no quiso detener hasta que notó el fresco de la noche en su pene sacado de su encierro por las manos húmedas y frías de la muchacha. Al instante una nueva humedad, esta vez cálida y acogedora que tuvo que hacer acopio de todas sus fuerzas para no derramarse allí mismo, de pie en el zaguán de entrada del cementerio. Romu logró separarse de aquellos labios con vocación de ventosa y le apartó la lengua que pugnaba por volver a deleitarse en la carne tensa y caliente del hombre.

–Desnúdate –le mandó entonces la muchacha, forcejeando suavemente con la hebilla del cinturón.

Romu negó dulce pero firmemente. Aquella loca había cerrado la puerta con un candado, pero aún podían tener un mal encuentro. La Guardia Civil, preguntándose qué hacía un coche aparcado allí a aquellas horas de la noche, algunos chavales con ganas de hacer botellón entre los restos de sus abuelos, otra pareja folladora... Además, la entrega de su pareja se volvía absoluta, su desnudez más intensa, si él seguía llevando zapatos y pantalones. Dori también pareció entenderlo así; se puso en pie, joven y hermosa como un ángel de mármol más, se puso a la pata coja y se descalzó primero un pie, luego el otro.

–Mira cómo tengo los pezones –le mostró, cogiéndose las tetas con ambas manos. Éste miró, lamió y olfateó, acariciando aquellos pechos redondos, blancos y fríos, pero al mismo tiempo calientes y palpitantes, con una de sus manos acostumbradas al tacto arisco del pincel, mientras otro de sus dedos finos y ágiles se abría paso entre el vello finísimo y ensortijado del pubis de la chica. Dori volvió a caer de rodillas, volvió a acoger el pene tenso, a punto de estallar, entre sus manos hábiles y ansiosas. Y una mirada aún más ansiosa se clavó en los ojos del pintor al tiempo que una vocecita falsamente tímida y modosa, cargada de deseo pero con un poso inequívoco de ambición, decía:

–¿Me pintarás desnuda?

–Te lo tienes que ganar –sonrió Romu.

Dori soltó bruscamente el pene, que se bamboleó arriba y abajo brevemente hasta que su dueño lo metió en el refugio ahora insuficiente de la bragueta. Se dio media vuelta con enfado, buscando sus ropas, pero al girarse mostró su espalda esbelta, sus caderas anchas, sus nalgas redondas, lisas y acogedoras; y ella fue consciente de que se estaba mostrando plenamente al macho al que deseaba y se dejó agarrar, sujetar, finalmente penetrar hasta el fondo, retirándose lo justo para no lastimarse el culo con la tela brusca de los vaqueros, meneándose con una sabiduría incrustada en los genes para ayudar a Romu a encontrar el camino hasta el placer mutuo. Hubo gritos y mordiscos;

azotes que despertaron ecos lánguidos al rebotar en las lápidas de mármol de cruces torcidas y epitafios de bronce. Primero la saliva, luego el chorro rápido, ardiente, del semen, repiqueteando como la lluvia sobre las letras borradas de una tumba muy antigua, tan antigua que por sus bordes agrietados había nacido un pequeño arbusto que a su debido tiempo había muerto también. Dori gritó de placer y le exigió a su compañero que le aullara obscenidades que le hicieron estremecerse de placer, transgresión sobre transgresión.

Después logró liberarse y echó a correr entre las calles estrechas y adornadas con flores. El hombre reaccionó con la excitación primaria, cazadora, de todo macho que ve correr a una mujer en plena calle; más, ahora que su presa estaba desnuda, receptiva y encerrada. Romu corrió sin ver dónde ponía los pies, siguiendo aquellas nalgas desnudas como una segunda luna llena que desafiaba en belleza a su hermana mayor. Por fin logró agarrarla por un codo, y con aquella captura simbólica Dori se entregó del todo, dejándose morder, acariciar, halagar y guiar hasta la zona más apartada del cementerio, donde las tumbas eran más viejas, las cruces más siniestras y la hierba crecía con fiereza. El juego exigía la plena conciencia de estar profanando un terreno prohibido, de manera que se apoyaron en la sepultura más cercana, un nicho familiar en cuyas profundidades se amontonaban sin orden ni jerarquía más de una docena de cuerpos. Dori se sentó en el borde y fue volteada con delicadeza por su compañero hasta quedar con la cara sobre la tumba, la grupa completamente expuesta, los pezones extremadamente sensibles acariciando fugazmente la piedra fría y rugosa como unos dedos encallecidos.

De repente todo se precipitó. Romu la penetró hasta el tope, hincando su pene joven y feroz en la entrepierna caliente, estrecha y sin fondo de Dori. Un nuevo azote rápido y viril hizo que las carnes femeninas se estremecieran. Dori se abalanzó sobre la lápida, llena de placer desde los pezones de mármol hasta la raíz más fina de los pelos de su coño. Hubo un grito doble, un crujido inesperado y un alarido de sorpresa cuando la losa de granito que llevaba más de un siglo tapando la tumba se vino abajo.

Dori cayó desde una altura de seis metros; su cabeza golpeó contra el amasijo de piedras, madera, hierro y huesos que conformaba el suelo del hoyo; un conglomerado inmundo, resultado de varias generaciones de entierros y treinta años finales de abandono. Su cuello se quebró con un chasquido breve, como un único aplauso irónico al final de una obra de teatro de mala calidad. Hubo un siseo, tal vez el pis que se escapaba de su cuerpo muerto de repente pero no inmóvil del todo, y un grito de terror que Romu logró contener a tiempo. El joven se arrodilló al borde de la fosa y se dio cuenta de que su pene seguía colgando fuera de la bragueta, reducido ahora a un pincel arrugado y mojado que metió dentro del pantalón asqueado por el contacto con aquellos fluidos ahora fríos, pegajosos y pestilentes.

Llamó a Dori un par de veces, tratando de perforar con el oído la oscuridad absoluta que reinaba en el fondo de la tumba. Por un momento le pareció escuchar una risita alegre y maligna proveniente de alguno de los rincones del cementerio; pero al mirar sólo encontró un gato pequeño, negro, con los ojos amarillos, que se escabulló de inmediato al ser descubierto.

Romu se puso en pie renegando de la puta mala pata que le había llevado a escoger precisamente aquella tumba vieja e inestable... aunque se consoló pensando que, a fin de cuentas, en aquel cementerio viejo y casi abandonado buena parte de las tumbas tenían que estar tan carcomidas y ruinosas como las propias casas familiares de las que habían sido en el fondo una prolongación. Volvió a llamar a Dori una vez más, por compromiso, hasta que decidió que aquella cabeza hueca estaba para siempre libre de papeles. Afortunadamente, razonó, no había tenido tiempo de presentarle ni a sus colegas ni a sus padres; y más afortunadamente, se dijo con un bufido de alivio, al terminar el primer polvo había tenido la fuerza de voluntad suficiente como para sacársela a tiempo para no correrse dentro. Su semen, con su ADN revelador, se estaba secando lentamente sobre las letras oxidadas de alguna de las tumbas donde habían recalado antes.

Los pasos siguientes requirieron de un ejercicio extraordinario de memoria. Por suerte para Romu, su mente estaba acostumbrada a almacenar detalles de todo tipo para luego plasmarlos en el lienzo. Se acercó a la entrada del cementerio recorriendo, una tras otra, las escenas de aquella pasión. Así logró encontrar el vestido negro, el tanga y las zapatillas de Dori, con sus calcetines diminutos y sudados; tuvo que ponerse a cuatro patas hasta intuir entre las sombras el bolso de Dori, el pañuelo que llevaba al cuello e incluso un paquete de chicles que había salido volando del interior del bolso. Aquello le hizo recordar los dientes separados de la muchacha con una pizca de pesar. Después de todo, a lo mejor se decidía y la pintaba desnuda.

Desanduvo el camino, regresó al borde de la fosa ahora rellena con su nuevo cargamento de comida para los gusanos y echó al fondo las zapatillas, el pañuelo y el resto de la ropa. Le dio mil veces las gracias a Dios porque aquella chica llevaba dos semanas castigada sin teléfono móvil después de una factura de trescientos setenta euros. Se habían comunicado a través del correo electrónico, cuya contraseña, como le había confesado en una muestra no solicitada de sumisión, era *Doritica99*. No había llamadas, ni whatsapps ni mensajitos; podía entrar en su correo, cargarse todos los mails y borrar su huella digital. Gracias a Dios por los pequeños favores...

Estuvo a punto de liarla muy parda y lanzar también el bolso al interior de la tumba, pero un levísimo tintineo, tal vez de alguna moneda, le hizo recordar la cadena y el candado. Un sueño recurrente que para Dori había terminado en una noche plácida e interminable, a menos que le pasara como en aquella leyenda de Bécquer y se viera obligada, en adelante, a correr desnuda por aquellos callejones para escapar de los espectros de todos los paletos empalmados.

Abrió el bolso y hurgó en vano entre los pliegues de aquella dimensión prohibida para las manos masculinas. En vez de volcarlo y arriesgarse a perder la llave entre la maleza fue sacando los objetos uno a uno y los lanzó a la fosa como si le estuviera tirando pan a las palomas. Una barra de carmín, un pastillero, el cilindro blando y rugoso de un támpax. Abrió el monedero al descuido y sonrió al tocar papel crujiente. Allí había treinta o cuarenta eurillos que no le iban a venir nada mal; al menos, para pagar la gasolina. Hizo una bola con los billetes, se los metió en un bolsillo, siguió vaciando el bolso y encontró por fin las llaves del candado, aún sujetas por duplicado en la misma anilla. Fin de la búsqueda. Lanzó el bolso dentro de la fosa, envarándose con cierta grima al escuchar un ruidito como de chapoteo, y se marchó de allí lamentando no ser capaz de recordar a qué maldita tumba le había echado antes el grumo.

Su coche seguía aparcado junto a los cipreses, afortunadamente sin ningún acompañante. La Guardia Civil debía de estar en los cruces principales de la carretera, controlando la tasa de alcohol. Salió, colocó la cadena y cerró con el candado para ponérselo difícil a los próximos visitantes. Con un poco de suerte, en aquella aldea no se moriría nadie hasta que hubieran pasado un par de meses. Luego cogió las llaves con una mano y las lanzó lejos, en el propio recinto del cementerio. Cayeron encima de una losa de mármol blanco y se quedaron allí, estupefactas por lo que acababan de contemplar, dibujando pequeñas sombras dentadas sobre la lápida reluciente a la luz de la luna. Se escuchó el ruido de un motor; por unos segundos unas luces rojas tiñeron de sangre la cara y el pecho de los ángeles orantes. Romu, pintor de bodegones, paisajes y desnudos, se marchaba directamente a su estudio a quitarse el frío del cuerpo con el siempre reconfortante perfume del óleo y el aguarrás.

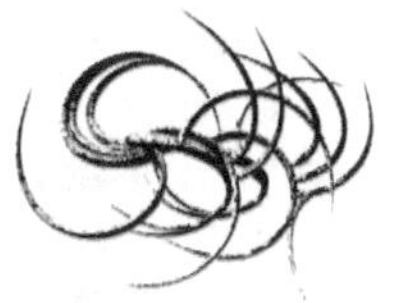

Yo he visto cosas que vosotros no creeríais

Yo he visto cosas que vosotros no creeríais.
Ballenas de diez mil kilos saltando en el aire...
Miles de gaviotas hincando sus picos...

Íbamos a cargarnos el transformador atmosférico de la isla de Ons. Hasta 2022, un lugar privilegiado, hermoso por sus paisajes naturales y por su propia fiereza. La isla de Ons, y los cuatro o cinco peñascos que navegaban a su lado, le frenaba los vientos de Poniente a la ría de Pontevedra. Un paraíso natural en el que pasar el día, echar un polvo y disfrutar de la arena caliente y el agua helada.

Hasta 2022.

Como todo el mundo sabe, la Nochebuena de 2022, dos años, dos meses y dos días después del Flash, los araknos llegaron a nuestro planeta en tropel. Primero vino el Flash, ya quedó dicho. Nunca podremos saber si aquella onda de origen desconocido que acabó con el noventa y nueve por ciento de los seres humanos fue causa o consecuencia de la invasión; si los araknos lanzaron aquel apocalipsis sobre el planeta Tierra para diezmarnos y hacer más fácil una invasión posterior o si se limitaron a aprovechar nuestros propios errores –una onda electromagnética escapada de un laboratorio de Maine, por ejemplo– para pescar con eficacia en nuestro río revuelto.

El caso es que ahí estaban. Los muy hijos de puta. Con sus máscaras de cuero, sus pieles gordas y oscuras como las de los jabalíes y sus dos pares de brazos, los normales y los atrofiados. Con su remota semejanza a una araña puesta sobre dos patas, una araña inteligente, maliciosa y muy agresiva. Había cerca de cuarenta araknos en la isla de Ons, atendiendo al potente transformador atmosférico, y Serrano, el Pajas, Viriato, yo mismo y otros tres nos los íbamos a cargar sin contemplaciones, como las alimañas venenosas que eran.

***

Habíamos conocido la existencia del transformador gracias a Casio Querea, el mítico retenedor venido de la ciudad libre de Coy, en las montañas entre Lorca y la provincia de Almería. A Casio le había dado la información algún núcleo de la Resistencia gallega o leonesa, y se la había transmitido tal cual a Andy, el sheriff de Toral de Fondo. El bueno de Andy, con su silla de ruedas, su media docena de hijos y su pericia navegando por los restos de la Internet humana y de la Telarakna tejida por la inteligencia extraterrestre que llevaba cinco años tratando de someter a la raza humana.

–No cojáis mejillones –advirtió Serrano, enseñándonos un puñado de conchas grandes, curvadas y de color gris.

Había abierto una de ellas con una uña que tenía poco que envidiar a los propios moluscos y nos estaba enseñando el bicho hinchado, de color púrpura, que parecía estremecerse al contacto con el aire. Un aire que nos habría envenenado de no ser por las escafandras que nos daban el oxígeno y el nitrógeno necesarios. A poco más de dos kilómetros del transformador atmosférico, el aire que nos rodeaba estaba compuesto casi en su totalidad por amoníaco, dióxido de carbono, gases de bromo y la media docena de porquerías que los araknos necesitaban meterse en los pulmones, o en el amasijo de vísceras que en ellos desempeñase la función respiratoria.

Los *transfat* –como los hackers llamaban a aquellos transformadores en sus charlas clandestinas– tenían capacidad para procesar miles de hectómetros cúbicos de aire por segundo; huracanes enteros que entraban por unas toberas, se sometían a unos procesos químicos incomprensibles para nuestra tecnología relativamente poco avanzada y salían convertidos en aquel veneno que para los araknos resultaba tan saludable y placentero como para nosotros una suave brisa primaveral. No podíamos saber cuánta mierda por segundo era capaz de producir el transfat de la isla de Ons, pero sabíamos que sólo harían falta setenta kilogramos de pasta de heftalita para destruir las instalaciones, y de paso lanzar por los aires a todos los hijos de puta con tentáculos que las custodiaban.

Tras coger el puñado de mejillones –proliferaban abundantes pocos metros más abajo de nuestro escondrijo, entre las rocas batidas con fiereza por el océano–, Serrano se acercó el bicho de color púrpura a la nariz y se sorprendió como un idiota cuando sintió el golpe. Las máscaras que llevábamos eran tan cómodas que uno tardaba poco en habituarse a ellas. Llevábamos los ojos bien protegidos –en el caso de Serrano, eso implicaba dejar un espacio para meter aquellas gafas suyas tan grandes como televisores–, y la nariz y la boca estaban completamente a salvo de inspirar aquel veneno que allí, en el interior de aquella cueva húmeda y cerrada, y a tan poca distancia del transfat, nos habría matado en unos segundos. El único inconveniente era la comida, pero no pasaba nada por tener que alimentarse a través de una pajita durante un día y una noche. Por suerte aquella combinación de gases sólo producía una ligera irritación al contacto con la piel humana; un efecto bastante más leve que el que tenía sobre aquellos pobres mejillones escocidos a los que Serrano lanzó al mar con fuerza. A un mar en el que aún se veían algas –bastante pocas–, peces –aún menos– y algún que otro cetáceo desconcertado por el cambio constante en el agua. Conocíamos la historia de las cinco mil ballenas varadas en las costas de Islandia, donde los araknos tenían uno de los transfat más grandes, y la de las focas que habían encontrado en Chile, a dos kilómetros de la playa, muertas de sed y deshidratación y con las aletas ensangrentadas por aquella caminata contra natura con la que habían querido escapar de un océano convertido en una sopa ácida para mayor deleite de la fauna y la flora de los araknos.

Una fauna y una flora que, por el momento, no estaban consiguiendo ganarle la batalla a sus anfitriones forzosos. A diferencia de los humanos, que sin duda habíamos sido diezmados aposta, el resto de habitantes del planeta seguía dominando sus ecosistemas respectivos; y, después de millones de años de adaptación, sabían reaccionar con eficacia para defenderse del agresor. Las moscas, las arañas de verdad –que no guardaban ninguna relación con los grotescos invasores antropomorfos de seis extremidades– y un porcentaje elevado de insectos y de bichos en general, estaban logrando sobrevivir a los gases venenosos multiplicando su capacidad de fecundar a las hembras y acelerando la eclosión de los huevos. La evolución premiaba a los ejemplares que toleraban mejor los gases que formaban la nueva atmósfera arakna; los que tenían mayor número de huevos y sacaban adelante a sus larvas a mayor velocidad también tenían muchas más papeletas para sobrevivir. Y lo mismo estaba pasando, según comentaban algunos hackers, con animales más complejos como ratas, conejos y algunas especies de aves. Las cucarachas habían resultado completamente inmunes a aquella mezcolanza de aire venenoso, algo que en el fondo a nadie sorprendió demasiado, a diferencia de los anfibios, los mamíferos, los peces y numerosas especies de árboles, que se estaban llevando la peor parte.

***

Nuestro pequeño comando estaba formado por siete personas: cinco hombres y dos mujeres. Además de mí mismo –no sé si dije antes que me llamo Andrés Castro– estaban mis amigos Antonio Serrano, Jesús Viriato y Sergio Andrade, conocido en los ambientes más selectos como el Pajas. Serrano, el Pajas y yo éramos amigos desde antes del Flash, igual que Andy, nuestro sheriff; en otro lugar contaré nuestra historia con detalle. A Viriato le habíamos conocido algo después, al igual que Cristina Mellina, la escritora de nuestro grupo y quien en puridad debería estar narrando esta aventura, y no yo. Los otros dos miembros del grupo formaban parte de la Resistencia de la zona: Sancho Couce, un marisqueiro jubilado que se conocía aquella parte de la costa pontevedresa como la palma de su mano, y Marina Combarro, que antes del fin del mundo había sido concejala de uno de los pueblos próximos a Finisterre, además de ingeniera química en una fábrica de celulosa. Nuestro grupo había contado con un octavo pasajero, Pepe Freire, que era profesor de inglés como yo mismo, pero habíamos perdido el contacto con él la tarde anterior, unas horas antes de embarcarnos rumbo a la isla de Ons, y no sabíamos si se había perdido en el bosque, si le había pasado algo –una caída, el ataque de un lobo– o si había optado por abandonar en el último momento para no tomar parte de aquella locura.

Porque era una locura; todo hay que decirlo. El transfat

ocupaba una extensión de cinco hectáreas en la parte más alta de la isla de Ons, cuyo paisaje de ensueño había sido roturado, aplanado y martirizado para dejar espacio a la compleja maquinaria que incluía las toberas, los silos con los productos químicos, las piscinas a temperatura bajo cero donde nuestra atmósfera era licuada y transformada en pedo de arakno y los gigantescos ventiladores de primera presión, que inyectaban a la fuerza todos aquellos elementos químicos en el aire, dejando que las corrientes térmicas hicieran el resto del trabajo. Hasta Toral de Fondo, la ciudad libre en la que nosotros vivíamos, aún no habían llegado los efectos de aquella atmósfera miasmática, pero ya habíamos empezado a notar un leve descenso en el número de aves, sobre todo patos, cigüeñas y cercetas, que habían desviado sus rutas migratorias y ya no sobrevolaban la Meseta en sus viajes al Sur.

Sentados en lo más profundo de la cueva, mal iluminados por un camping-gas que formaba parte del equipaje de Serrano desde antes del Flash, consultamos el mapa de la isla que la Resistencia local había podido descargarse hackeando la Telarakna. Allí se veían todos los elementos del complejo, incluyendo decenas de kilómetros de tuberías de todo tipo, el puesto de mando, las alambradas dobles y triples, el punto de atraque de barcos, el helipuerto y los tres barracones donde dormían los araknos: seis científicos encargados de los procesos químicos, una veintena de militares y otros quince o veinte más entre personal de cocina, limpieza, asistencia médica y mantenimiento en general. Que nosotros supiéramos, en aquella base no había ni un solo ser humano. Dejando a un lado lo insano de la atmósfera, aquellas instalaciones eran demasiado vitales como para permitir que los humanos se acercasen demasiado; aunque fuera alguno de aquellos perros fieles que se dejaban insertar un microchip localizador y hacían gala de su *pacto entre iguales* con los invasores luciendo una cadena de oro en la muñeca o el tobillo.

–Hay que destruir las piscinas; es donde el nitrógeno y el oxígeno se separan, se licuan a diferentes temperaturas y se va suministrando el hidrógeno que acabará formando el amoníaco –explicó Marina, señalando aquí y allá en el mapa con uno de sus dedos finos y llenos de pecas.

Cristina, que no le iba a la zaga a la ingeniera en pecas ni en inteligencia, le preguntó por los puntos más vitales, la cantidad de explosivo que deberíamos aplicar y, lo más importante, el tiempo del que dispondríamos para escapar si todo iba bien.

–Una vez que se aplica la chispa, la pasta de heftalita tarda entre dos y tres minutos en calentarse hasta el punto de explosión –nos informó Marina, mirando directamente a Jesús Viriato.

–Con la humedad que tenemos, entre tres y cinco minutos –nos aclaró éste. Antes del Flash había sido guardia civil. De los Gedex, que venían a ser lo mismo que los Tedax. Una auténtica joya que habíamos conocido por casualidad un año antes y que había pasado a formar parte de nuestro Sexteto de la Muerte.

–De todas formas, hay que tener en cuenta que toda esta mierda que estamos respirando puede hacer variar las propiedades de la heftalita y adelantar la detonación –precisó Marina, mientras a mí los huevos se me convertían en una nuez pequeña y apretada.

–De la isla de Ons, al Cielo –vociferó Serrano.

–Morigeración, Antonio. Morigeración –replicó el Pajas, riendo sin ganas un viejo chiste.

–Haremos dos grupos –decidí. Formalmente el mando recaía en el desaparecido Pepe Freire, que era el jefe de la Resistencia local, y en su ausencia en Marina, pero ésta me dejó seguir hablando–. El equipo A rodeará los acantilados... –risas provenientes de Cristina y Serrano, aquellos frikis de las series antiguas de televisión, a quienes no les di la satisfacción de dejar que me cortasen el rollo–. El equipo A será el encargado de hacer de cebo. Recorreréis los acantilados por el Oeste –apunté con el brazo hacia el exterior de la cueva, hacia un océano que se teñía de púrpura, como los mejillones envenenados, a medida que caía la tarde–, llegaréis hasta la puerta principal y lanzaréis media docena de bombas de mano.

–¿Quiénes forman el equipo A? –preguntó Cristina.

–Aquí tenemos a Murdock –replicó el Pajas, apuntando a Serrano.

–Y aquí, a tu puta madre. Que en paz descanse.

–El equipo lo formarás tú, con Serrano y con usted, Sancho –apunté al viejo marisqueiro que nos había llevado hasta allí manejando con soltura la zódiac entre los afloramientos de roca.

–No podemos arriesgar a Sancho –se quejó el Pajas–; nos hará falta para el viaje de vuelta.

–Cuánta delicadeza, Sergio. Qué gusto currar contigo –replicó Cristina.

–Tiene que ser así para que les guíe –resolví.

–Si no tiene pérdida, joder. La primera a la izquierda y rodear la isla hasta que los araknos nos den con los cuernos –aún añadió el Pajas, aunque optó por callarse al ver la mirada que le dediqué.

No estaba el horno para bollos. Llevábamos todo el día encerrados en la cueva esperando a la puesta de sol, sintiéndonos atrapados bajo las gafas de buzo y las mascarillas, estábamos hambrientos, cansados, nerviosos y, sobre todo, cabreados. Muy cabreados. En los últimos días habíamos visto con nuestros propios ojos los efectos devastadores de aquella transformación que pretendía convertir nuestro planeta en un huevo podrido flotando en un bote de salmuera. Mientras nos internábamos en los montes gallegos, donde habíamos nacido muchos de nosotros, nos habían sobrecogido las hileras de eucaliptos resecos, las manadas de vacas escuálidas y temerosas, los miles de pájaros formando pilas de plumas y huesos a los pies de los árboles o desparramados sobre los campos... nos habían estremecido aquellos nuevos atardeceres de colores insanos, fucsia, ocre, cian... por no hablar de la docena de jóvenes, hombres y mujeres, que nos habíamos encontrado muertos junto al muro de un granero, a poca distancia de allí, fusilados por los araknos como represalia por alguna acción de la Resistencia...

El Pajas y Cristina se marcharon guiados por Sancho, el marisqueiro. Tenían la misión de liar la de Dios delante de la puerta principal para atraer a los araknos mientras los demás nos colábamos por la parte posterior, la más próxima a las piscinas donde se hacían las mezclas químicas. Marina nos aseguró que, si lográbamos hacerlas saltar por los aires, los araknos ya no serían capaces de reconstruir el transfat. La tierra se impregnaría tanto de veneno que los propios araknos tendrían que marcharse para no morir intoxicados. Tendrían que buscarse otro emplazamiento y acondicionarlo partiendo de cero. Quizás en las islas Cíes, a unos veinte kilómetros al Sur, o en la de Madeira. Aquello supondría un respiro de tres o cuatro años para el medio ambiente y ralentizaría, además, el asentamiento de los extraterrestres en toda aquella zona de la península. Que siguieran hibernando en sus naves nodriza con todas las plantas y los bichos que querían plantar, y que fueran ellos, y no nosotros, quienes tuvieran que moverse por el planeta cargando con sus mascarillas de oxígeno, o de mierda.

***

El equipo A avanzaba entre las rocas, agachándose para no destacar entre la luminosidad que los inmensos focos del complejo esparcían por todas partes. El cielo estaba completamente despejado, lo cual era una suerte porque así todos nos ahorrábamos la visión de las nubes rojas, amarillentas, azul eléctrico, que tanto nos habían agobiado en noches anteriores. Sancho, el marisqueiro, iba en cabeza, escrutando con detalle cada trecho del camino antes de dar la orden de avanzar. Detrás iba Serrano, cargado con el saco de las granadas, y por último, guardándoles las espaldas con la metralleta en bandolera, iba Cristina, pensando sin duda en la crónica novelada que le iba a mandar a Andy a través de Internet cuando lográsemos salir de la isla.

Serrano, que antes del Flash había pasado largas temporadas de su vida ingresado en uno u otro psiquiátrico, luchaba por controlar dos sensaciones que cada vez se iban haciendo más intensas. La rabia ciega ante la proximidad de aquellos araknos destructores de su planeta, y la euforia que luchaba por salir a la superficie en forma de carcajadas o de canción burlona para deshacer la tensión del momento, como una persona que no puede evitar la risa boba mientras acompaña a unos amigos en el tanatorio. Llevaba varios años sin tomarse la medicación que en teoría debería acompañarle durante el resto de su vida, y había reemplazado las pastillas por los vasos de vino y los puros caseros, aprovechando que algunos supervivientes habían empezado a cultivar tabaco caliqueño con éxito, como se había hecho en Valencia en otros tiempos. Llevaba todo el día soñando con fumarse un puro, habría matado a su difunta madre por echarle una calada aunque fuera a una colilla reseca y, como si algún duende burlón se estuviera burlando de él, se encontró efectivamente con dos colillas semienterradas en el barro, justo en el lugar en que los acantilados daban paso a una explanada de tierra al fondo de la cual se abría la puerta principal del transfat.

***

Nosotros, el equipo B, andábamos en fila india, Marina en primer lugar haciéndonos de guía y luego yo mismo, Viriato y el Pajas. Todos armados hasta los dientes, cada cual con su equipo respirador, el oxígeno de emergencia y una mochila con varios paquetes de heftalita y los detonadores. Nuestra ruta era mucho más fácil que la de Sancho y los otros, porque íbamos campo a través, pisando hierba y monte bajo en vez de tener que pelear con las rocas de la costa; sin embargo, también estábamos más expuestos. Apenas habíamos recorrido quinientos metros cuando tuvimos que meternos de cabeza en unas *silveiras* enormes y viejas como los propios druidas para no ser descubiertos por una patrulla de tres araknos que recorrían aquel sector de la isla en un jeep. No supimos decir si eran machos o hembras, ya que sólo podíamos distinguirlos por las pulseras anticonceptivas que éstas se colocaban en el extremo de uno de sus tentáculos, aquellas extremidades centrales que sin duda en su planeta tendrían su utilidad pero que aquí ni siquiera les servían para espantar las moscas. Los biólogos decían que todos los araknos sufrían dolores persistentes a causa de esos apéndices húmedos y carnosos que se inflamaban al contacto con nuestra atmósfera. Como bien decía el Pajas, ojalá tuvieran ahí la polla.

Estábamos escondidos detrás de la *silveira*, a muy pocos metros de la primera alambrada, cuando sentí una vibración en uno de los bolsillos de la chaqueta. No hizo falta nada más. Hurgué a toda velocidad en el bolsillo, cogí el teléfono móvil y contemplé por unos instantes la pantalla iluminada antes de estrellarlo contra el suelo. Aquel teléfono ya estaba quemado, sin duda ya había sido detectado por los araknos, o por los informáticos humanos a su servicio, y desde aquel momento podría haber servido para localizarnos. En cualquier caso, aquellos teléfonos no eran más que Reinas del Sur, por usar la terminología que se había impuesto. La noche anterior, antes de subirnos a la zódiac, yo me había quedado un terminal y Cristina el otro; si me estaba llamando era para avisarme de que la operación había fracasado y que teníamos que salir por piernas de la isla.

***

Cuando llegamos a la costa, Sancho y Serrano habían sacado la zódiac de entre los matorrales donde la habíamos escondido y la acababan de echar al mar. Cristina disparaba ráfagas certeras de ametralladora hacia la cima de los acantilados, por los que acababan de aparecer las siluetas toscas de media docena de araknos. Viriato y el Pajas se sumaron al tiroteo al instante, sin dejar de correr, mientras Mónica y yo nos hacíamos cargo de sus mochilas para facilitarles los movimientos.

Llegamos a la playa bajo una auténtica lluvia de disparos que ahogó por unos instantes el zumbido lejano de los ventiladores que esparcían la ponzoña. Sentía que el aliento me fallaba a causa de las gafas protectoras y la máscara que me cubrían ojos, nariz y boca, de manera que me las quité con precaución tan pronto como me vi dentro de la zódiac. Para mi alivio el aire resultó estar bastante limpio, aunque con ese tufillo a orín que uno podía percibir cuando se acercaba a menos de cien kilómetros de la costa. Aquellos hijos de puta estaban haciendo su trabajo bien a conciencia.

El primer grupo de araknos fue abatido mientras trataba de descender la pendiente escarpada que comunicaba la playa con la cima de los acantilados; el último murió de un disparo certero del Pajas mientras corría hacia nosotros como un loco, dispuesto quizás a echarse a nadar a ver si nos echaba el guante. Todos los testimonios recabados de punta a punta del planeta coincidían en que los araknos no sabían nadar y además reaccionaban muy mal al contacto con el agua marina, pero quizás aquel fulano, o fulana, no leía la prensa. En cualquier caso, como digo, un tiro bien colocado del Pajas convirtió su cabeza en puré de marciano, aunque el hijoputa, o hijaputa, aún siguió corriendo como un pollo sin cabeza durante algunos metros hasta caer sobre la arena mojada de la playa.

Lamentablemente ellos eran muchos, y nosotros sólo siete y apiñados en una sola embarcación. Tan pronto como nuestra zódiac se hubo alejado una veintena de metros vimos aparecer por el Oeste cuatro patrulleras militares que avanzaban a toda velocidad en nuestra dirección. Las bordas estaban llenas de araknos que por el momento no habían abierto el fuego, porque aún estábamos demasiado lejos, pero que no tardarían en convertir nuestra pequeña barca en un colador de goma; a no ser que optasen por abordarnos y partirnos en dos. En la proa de una de las barcas vi una figura que me resultó al mismo tiempo extraña y familiar. Extraña porque rompía la homogeneidad de aquellos cuerpos toscos, grandes y oscuros, familiar porque yo había visto aquella cara mal tapada por una mascarilla con anterioridad...

–¡Ahí está Pepe! –gritó Marina, señalando al intruso con un dedo.

–¡Ahí está el fumador! –replicó Serrano.

Sancho, el marisqueiro, profirió una blasfemia sentida y rebuscada y entonces pude atar casi todos los cabos. Habíamos sido traicionados por Pepe Freire, líder de la resistencia de aquella zona y el octavo miembro de nuestro pequeño grupo de saboteadores. Más adelante llegué a saber que aquel traidor se había delatado a sí mismo a causa de los cigarrillos que se había fumado mientras llegaba escoltado a las instalaciones del transfat. De no haber sido fumador, nuestros compañeros se habrían topado de morros con el destacamento militar que les estaba esperando emboscado tras la puerta principal; pero Serrano se había planteado qué pintaban aquellas señales recientes de presencia humana en un lugar absolutamente restringido a los nativos, y aquello les había permitido escapar a tiempo y hacerme a mí la Reina del Sur, la llamada telefónica que me indicaría que había llegado el momento de echar a correr para salvar el pellejo, como en la novela de Arturo Pérez-Reverte.

***

Yo he visto cosas que vosotros no creeríais.

Ballenas de diez mil kilos saltando en el aire, hundiendo las naves araknas...

Miles de gaviotas hincando sus picos en sus corazas, salvando a mis compañeros...

Fue visto y no visto; la primera embarcación saltó por los aires cuando se encontraba a menos de cien metros de nuestra zódiac y las primeras salpicaduras de las balas empezaban a cerrarnos el paso por la proa. El barco se escoró repentinamente hacia babor y luego se levantó de popa como una moto cuando aprietas de repente los frenos delanteros. El resultado fue el mismo sobre el mar que sobre el asfalto: un vuelco, un estrépito de plásticos y hierros destrozándose sobre las olas como sobre una superficie sólida, algunas llamas y un pasaporte directo para el cielo de los araknos, o adonde demonios vayan los marcianos muertos al pie del cañón cumpliendo con su deber. Aunque su deber sea darnos por culo a los demás. Los araknos se hundieron en cuestión de segundos, cumpliendo después de muertos con su misión de enmerdarnos el océano a los demás; Pepe Freire, el traidor, desapareció a su vez bajo las olas.

Nuestro pasmo fue tan grande que Sancho redujo la velocidad del motor fueraborda y nos quedamos contemplando el espectáculo. La embarcación había sido interceptada por una ballena negra e inmensa que, no contenta con el estropicio, comenzó a azotar los restos y mandó a saludar a Neptuno a una pareja de araknos que trataban de mantenerse a flote agarrándose a unos restos de madera con brazos, piernas y tentáculos. La segunda embarcación, que le estaba pisando los talones a la que iba en cabeza, sólo tuvo tiempo de desviarse unos cuantos metros, o grados, o minutos, o como sea que se mida en el mar; una masa negra, grande e hinchada dominó el horizonte por unos instantes mientras un segundo cetáceo saltaba completamente del agua y aplastaba la patrullera con el peso de sus diez o veinte toneladas. El oleaje que provocó fue tan fuerte que estuvo a punto de tirarnos a todos al mar, de lo pasmados que estábamos viendo el espectáculo. El sol, ya a punto de perderse detrás del horizonte, apareció y desapareció entre las olas como si se tratase de un barco en llamas.

Fue en aquel preciso instante cuando se oscureció el cielo. Miré hacia arriba a tiempo de ver una nube negra, la única que manchaba el firmamento en el que ya lucían las primeras estrellas. En un momento dado la nube se partió en dos fragmentos afilados como puntas de flecha que prescindieron por completo de nosotros y se abalanzaron sobre las otras dos embarcaciones araknas con frenesí de kamikazes. Oímos disparos y esos sonidos guturales que profieren los araknos cuando no están conectados a los sintetizadores de voz humana, y que son su medio natural de comunicación; pero, por encima de todo, oímos el zumbido penetrante de miles de alas batiéndose al mismo tiempo, acercándose desde las alturas y cogiendo la velocidad necesaria para perforar, con garras y picos, las pieles de cuero de los araknos.

Los pájaros y las ballenas sabían perfectamente quiénes eran sus enemigos principales, las bestias a las que tenían que abatir en la batalla aunque fuera a costa de sus vidas. Una nueva ballena, o quizás alguna de las que había atacado primero, volvió a dar un salto mortal que efectivamente llevó a la muerte a los ocupantes de la tercera embarcación, envolviéndose en una nube de garras y picos que siguió mortificando a los araknos incluso cuando se hundían ya bajo las aguas, dando patadas y manotazos frenéticos. Una nueva embestida de pájaros, esta vez provenientes de tierra adentro, pasó por encima de nuestra zódiac a una distancia tan corta que les habríamos podido arrancar las plumas de la cola, pero ni siquiera llegaron a rozarnos y se estamparon en cambio contra la última embarcación superviviente, sumándose a las aves que en aquellos momentos picoteaban, arañaban, aleteaban y golpeaban los rostros, pecho y extremidades de aquellos seres que se habían puesto en contra de todos los habitantes del planeta Tierra. Hubo ráfagas de ametralladora que no consiguieron más que abrir una mínima brecha en aquella masa compacta de aves; un simple arañazo en el agua que enseguida se volvió a cerrar sobre sus presas. En esta ocasión el barco acabó estrellándose contra los afloramientos de roca que nuestra zódiac pasaba casi rozando; hubo unas llamas fugaces y luego una detonación que llenó el agua de pequeños y agonizantes pollos a l'ast.

***

Pasamos entre los restos de las embarcaciones divisando en las aguas más profundas las sombras imponentes de los grandes cetáceos. En ningún momento nos sentimos amenazados. Mirábamos al horizonte, pensando en lo que acabábamos de vivir y sintiéndonos reconfortados. Siguiendo mi ejemplo, todos se habían quitado por fin las gafas y las máscaras de oxígeno dispuestos a volver a protegerse tan pronto cambiase el viento. Sancho manejaba el motor fueraborda con pericia, al abrigo de los acantilados, volviendo sobre nuestra propia estela.

De los cuarenta araknos que ocupaban la isla de Ons, más de la mitad habían muerto acribillados por nuestras balas o atacados por los animales en el mar.

Habría sido un crimen no haber aprovechado la ocasión...

***

Estábamos tumbados en la playa, escondidos entre las dunas y los pinos marchitos que bordeaban la costa. A un par de millas de donde nos encontrábamos, la columna de fuego proveniente de la isla ascendía limpiamente en el cielo nocturno, tiñendo la superficie del mar de reflejos lilas, verdes y amarillos. Las indicaciones de Marina habían sido de gran eficacia y las piscinas que modificaban por completo la composición del aire habían saltado por los aires llevándose consigo cables, tuberías, almacenes, jeeps, y a la docena escasa de centinelas araknos, aún desconcertados por la pérdida de sus compañeros, que habían logrado escapar de los disparos certeros de nuestras ametralladoras.

–Una estrella fugaz –señaló Marina, cómodamente tumbada ahora a los pies de una duna–. Pedid un deseo.

–El culo de Castro, esta noche –rió el Pajas.

–Que Serrano aprenda a disparar, que casi me vuela la cabeza –protestó Viriato, mientras el aludido le hacía un gesto con el dedo del medio.

–Ganar el Premio Planeta –se burló Cristina.

–Salud para mis nietos –murmuró Sancho, el marisqueiro.

Era el único de todos nosotros que seguía en pie en vez de estar tumbado sobre la arena; por eso fue el único que lo vio. Nos hizo un gesto con la mano al que correspondimos al instante guardando silencio, apagando los pitillos y preparando las armas.

La figura salió del mar a gatas, resbalando sobre la arena mojada y rodando sin rumbo fijo; una parodia del primer pez que saltó sobre la tierra millones de años atrás. Al vernos aparecer entre las dunas, encañonándole, se puso de rodillas, levantó las manos y nos dedicó una sonrisa fatigada.

–Al final cumplisteis la misión –nos saludó Pepe Freire.

El descomunal incendio que estaba devorando la isla de Ons en aquella noche serena se avivó por unos instantes y recortó su silueta iluminada desde atrás. Vimos brillar fugazmente un aro de fuego en su muñeca derecha; la pulsera de oro que sus nuevos amos le habían colocado como símbolo de lealtad. Sin duda en alguna parte de su cuerpo llevaría el parche de esparadrapo que protegía la piel, aún sensible, en la que le habían insertado el microchip localizador.

–¡Eres un traidor hijo de puta! –le gritó Viriato al reconocerle.

–Yo miro por lo miro, igual que hacéis los demás... –empezó a justificarse; no apartaba la mirada de la media docena de armas que le encañonaban. En un momento dado miró también hacia atrás, tal vez esperando la llegada de algún arakno salvador.

Pero, como ya dije antes, a los araknos les sienta muy mal el agua.

–Pepe, no me lo puedo creer –le acusó Marina, con tristeza–. Perdiste a tu mujer y a tus tres hijas en el Flash...

–No está demostrado que fueran los araknos –se defendió Pepe.

–Si es blanco y en botella, es leche –razonó Serrano.

–O lefa de araña –soltó el Pajas, con una carcajada.

Pepe sonrió, tratando de formar parte de la broma. Un traidor más, un Judas que había estado a punto de acabar con nuestras vidas a cambio de... ¿de qué? Quizás de inmunidad, de convertirse en sheriff de alguna de aquellas ciudades esclavas donde malvivían cien o doscientos desgraciados como él; de algunos bienes materiales que empezaban ya a escasear, un barril de whisky, una cava de puros, un Ferrari, unos sacos de café.

–Eres un verdadero hijo de puta –masculló Marina, trocando en rabia su arranque inicial de compasión. Ya no eran nuestras vidas, era el transformador atmosférico que, de haber fracasado nuestra misión, a aquellas horas seguiría envenenando el aire, el mar, los bosques, las aldeas... en las que ella, y aquel individuo miserable, habían pasado su infancia y su juventud–. No sé cómo las ballenas no te han matado –le escupió.

Pepe Freire, el ex líder de la Resistencia convertido en traidor, fue a responder algo ingenioso; pero antes de que pudiera abrir la boca un relámpago alumbró toda nuestra zona de la playa, acompañado por un trueno que nos hizo pitar los oídos, y nuestro antiguo compañero cayó de bruces sobre la arena, manchándola enseguida con un charco de sangre.

–Las ballenas son nobles; ellas no entienden de traiciones –sentenció Sancho, mientras bajaba la escopeta, ahora descargada.

Luego hurgó en los bolsillos de la chaqueta en busca de un cigarrillo, lo encendió, dejó vagar su mirada sobre el horizonte iluminado por las llamas y añadió, como para sí mismo:

–Aunque, si tenemos estos aliados, puede que no esté todo perdido...

La gatita libidinosa paga muy bien

Jacinto Villaferre le sirvió al muchacho elegante su ron caro con café, lima y unas gotas de granadina. Veinticinco euros costaba la copa y el otro la pagó como quien da una limosna y se acomodó en la barra.

Desde que su padre muriera inesperadamente su vida se había truncado por completo. Su madre se puso a coser y a limpiar escaleras, ya con cincuenta y cinco años, para poder mantener a los dos señoritos que tenía por hijos. Señoritos pero listos, muy listos.

A Jacinto le quedaban dos años para terminar Ingeniería de Telecomunicaciones, una carrera difícil pero con muchas salidas, a la que dedicaba todo el día entre clases y estudio concienzudo. Desde que por culpa de Dori sufriera de mal de amores, sus calificaciones bajaron y perdió la beca. Él perdía la beca por una ingrata mujer y su madre limpiaba la mierda de los demás sin quejarse siquiera a pesar de lo cansada que llegaba a casa tras más de diez horas de trabajo.

Pero él valía, valía mucho; y si no valía, al menos se esforzaría por valer y sacarse una carrera que le permitiera acceder a un buen puesto de trabajo y que su madre se sintiera orgullosa. ¡Qué cojones! Sacaría a su madre de trabajar para que viviera como una reina.

Por eso se puso a trabajar en la Ronería del Este, aunque acababa hasta las narices de las pijas borrachas que babeaban sinuosas y escotadas ante su cara de ángel fornido y sus llamativos ojos verdes. Y cansado. Terminaba muy cansado.

Los domingos intentaba dedicarle un rato al estudio pero era imposible, sólo podía dormir tras acostarse de madrugada las dos noches anteriores.

A las tres de la mañana se había quedado la barra vacía excepto por el muchacho elegante que lo observaba con descaro. Sólo esperaba que no quisiera ligar; lo que le faltaba, verse obligado a rechazar también a los hombres. Aunque aquel tipo no le parecía en absoluto homosexual, lo miraba más como a una mercancía que como a un objeto de deseo.

Bajó la música del local mientras los camareros recogían y los clientes se tomaban las últimas copas. El individuo aprovechó para abordarle.

–Nadie me había servido una copa tan bien preparada en mucho tiempo.

–Gracias, intento hacer mi trabajo lo mejor que puedo.

–Está muy bien este sitio, es la primera vez que vengo.

–Sí, a la gente le gusta bastante, servimos buena bebida –intentó ser educado sin tener muchas ganas de seguir con la conversación.

–Y dime –el hombre puso los dos brazos en la barra y le miró de frente–, ¿llevas mucho de camarero?

–En realidad es un trabajo temporal –se excusó sin motivo–; estoy terminando Ingeniería de Telecomunicaciones.

–¡Vaya! Todo un ingeniero tras la barra de un bar –usó un tono indeterminado que tan bien podía ser de burla como de sorpresa real, como de total indiferencia.

–Hay que sacarse unos eurillos, ya sabes, hasta que sea ingeniero del todo.

–No, en realidad no lo sé –en la comisura de sus labios se intuyó una escueta sonrisa que no llegó a aparecer–. ¿Te pagan bien aquí?

–No me quejo.

–Déjame adivinar, entre noventa y ciento treinta euros por noche.

–Más o menos.

–¿Y te gustaría ganar diez veces más con la mitad del esfuerzo?

El hombre elegante había hecho la pregunta correcta para captar su atención. ¡Claro que quería!

–Cuéntame.

–Represento a una agencia de compañía exclusiva –sacó una tarjeta y, con un gesto automatizado, se la tendió–; ya sabes.

–No, no sé –aprovechó Jacinto para devolvérsela.

–A las mujeres no les gusta la soledad; solteras, viudas, algunas incluso casadas... de cierta edad... tampoco le puedes pedir peras al olmo...

–¿Me estás hablando de prostitución?

–Te estoy hablando de pasar un rato con señoras agradables, limpias, adineradas –recalcó la palabra–, y luego... si surge, pues uno hace de tripas corazón y se lanza con lo que le pidan.

–No, no me va.

–Mil o mil quinientos por noche; por adelantado –se levantó–. Si cambias de opinión me llamas.

***

Jacinto Villaferre llegó a la puerta de la mansión, un caserón antiguo ubicado en el mismo centro de la ciudad, de estilo ecléctico, reformado e imponente.

Había cambiado sus deportivos por zapatos elegantes, los vaqueros y sudadera habituales por un traje de chaqueta, el mismo que usó para el funeral de su padre; y una corbata azul marino moderna que le habían prestado.

Se había engominado el pelo y debía aparentar seguridad y conservar un halo de misterio morboso aunque por dentro estaba hecho un flan.

En la agencia le habían informado escuetamente de que a la mujer le iba el sado con muchachos elegantes y guapos. ¡Qué daño había hecho *50 Sombras* al subconsciente femenino en la última década! Pero si la señora quería que la azotaran, bueno, pues él la azotaría todo lo que fuera necesario.

Introdujo la mano izquierda en el bolsillo del pantalón y palpó el fajo de billetes. Llevaba mil euros en billetes de cincuenta; lo que ganaba en mes y medio sirviendo copas en el bar, en su bolsillo. Así se armó de valor para continuar.

Abrió la pesada puerta de madera una mujer esperpéntica, delgada y bajita, de ojos hundidos, acuosos y oscuros, con los labios pintados de un estridente rojo y pasados de largo los sesenta años. ¿Y qué esperaba? ¿Una morenita despampanante?

Se esforzó por sonreír y sacar pecho mientras la mujer lo evaluaba mirándolo con descaro de arriba abajo. Tras un leve gesto de aprobación le invitó a pasar con una mano huesuda y salpicada de manchas.

Una jauría de gatos, negros, atigrados o de dos colores, maullaba entre las piernas de su dueña. Jacinto era alérgico al pelo de gato y su nariz se lo recordó picándole por dentro. Lo que le faltaba, ponerse a estornudar y a moquear mientras fustigaba a la señora.

La mujer iba vestida con un mono de cuero oscuro, ceñido al cuerpo, que a Jacinto le pareció una estrambótica visión de una Catwoman venida a menos, decrépita y encanijada. Al indicarle que la siguiera, dejó entrever sus nalgas al descubierto, fláccidas y blanquecinas entre los grandes orificios que el pantalón tenía en la parte trasera.

El muchacho no sabía si carcajearse o darse media vuelta y salir huyendo antes de que fuera demasiado tarde y tuviera que azotar aquellas carnes fofas con sus propias manos, pero de nuevo sintió el fajo de billetes en el bolsillo y se convenció de que no sería para tanto.

La casa parecía más grande por dentro que por fuera. Estaba oscura y olía a ropa vieja, a orín de gato y a polvo estático acumulado durante años. Siguió a la mujer tras los gatos, que la secundaban en manada con los rabos tiesos emitiendo sonidos extraños que no eran ni maullido ni ronroneo. El pasillo no tenía luz natural y las lámparas dispuestas en la pared dispersaban una iluminación agonizante y exigua que confería al corredor una sensación opresiva. En realidad las lámparas emitían una luz indirecta cuyo objeto era iluminar las pinturas de las paredes.

Para romper el hielo y su propio temor Jacinto habló.

–Interesantes estas pinturas.

–¿Te gustan?

–No sabría decirle...

–Ya, ése es el asunto; que no son cuadros para gustar

sino para sorprender –dijo la mujer con la voz cascada.

Viendo que el joven se interesaba por la colección de cuadros que le había costado más de la mitad de la herencia de su madre, decidió mostrárselos en todo su esplendor. Volvieron sobre sus pasos ante las quejas de los felinos hasta llegar al primero de la colección, un cuadro de colores acres y lóbregos que representaba a una mujer desnuda en una posición extraña y retorcida, que parecía estar dentro de una pequeña cueva.

–Sorprendente sin duda es. ¿Quién es el pintor?

–Romu Tachín, ¿lo conoces?

–No sé mucho de pintura, si le soy sincero.

–Una lástima –le miró con una mueca de desprecio y decidió instruirle–. Es un pintor contemporáneo que se ha puesto bastante de moda en los círculos más exquisitos de la alta sociedad. Habría preferido que fuera un muerto de hambre por uno o dos años más, puesto que soy yo quien acapara la mayoría de su creación y cada cuadro que pinta el maldito se revaloriza el doble que el anterior. No para de superarse a sí mismo.

–¿Qué representa? –preguntó lleno de dudas.

–Lo que ves, una mujer desnuda con el cuello retorcido dentro de una fosa. Los críticos, estúpidos ignorantes, creen que es una cruda reflexión sobre el maltrato hacia la mujer, o sobre la violencia en general. En realidad dicen que toda su obra lo es.

–¿Y usted no lo cree? –Jacinto se rascó la nariz.

–Para nada, creo que es un loco desquiciado, un psicópata asesino que mata a sus víctimas de una forma cruel para luego pintarlas y regocijarse con ello. Ven, mira éste.

El lienzo era una visión horrible e hiperrealista de un cráneo femenino en primer plano abierto por la mitad con un hachazo.

–¿Cómo si no iba a conseguir ese realismo tan vivo?

–O tan muerto... –se aventuró a agregar Jacinto. Y profirió un sonoro estornudo.

–Observa bien los labios de la víctima, amoratados por los golpes y entreabiertos en una mueca obscena de desesperación. Mira la masa cerebral que inunda el suelo mezclada con la sangre. Recién asesinada, esa chica estaba recién muerta cuando la pintó el desquiciado de Tachín, te lo digo yo.

Siguieron caminando y observando los cuadros uno a uno a lo largo del interminable pasillo cubierto de moqueta oscura que hacía el ambiente cada vez más angustioso.

–Toda una colección que he ido adquiriendo poco a poco –continuó la mujer–; mira éste: *Alma descuartizada*, trescientos mil euros hace dos años. Una auténtica maravilla; o este otro: *Pereza en carne*, no me negarás que es horriblemente sublime, trescientos cincuenta mil euros el año pasado; y mi niño bonito: *La resaca del veneno*, quinientos mil euros me costó hace menos de seis meses; ¿no es absolutamente estremecedor?

El cuadro reflejaba a un hombre desaseado, muerto tras lo que se intuía una dolorosa agonía. Los tonos verdes imperaban en el lienzo dotándolo de un ambiente mágico y repulsivo, pues de un verde viscoso eran los restos de vómito que salpicaban el suelo de tierra donde el modelo de la pintura había terminado yaciendo.

Jacinto asintió intuyendo una náusea que le hizo retirar la mirada de aquel arte tan realista.

–Este pasillo vale más que toda la casa que lo acoge –comentó la mujer, despreocupada.

Al entrar en el caserón Jacinto no había visto ninguna medida de seguridad excepcional en la vivienda, ni siquiera una verja exterior. Se asombró de la despreocupación de la señora; si él tuviera millones de euros en un pasillo, aunque fueran obras de arte horrendas y macabras, jamás se lo comentaría a un extraño que podría entrar a robarle dos meses después.

El pasillo plomizo desembocaba en una pequeña antesala que daba paso a varias estancias con puertas de cristales esmerilados. La mujer abrió despacio la de la derecha y el picaporte emitió un gemido molesto y metálico, como un felino mecánico. La penumbra seguía imperando también en aquella habitación donde no entraba la luz ni sonido alguno de la calle. La moqueta, los cortinajes y el papel de las paredes parecían amortiguarlo todo. En la estancia no había más que un gran diván y una cama enorme, alta, con un dosel a medio echar que también se intuía repleto de polvo acumulado durante décadas. Así que aquél era el cuarto del placer de la señora excéntrica...

Dejó que los más de veinte gatos pasaran a la habitación y cerró por dentro con una llave que Jacinto no supo bien dónde guardó. Los felinos se acostaron revueltos, como una alfombra de *patchwork* peluda, en el suelo y en un diván que había pegado a una pared. Como si de un comportamiento rutinario se tratase.

Sin miramientos la señora fue desnudándolo despacio, disfrutando con ello. Él intentó acariciarla, pero ella no se dejó; era arisca y lasciva, le arañó el pecho y le pellizcó los pezones. Al despojarlo de pantalón y calzoncillos emitió un gemido de decepción y arrugó el ceño.

–Vaya, me han enviado a un principiante... ¿eres principiante, verdad? Dime al menos que no es la primera vez.

–No... bueno, sí... quiero decir que es la primera vez que lo hago... –no le salían las palabras del pecho y para colmo soltó un estornudo violento que le llenó la nariz de mocos.

–Ya, no lo has hecho nunca cobrando... –se apartó de él enfadada, él seguía de pie, con los pantalones por los tobillos y ni el más mínimo indicio de erección–. Se lo he dicho mil veces, ¡mil veces! Nada de bisoños, quiero tíos formados, que sepan cómo tratar a una mujer como yo. Joder –daba vueltas a la habitación nerviosa y enfadada–. Si no fuera por lo que es, mandaba a esa agencia a tomar por culo. ¿Tú sabes lo que me cuestas? ¡¿Tienes idea de lo que he pagado por... –le tocó con un dedo el pene fláccido–, por eso...?!

–No se preocupe, deme un minuto, verá cómo se anima; yo haré que se anime, en serio –otro potente estornudo.

–Mira, mocoso, he pagado seis mil euros por ti y por tu polla encanijada, más vale que se espabile o se acaba todo en este mismo momento y la agencia se queda sin cobrar...

Vaya, pensó Jacinto, *¡seis mil euros! Y a mí me dan mil,* *que soy quien tiene que restregarse con la vieja; sí que hacen buen negocio éstos, sí...*

Intentó concentrarse. Se acordó de Luci, la pelirroja tetona y de culo perfecto que lo llevaba loco en el instituto. Le hubiera encantado desvirgarla él, o desvirgarse con ella, o follársela una y mil veces en el baño entre clase y clase. Pensó en sus pechos turgentes, que botaban como globos de agua en la clase de gimnasia y en las veces que le habría gustado morderle los pezones.

–Mmm –ronroneó la vieja–; ya veo que la tienes bien dominada... así me gusta, muchacho, así, bien dura para mí, toda para mí.

Se arrodilló ante él y se la introdujo en la boca. Con aquel gesto, el muchacho necesitó de una buena dosis de imaginación para no volver a perder la erección. ¿Qué estaba haciendo? Si su madre supiera... aquello era sucio y desagradable. El sexo era divertido, era un placer, un disfrute del cuerpo, no podía suponer una moneda de cambio. Sintió que se estaba traicionando a sí mismo de la manera más ruin posible: nada más y nada menos que prostituyéndose... pero ya no podía salir de allí. Haría de tripas corazón y ésta sería la única y última vez que cobraría por practicar sexo. Cerró los ojos y se dejó llevar por los designios de la mujer.

Lo acostó en la cama y lo azotó con un látigo de cuero, que pareció sacar de la nada, hasta imprimir en su piel largas señales rojizas. Él, iluso, que había creído que sería ella la azotada... qué inocente había sido.

Luego le colocó unas extrañas pinzas metálicas en los pezones que le hicieron exclamar quejas de dolor, era realmente molesto y le estaba haciendo heridas que seguro luego iban a resultar incómodas con el roce de cualquier prenda ceñida. Ella le mordió fuerte dejando señales por todo su cuerpo de dientes que Jacinto nunca sabría si eran reales o postizos.

Más tarde le introdujo una mordaza en la boca que consistía en un palo ancho de plástico duro, con dos correas de cuero que ató tras su cabeza. Parecía el bocado de un caballo. Aquel objeto de tortura le impedía cerrar la boca y controlar el flujo de saliva. Además, la nariz le picaba, la tenía taponada por completo a causa del pelo de tanto gato alrededor y le costaba respirar por la boca. Si bien, siguió concentrándose en lo que estaba e intentó olvidarse de los juegos depravados de su clienta, de los gatos maullando quejumbrosos que le miraban expectantes y de lo que el instinto le vociferaba desde dentro.

Tras muchos y desagradables juegos sexuales a cada cual más atroz y desagradable, él logró mantener el pabellón de la agencia bien alto, su piel hecha un adefesio y su autoestima por los suelos.

Para culminar –él esperaba que aquella tortura estuviera acabando–, lo ató de pies y manos, con esposas que ajustó hasta lacerarle las muñecas y tensó para que todo su cuerpo quedase estirado y abierto. Echó una ojeada a su miembro que seguía enhiesto, lo que de veras le estaba pareciendo increíble. Ahora que no podía rascarlos, le picaban los ojos y le lloraban.

Las sábanas eran de raso color crema, suaves al tacto pero molestas. Le sudaban la espalda, el cuello y los muslos al contacto con ellas. La mujer, a esas alturas, ya estaba despeinada, con la mirada exultante fruto de la excitación continuada. Su pintalabios rojo se le había corrido por las profundas arrugas de los labios y ya llegaba hasta la nariz y a mitad de la barbilla.

Para horror de Jacinto se sentó a horcajadas sobre su pene erecto, que reaccionó al contacto suave de su interior endureciéndose aún más. La mujer lo cabalgó durante una buena hora, dando muestras de mantener una forma física nada adecuada a su edad.

En un momento dado sacó un pequeño cuchillo afilado de debajo de la almohada. Jacinto temió por su vida, aquella mujer cuanto más se excitaba más loca parecía. Pero no, no llegó la sangre al río aunque sí lo hizo a las sábanas. Deslizó la punta del arma desde la base de su cuello hasta más de la mitad de su pecho, infligiéndole una herida superficial que comenzó a sangrar poco a poco. La vieja le sacó su lengua libidinosa y lamió la herida lujuriosamente de abajo arriba y luego en sentido inverso.

Jacinto quería que aquello acabase de una vez y, como un deseo lanzado al viento, la mujer comenzó a moverse de forma más violenta sobre él, a convulsionarse por dentro y por fuera y a gritar como la desquiciada excéntrica y abyecta que era.

El orgasmo resultó ser eterno y real, porque Jacinto sentía cómo la carne mórbida de la mujer se movía en espasmos, abrazando su pene por dentro y, en contra de todo pronóstico y, siendo él el primer sorprendido, su miembro se endureció, se contrajo y comenzó a escupir dentro de ella en una de las eyaculaciones más brutales que había sentido en toda su vida. Ella lo miraba con ojos de maníaca que aún no había quedado del todo complacida.

La mujer jadeaba y su respiración se iba calmando poco a poco. Jacinto pensó que podría darle un ataque al corazón y que si se moría él quedaba totalmente inmovilizado y tendría que ver cómo se descomponía su cadáver y era devorada por sus propios gatos muertos de hambre que luego se ensañarían con él. Tenía que dejar de leer a Stephen King... Estornudó como pudo tras la mordaza tres veces seguidas, sorbió la saliva y le entró el sopor plomizo de después del sexo.

El muchacho pensó que todo había acabado, ya sólo quedaba vestirse, darle una palmada en el culete a la mujer y despedirse hasta nunca de aquella vieja pervertida; pero la verdadera pesadilla para él comenzaba en ese mismo instante en que la mujer lo descabalgó, le lanzó una mirada dura de desprecio y reproche, agarró de nuevo el cuchillo y, esta vez sí, le rajó el vientre de lado a lado permitiendo que la sangre manara a borbotones lentos.

Los gatos salieron de su letargo y se lanzaron como bestias hambrientas a lamer las entrañas del joven puto que comenzó a gritar y a moverse como un loco hasta que cayó exhausto y dejó de luchar.

La mente se le nubló; ya no dolía, sencillamente sentía las lenguas ásperas de los malditos gatos dentro de su estómago.

La vieja seguía allí, observando impasible y con deleite el maullar de sus apestosos gatos. Se le nubló aún más la visión y sintió cómo su cuerpo se estremecía. *¿Los estertores de la muerte?* –pensó con tristeza. Mas no lo eran. De repente los ojos dejaron de lagrimearle, la nariz ya no le picaba y dejó de ver por un instante.

Se sentía encoger, su oído se afinó, ahora podía escuchar el latido de los gatos junto a él, la respiración suave de la mujer que observaba, la brisa meneando las hojas detrás de la ventana donde le gustaría a él estar. Toda su piel se convulsionó como si le estuvieran clavando agujas.

Abrió los ojos, la visión había cambiado. Ya no había tanta oscuridad y percibía los movimientos de una forma mucho más sutil y certera. ¿Qué le estaba pasando? ¿Acaso la puta vieja pervertida de los cojones le había dado alguna droga? ¿Era así la muerte, tan excéntrica como ella?

Como si le hubiese leído el pensamiento la bruja libidinosa le acarició la cabeza con su mano enorme.

–Mi padre me llamaba su bonita gatita delicada antes de hacerme con total impunidad aquello que me hizo noche tras noche durante los años de mi ya lejana infancia –habló con una voz quebrada y pastosa–, y ahora sois vosotros, ¡sí! ¡todos vosotros, los malnacidos folladores! –señaló a los gatos con su dedo nudoso–, mis bonitos y delicados gatitos.

Jacinto no terminó de entenderla del todo y tampoco le interesó mucho lo que decía, la verdad. Se sentó en el suelo, sobre los pantalones que contenían un abundante fajo de billetes con los que había pensado comprarle a su madre un bolso de piel marrón que ya ni le importaba; sentía una necesidad apremiante de limpiarse con la lengua su nueva y resplandeciente piel felina. Era un gato pequeño, negro, con los ojos amarillos.

Sucedió en la granja

El gato era pequeño, negro, con los ojos amarillos. Yo no sé si no sería el Demonio. Salió del bosque una mañana mientras yo estaba cortando leña y se vino directamente hacia mí. A lo mejor llevaba un buen rato vigilándome. Se paró a pocos metros de la pila de troncos, se sentó como una persona y se me quedó mirando fijamente. A mí nunca me han gustado los gatos. Son rebeldes y traicioneros. Tienen de bueno que se comen los topos, las ratas y demás alimañas, pero son capaces de acabar con todo un gallinero en menos de diez minutos. Nosotros no teníamos gallinas. Sólo las tres vacas, el burro –*Johnny*– y los dos cerdos. Conque le iba a dejar en paz, lo juro, pero tanto mirarme me puso nervioso, y le hice un amago con el puño. El gato se arqueó mientras me taladraba con sus ojos afilados y bufó con un silbido que desde luego no era de este mundo, así que cogí el hacha, me fui a por él en dos carreras y le atrapé pisándole fuerte por la cola; entonces aquella bestia se rebulló y empezó a arañarme la bota, clavándome las zarpas en los bajos del pantalón. Parecía mentira que un animal tan pequeño pudiera atacar con tanta rabia. Le golpeé con el mango del hacha hasta que se tranquilizó y entonces le aparté de una patada y le sacudí con la hoja en el cuello. El hacha se hundió una cuarta en la tierra, y la cabeza rodó por la hierba como una pelota de tenis.

Cogí al gato por el rabo, con cuidado de no pringarme con la sangre que salía del cuello a borbotones, entré en la cuadra y se lo eché a los cerdos: son animales que se comen cualquier cosa. Los nuestros eran gordos, hermosotes, con muy mala sombra. Empezaron a gruñir y a pelearse entre ellos por los despojos. Salí de nuevo al campo y miré al bosque de reojo, temiendo que fuera a venir cualquier otra cosa del interior. Aquel bosque era muy frondoso y siniestro.

De pronto sentí un mordisco en la planta del pie. Miré hacia abajo y se me subió el corazón a la boca. La cabeza del gato estaba mordiendo una de mis botas: los dientecillos afilados se habían clavado en el cuero y sus ojos amarillos, completamente abiertos, me miraban con rencor. Di dos, tres patadas en el aire hasta que conseguí desprenderme de ella, e inmediatamente la machaqué con uno de los tarugos que acababa de cortar.

Entré en casa y subí al dormitorio para ponerme ropa limpia, porque me había llenado de sangre y de sudor. Cuando llegué arriba mi mujer se estaba levantando, y ya saben ustedes lo que le ocurre a un hombre cuando le sube el calor. Conque me eché encima de ella y la metí otra vez en la cama. Las cosas que ocurren entre marido y mujer. Que en paz descanse, porque yo no sé qué habrá sido de ella. En mitad del acto conyugal se oyó un golpe terrible dentro de la cuadra, luego unas carreras escaleras arriba, gruñidos, jadeos, y cuando quise darme cuenta los cerdos estaban rompiendo a patadas la puerta del dormitorio. Tenían la boca manchada de la sangre del gato y me miraban con la misma rabia de aquella alimaña. Mientras mi mujer chillaba como una loca y se apretaba contra la pared del dormitorio yo salté por la ventana y caí de cabeza sobre la hierba. Me puse en pie, di la espalda al bosque y empecé a correr como un loco hasta salir del pueblo. Después me dijo el médico que había corrido kilómetro y medio con un tobillo roto. Jamás volví a la granja. No sé más.

El despertar de la inocencia

La nieta se acerca al abuelo que reposa en la cama rodeado de blanco aséptico y olor a desinfectante. Un villancico suena lejano.

–Abuelito, despierta –le toca suave en la cara y le sonríe.

–¡Hola, Annie! –se alegra el viejo.

–Vengo a enseñarte mi muñeca nueva, mira –le muestra una muñeca de trapo raída con botones por ojos, lana por pelo y una línea cosida por boca.

–Ya la conozco, se llama Bolinga –un ligero temblor de labio emula una sonrisa del abuelo–, ¿a que sí?

–¡Sí! –exclama la chiquilla excitada–. ¿Cómo lo sabes?

–Porque te la regalé yo por Navidad.

–Es muy bonita –lo mira durante un rato, mira a su muñeca y de nuevo al anciano–. ¡Muchas gracias!

La niña se sienta en el borde de la cama moviendo las piernas. Juega con la muñeca, le habla, le regaña y le da de comer mientras tararea el villancico. El abuelo la observa con ojos vidriosos hasta que se cansa y los cierra.

–Abuelito –vuelve a despertarlo con su mano infantil–, ¿juegas conmigo?

–Ahora no puedo, Annie.

–¿Por qué, abuelito?

–No me quedan fuerzas.

–Jo –protesta la chiquilla–, juega conmigo, porfi.

–No puedo, Annie, me cuesta moverme.

La chiquilla hace un mohín infantil que al abuelo se le clava en el alma.

–Nunca juegas conmigo, abuelito –lloriquea.

–Annie –alarga la mano huesuda con un gran esfuerzo y acaricia la cara redonda y tersa de la nieta–; mi querida

Annie, nada me gustaría más que poder jugar hoy contigo.

–Pues hazlo, nunca has jugado conmigo, hazlo hoy.

–Annie, llevo treinta años jugando contigo.

–¿Y hoy no puedes? –hace un puchero.

El abuelo niega, suelta un suspiro.

–Dame la mano, Annie, hoy me voy contigo.

A la niña se le llena la mirada zarca de una ilusión desmedida y le tiende su manita tierna mientras el abuelo cierra los ojos para no volver a abrirlos. El villancico sigue sonando a lo lejos, en los pasillos desamparados del hospital.

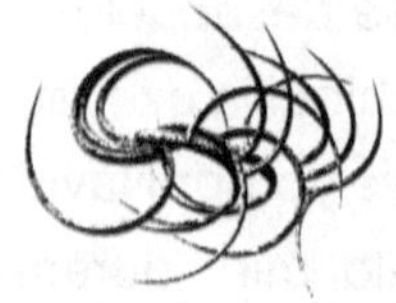

La infame no-vida del Decapitador

Cleonis Radkey, el Decapitador, fue el único hijo de Suzanna, una joven campesina nacida en Nebdu-Jrone, una aldea fronteriza en la conflictiva región de Danjo-Romania, entre las fuentes del Danubio y las del Ult. Fue concebido en los bosques de Mattu-Pdanjo, cuyos ferocísimos arbustos espinosos habían dejado los recuerdos más dulces y las cicatrices más indelebles en las nalgas de varias generaciones de campesinas, hasta el punto que en las familias más atrasadas se imponía a las futuras casadas la dura prueba de encerrarse en una habitación con su madre, la que iba a ser su suegra y dos vecinas, levantarse la saya y mostrarles el trasero libre de arañazos, como la muestra más inequívoca de que iban a llegar vírgenes al matrimonio.

La mayoría de los primogénitos de la aldea habían sido concebidos entre los tojos, las silveras y los cardos, lo que daba todo su significado al refrán que en danju-romano decía *Primuv filiuv Mattu-Pdanjoe, seconduv tricu pajoe*, que en nuestro idioma se podría traducir como *El primer hijo es de los bosques de Mattu-Pdanjo, el segundo de la paja del trigo*, material con el que se rellenaban los colchones de las camas de matrimonio en aquella época.

Cuando las suaves nalgas de Suzanna Radkey fueron vulneradas por las cortas y secas espinas de los tojos montaraces, el sangriento siglo XX estaba a punto de empezar. Ella no lo sabía, pero su único hijo, Cleonis, estaba llamado a ser uno de los caudillos imperialistas, racistas y ostentosos de la Europa de entreguerras. Veintipocos años más tarde, sus camisas color verde bosque –¿una reminiscencia de su origen bastardo?– iban a compartir los desfiles militares por las calles de Berlín, Roma y París con las camisas negras de Mussolini, las pardas de Hitler, las azules de Franco y los rescoldos samuráis del general Tojo. La esvástica, los fascios, el yugo con flechas y el sol naciente rayado iban a estar bien acompañados por las hachas en aspa de sus Legiones Verdes, la siniestra horda de luchadores danju-romanos, que remataban a sus prisioneros decapitándolos de un golpe certero.

El propio Cleonis, proclamado Máximo Centurión Pontifical –cargo al que habría sido encumbrado también Adolf Hitler en la primavera de 1941, después de la conquista de Zagreb, si bien el *Führer* en el Grado Simbólico– sería el encargado de decapitar con sus propias manos (y con un hacha) a la Familia Real Yugoslava, los Karagjorgjevic, engarzando los treinta y un dientes del rey Pedro II en su corona centuriada. Hay que decir que el diente que faltaba, un incisivo, había desaparecido en una reyerta nocturna en los tiempos en que el príncipe Pedro se corría sus juergas en los burdeles de la Herzegovina.

La corona centuriada de Cleonis Radkey habría sido un insólito armatoste en cuya composición, además del oro, el platino, el brillante, el rubí y las esmeraldas, iba a entrar el marfil de los dientes de los soberanos de Yugoslavia, Rumanía, Hungría, Bulgaria y, de no haber mediado el General Invierno y la voluntad de resistir del Ejército Rojo en Stalingrado, los testículos desecados de Stalin, el hombre a quien el Decapitador más odiaba en el mundo después del judío Jesucristo y de Karl Marx.

Añadiremos que entre los objetivos más codiciados de Cleonis Radkey, siempre avergonzado por su origen humilde, estaba nada menos que la formación de un harén privado compuesto por las princesas más jóvenes de las Monarquías centroeuropeas, que bailarían para él adornadas únicamente con sus coronas reales, sin un palmo de ropa encima. Visión del Edén para cuyo disfrute pensaba invitar generosamente a su hermano de sangre, Benito Mussolini, ya que ni Hitler ni Franco eran amigos de los excesos carnales y, en cuanto a Tojo, no se hizo la miel para la boca del mono amarillo.

El destino de Cleonis tardó en concretarse unas diez o doce semanas después de su concepción. Su madre, la joven Suzanna, tan pronto notó la tercera falta anduvo cavilando entre atribuírsela a Wotan Lijdranic, un campesino de su misma aldea, cuya familia tenía ocho vacas –una auténtica riqueza en aquellos tiempos– o a su propio primo, Idjar Radkey, que era hijo único y acababa de heredar de sus padres dos trigales, un molino, media zvesta de cardos y media docena de olivos a la orilla del arroyo Ptadic.

Si Suzanna hubiera apostado por Wotan Lijdranic, el

destino de Centroeuropa habría sido muy distinto. Cleonis Radkey, el Decapitador, se habría convertido en Cleonis Lijdranic, el Cojo, y jamás se habrían conocido episodios tan siniestros como la batalla de Lvadic, el Campo de Eutanasias de Oszensic y la Cascada de Sangre de Svarov, capaces de avergonzar a generaciones de danju-romanos y de entristecer durante varios siglos a todos los hombres de bien. Y es que Wotan Lijdranic era un hombre violento, muy borracho, que habría dejado tullido de una paliza a su hijo putativo, condenándole a una vida de pobreza, renqueando penosamente con la ayuda de unas muletas mugrientas y voceando canciones patrióticas en las tabernas de la comarca a cambio de unos pocos weszics.

Sin embargo, después de un par de días de reflexión, Suzanna pensó en que la apuesta por su otro pretendiente permitiría que su barriga heredase todas las tierras que habían sido divididas por el testamento de sus abuelos, lo que a ella le garantizaba en concreto la recuperación de la laguna de Ptadic, en cuyas orillas había pasado las horas muertas cuando era una niña, pero que a la muerte del viejo Teophile Radkey le había correspondido al padre de su primo.

La elección habría sido fundamental. A diferencia de su contrincante, Idjan Radkey habría tratado relativamente bien a su hijo, le habría permitido estudiar y le habría convertido en uno de los campesinos más acomodados de la aldea. Gracias a esa importante posición social, Cleonis no habría tardado en ser nombrado miembro del Concejo Comunal de Nebdu-Jrone, iniciando unas relaciones más que fructíferas con los herederos de las familias ricas de la provincia, los Mitlan, los Zbornak, los Serbionescu... Durante la Primera Guerra Mundial habría combatido con arrojo en las trincheras del frente ruso, ganando las estrellas de capitán. En 1918 habría sido derrotado, traicionado por el enemigo interior y obligado a sufrir las consecuencias directas del Tratado de Versalles en forma de desmovilización, paro, hambre, desprestigio, rencor...

Cleonis Radkey y su camarilla de amigos, todos ellos jóvenes oficiales desmovilizados y harapientos, se habrían ido acercando a las posiciones del nuevo nacionalismo surgido en Centroeuropa tras la descomposición del Imperio

Otomano y el Austrohúngaro en los campos de batalla. Al igual que en las tierras húngaras, polacas, serbias, rumanas, albanesas, macedonias... los danju-romanos habrían sido seducidos primero por Benito Mussolini y su afán de Imperio, luego por Adolf Hitler y sus teorías raciales. El Führer les habría animado a depurar la raza aniquilando a los invasores judíos, gitanos, musulmanes... y a abominar de las potencias occidentales, pagadas por el sionismo, el marxismo y el liberalismo.

En un momento indeterminado entre Versalles y el *putsch* de Munich, Radkey y sus íntimos –el capitán Doris Zbornak, los tenientes Iakov y Radko Mitlan, el capitán de corbeta Zelander Serbionescu... se habrían erigido en líderes de una pequeña legión de ex soldados y marineros descontentos que vagaban por calles y aldeas, incapaces de cambiar el fusil por el arado, y habrían fundado con su ayuda el Partido Nacional Danju-Romano Libre, más conocido por sus siglas, DaRFNP, cuyos carnets de honor habrían sido enviados, por este orden, a Benito Mussolini, Adolf Hitler y Heinrich Himmler, delicadamente sostenidos por las mandíbulas momificadas de sendas calaveras de judíos danju-romanos.

Las primeras razzias antijudías las habrían perpetrado entrados ya los años treinta, tras haber logrado la primacía en el Gobierno, la Asamblea Nacional y la mayoría de los Concejos Comunales. Poco tiempo después, animados por las primeras victorias nazis, la anexión de los Sudetes, la unión con Austria... los primeros batallones de Camisas Verdes habrían salido de las fronteras de Danju-Romania, pellizcando aquí y allá el mapa de Eslovaquia, el de Hungría, el de Dalmacia... con la ayuda de los propios emigrantes danju-romanos, siempre perseguidos por las mayorías nativas en sus países de acogida.

Al estallar la Segunda Guerra Mundial, rehuyendo las promesas de paz insustanciales de Chamberlain, Blum y Daladier, Cleonis Radkey habría desplegado todo su arsenal diplomático hasta conseguir convertirse en un aliado del Reich. Durante la contienda, siguiendo las instrucciones de Himmler y de Heydrich, habría ordenado y supervisado personalmente el exterminio de más de medio millón de ciudadanos danju-romanos, básicamente judíos aunque también gitanos roma y sinti, musulmanes, *mischlinge*, discapacitados y por supuesto comunistas, socialistas, homosexuales, liberales, protestantes, animistas... los brazos musculosos de los decapitadores habrían subido y bajado sin cesar durante días y más días, asestando un tajo tras otro hasta estar a punto de morir ellos mismos ahogados entre los charcos de sangre que formaban auténticas lagunas a los pies del patíbulo; lagos viscosos en las que flotarían las cabezas cercenadas de sus víctimas, mirándoles con ojos inocentes en los que se habría leído toda la pena, el asco y la vergüenza de la Humanidad.

Y sin embargo...

El infame destino de Cleonis Radkey, el Decapitador, el émulo de Hitler, el amo de Danju-Romania, el liquidador de la macedonia cultural de los Balcanes de Oriente, no llegó a materializarse por una sencilla jarra de agua del pozo, fabricada en una serie de siete por el anciano judío Nicol Tolidano setenta años antes del nacimiento del abuelo de Suzanna Radkey, que llevaba todo ese tiempo sin alejarse de la sombra del emparrado que adornaba la fachada posterior de la casa familiar.

Ese modesto recipiente de fango cambió sin saberlo la historia del mundo.

Una semana después de saberse embarazada, Suzanna decidió hablar muy seriamente con su primo Idjar. Había decidido convertirle en el padre de la criatura, pensando en los añorados paseos por las tierras de su abuelo, la laguna de Ptadic sombreada por árboles varias veces centenarios, aquellos regatos de agua helada que nacían entre las raíces de los robles y serpenteaban entre la hierba fresca hasta verterse en el lago con un sonido cantarín.

Los jóvenes se encontraron en la casa de los padres de Suzanna, donde Idjar iba a comer una vez cada quince días. Aprovechando un momento de ausencia de la madre, mientras el padre venía de la era, la muchacha informó a su primo que las higueras de Mattu-Pdanjo habían florecido. Aquélla era la frase ancestral que las jóvenes de la aldea llevaban empleando desde la época precristiana –con toda propiedad, por otro lado– para indicarles a sus enamorados que las cópulas furtivas habían acabado en embarazo. En ese preciso instante llegaron los viejos Radkey, y el joven primo pasó la velada como se pueden imaginar.

Antes de irse, Idjar le prometió a Suzanna que esa noche se verían en el baile. Se iba a celebrar la fiesta anual de la vendimia, que su hijo Cleonis habría instituido en Fiesta Centuriada Universal treinta años más tarde, con obligación de beberse cada Camisa Verde tres litros y medio de vino negro, cuatro si el vino era blanco porque tenía menor graduación, sin vomitarlo ni escupirlo bajo pena de la vida excepto los mutilados; ellos con tres litros bastaba, si era vino blanco tres y medio, y no se valía mezclar.

De manera que aquella noche Suzanna se vistió con sus mejores ropas y se fue al baile con un grupo de amigas: Rachel Izdar, que habría sido la mujer de Doris Zbornak y por lo tanto alcaldesa consorte de la ciudad de Ptar, la segunda mayor del país, Luzija Bronic –la Perra Luzija–, que después de la guerra habría sido juzgada en Nuremberg, hallada responsable de la muerte de treinta y seis mil prisioneros en el campo de concentración de Noingann y ahorcada junto a los hornos crematorios, y Antonica Vladic, que de todas formas se casó con su primo hermano Toniu Vladic, heredero de media docena de viñedos en uno de los valles del Ult y vivió una vida tan anodina como llena de hijos y de felicidad. Allí, en el baile, esperó con impaciencia la llegada de su primo. Pero Idjar, antes de salir de su casa, dispuesto a comprometerse con Suzanna y formalizar las relaciones bailando pegados delante de todos, según era la costumbre... justo antes de saltar sobre el caballo posó la vista en una jarra de agua recién sacada del pozo por la vieja tía Pavli, la anciana solterona que había cuidado a su hermano, el abuelo Radkey, durante casi cien años, haciendo las veces de abuela y de madre de Idjar; aunque jamás había pasado una noche dentro de la casa porque las gentes de Mattu-Pdanjo siempre habían sido muy amigas de murmuraciones.

La jarra, única superviviente de la camada de siete que habían alumbrado las manos del judío Tolidano, estaba apoyada en una piedra a poca distancia del brocal del pozo, metida en un nicho natural que parecía haber sido excavado en el tronco recio de la parra, ya que tenía exactamente sus mismas dimensiones. Ese milagro no se debía a las mañas de algún Radkey jardinero o carpintero; sencillamente, los habitantes de la casa llevaban muchas generaciones dejando el jarro encima de la misma piedra, rozando la parra, y ésta se había ido sometiendo milímetro a milímetro hasta alcanzar la perfección.

En aquellos momentos, aunque el sol ya se había ido, el calor apretaba, y el agua del pozo estaba tan fresca que la arcilla de la cántara rezumaba. Fuera por los nervios, que le resecaban los labios y los testículos, o por el agobio que le daba el traje de fiesta, el futuro novio y padre se bebió el jarro entero de un solo trago y luego lo apoyó en el lugar acostumbrado, empujando al descuido hasta que la parra sirvió de tope.

El joven Radkey montó en su caballo, pero los nervios por el anuncio de la paternidad, más la desazón por el inminente compromiso que le esperaba en la pista de baile, unida al poder descompensador del agua fría y a las vibraciones del trote del animal, le soltaron el vientre sin remedio. El traje de gala, que sólo se ponía aquella noche en todo el año, se ensució lamentablemente justo cuando se acercaba a la explanada que daba a la pista. Así que se vio obligado a regresar a su casa al galope, se lavó a toda prisa en el río Ptadic, se cambió de ropa aprovechando el traje de su difunto padre –que no le quedaba mal del todo pero que nunca se ponía por una superstición estúpida, derivada del hecho de que dentro de aquel traje ya habían muerto dos generaciones de varones Radkey–... y volvió nuevamente a la fiesta, llegando a la plaza cuando el baile estaba a punto de terminar y ya se colgaban de las sogas los pavos que habrían de ser decapitados a patadas por los mozos más ágiles.

Por su parte, la pobre Suzanna, al ver que su pretendiente no se presentaba comprendió que no pensaba hacerse cargo de la barriga. Así que, viendo los ojos codiciosos de su amiga Rachel, se arrimó a su vecino Wotan Lijdranic, el de las ocho vacas, le dio un fuerte abrazo a la vista de todos y le susurró al oído que si sabía que habían florecido las higueras de Mattu-Pdanjo mientras le llevaba de la mano hasta el centro del descampado. Wotan estuvo a punto de decir que cómo habían podido florecer si lo único que habían hecho había sido una mamada, y por cierto bastante llena de dientes, pero como se había tomado media docena de copas de schnaps, y como al dar los primeros pasos de baile Suzanna le prometió que aquella noche podría volver a sembrarle la higuera, se encogió de hombros y se dijo que a lo mejor llegaba a ser un buen padre, no como el cabrón que le había criado a él.

Justo en ese momento apareció Idjar y les vio bailando pegados delante de los vecinos, con todas las consecuencias que aquel gesto acarreaba, convirtiéndole en cornudo antes siquiera de haber formalizado relaciones. Bajó del caballo de un salto, avanzó hacia la pista de baile, separó a la pareja de un empellón y cogió a su prima por la cintura, apretándole el trasero con un ademán inequívoco de posesión. Wotan le mandó que se apartara, que el dueño de la higuera era él. Ésas fueron sus palabras, y así el enfrentamiento fue inevitable.

Nunca llegó a saberse quién de los dos fue el primero que enseñó el cuchillo de caza. Cuando Suzanna quiso separarlos, una estocada de Wotan le pinchó en el vientre. La joven aún tuvo tiempo de chillar *¡Mi niño!* mientras caía de rodillas al suelo, sintiendo un sabor salado en el paladar.

Aquella misma semana, a pesar de los ruegos de su madre, que ofreció las ocho vacas y se empeñó por otras tres con el judío de la aldea, Wotan Lijdranic fue ahorcado en el patíbulo de la capital de la provincia. En el mismo momento en que su cuello se tronzaba apretado por la soga, Suzanna Radkey era enterrada en el cementerio de Nebdu-Jrone, unos palmos por encima de las cajas en las que reposaban sus cinco hermanos, muertos todos en la infancia. Con un suspiro, su padre le colocó un crucifijo de madera entre las manos mientras la anciana tía Pavli le clavaba con delicadeza una rosa blanca de tallo largo en su vientre perforado, en memoria del nonato que dos décadas más tarde habría bañado en sangre su patria entera. Si le hubieran dejado nacer.

La de Cleonis Radkey fue una muerte –o un no nacimiento– ridículo, indigno de alguien que estaba destinado a un final mucho más trágico y sangriento. El Máximo Centurión Pontifical habría sido cazado con vida por los guerrilleros del Partido Comunista Danju-Romano Unificado (DaRKUP) a mediados de abril de 1945. Los partisanos le habrían castrado de un golpe certero de hacha y le habrían asado a fuego lento, aún con vida, antes de que liberasen la zona las tropas del mariscal Tito. Luego habrían exhibido la cabeza calcinada dentro de una jaula de hierro en la plaza principal del pueblo durante casi cinco años.

Aquel sencillo jarro de agua, que se rompió en tres pedazos veintiséis años después, tirado al suelo desde el pretil del pozo por el aleteo febril de una gallina clueca, le costó la vida a dos jóvenes y malogró un embarazo, pero a cambio salvó la de muchísimos miles de personas. Por eso se puede decir una vez más que el agua es fuente de vida. *Aqua fons vitae*, decían los romanos, y no les faltaba razón.

El pueblo de las doce docenas de ostras

Aquella mañana la campana de la torre comenzó a repicar al alba, sacando de sus sueños inquietos a todos los vecinos. Un repique lento, solemne, que se iba a suceder hasta el mediodía y que indicaba que la temporada de las nieves acababa de empezar. De madrugada el maestro relojero, que en aquella época era mi propio padre, había visto pasar la estrella fugaz número cien desde que Venus se cruzase con la constelación del Lobo, cinco o seis semanas atrás.

El mes de octubre había sido muy nuboso y mi padre había vuelto a casa tres noches sin haber podido sumar ni una sola estrella en el ábaco de huesos de lobo que ocupaba el rincón oriental de la torre desde tiempo inmemorial. Había pena de destierro para el maestro relojero que dejara la cuenta intacta durante seis noches consecutivas; y Nuestra Señora del Fuego castigaba con la muerte a aquél que tratase de enmendarle la plana a Jesús sumando estrellas falsas para quedar bien ante los demás.

Había llegado el momento; Nuestra Señora del Fuego iba a hacer su viaje anual desde el santuario hasta la iglesia para pasar los cuatro meses de invierno enclaustrada con nosotros, entre las murallas altas y robustas de nuestro pueblo.

La Procesión del Copo se organizó con rapidez; los costaleros llevábamos semanas ensayando, las limpiadoras habían dejado el templo limpio y puro como nieve recién caída y el sheriff había terminado de adiestrar a los francotiradores. Salimos del pueblo un minuto después del mediodía, cuando la campana de la iglesia dejó de sonar. Algunos nos preguntábamos dónde estaría Frutos y si sería capaz de llegar a tiempo, antes de que las tormentas bloqueasen el camino y los osos y los lobos se apoderasen del valle.

La nieve empezó a caer con fuerza mientras atravesábamos la Explanada, la extensión de un kilómetro cuadrado que nuestros abuelos habían limpiado por completo de árboles para prever los ataques de los lobos, los osos y en otros tiempos los daneses, cuando aún eran un pueblo libre y salvaje que hacía incursiones de guerrilla para llevarse a nuestras mujeres y mejorar su raza; antes de que nosotros les venciéramos para siempre gracias al apoyo de la Virgen de la Sal, la hermana mayor de Nuestra Señora del Fuego, ambas Madres de Jesús, Hijo de Dios.

Llegamos al santuario, celebramos la misa y volvimos al pueblo bajo un manto intenso de nieve. Primero avanzaban los penitentes descalzos –tres o cuatro vecinos, todos hombres, que cumplían alguna promesa o purgaban una condena menor–, los más expuestos al ataque de las alimañas; después, por este orden, los francotiradores, las mujeres cantando, los costaleros con el trono de Nuestra Señora del Fuego y las costaleras con el Fuego del Año, la hoguera que lleva cerca de trescientos años encendida y que, al igual que Nuestra Madre, pasa el invierno con nosotros. Después venían los músicos, los niños, el cura, el sheriff y el alcalde, más francotiradores y por último las mujeres penitentes, que echaban tras de sí, con espátulas de plata, la Salsanta que limpia los caminos y se clava en las patas de los lobos y los osos.

Rodeamos las murallas peleándonos contra la ventisca, entramos en el pueblo por la Puerta del Fuego –que los ancianos aún llaman Puerta de la Epístola–, dejamos a la Madre en la iglesia y clausuramos la puerta hasta la primavera siguiente. Los mozos juntamos los portones, las mozas echaron la gigantesca tranca metálica que impedía separarlos, con las risas de rigor al sostener entre todas el inmenso pivote de hierro y calibrar sus dimensiones. Luego el párroco golpeó el pivote con una rama en llamas, la madre más joven roció los portones con sal y todos rezamos un Padrenuestro de rodillas sobre la nieve, sintiéndonos a salvo junto a nuestros hogares.

El día siguiente era el Segundo Tras Cien, una jornada de acopio y contemplación. Acopio de provisiones, leña, hierbas medicinales y pan; contemplación del cielo, a la espera de la primera gran tormenta. Acababa de empezar el Hambre del Oso: lejos, en el corazón del bosque, llevaba una semana nevando, y las alimañas debían de estar experimentando los primeros pinchazos del hambre. Los osos y los lobos librarían una batalla a muerte, los unos queriendo llenar la panza, los otros peleando por su vida, hasta que progresivamente los plantígrados se internarían entre los pliegues más abruptos de las montañas, donde sus enemigos ya no iban a ser capaces de llegar. Unas semanas más tarde, entre quinientas y seiscientas estrellas fugaces después del encuentro entre Venus y el Lobo, llegaría el momento de la Furia del Lobo: manadas de hasta un centenar de ejemplares se agolparían al otro lado de las murallas, enloquecidos por el olor de la carne humana. Proscripción absoluta de salir a la calle de los vecinos con heridas de sangre, las mujeres con regla y los niños menores de seis años, siempre tan proclives a trepar por los muros y caerse; y nuestro querido Fuego del Año multiplicado en siete hogueras, una por cada lienzo de muralla, cada una de ellas con una inmensa tina de agua con sal en las inmediaciones por si había que derretir la nieve desde lo alto. Algún año la fuerza de los vientos había amontonado la nieve bajo las murallas formando auténticas rampas por las que los lobos se aprestaban a trepar.

Nuestro invierno terminaría después del quinto cruce de la luna llena con la constelación del Lobo, con el despertar de los osos, el último ataque de los lobos y nuestra matanza ritual, todos los hombres y mujeres saliendo en tropel de la ciudad, armados con lanzas, explosivos y escopetas, arrojando de nuestro valle a las alimañas y a los malos espíritus para dejar bien claro que somos nosotros, y no las fieras o los fantasmas, los auténticos hijos de Jesús, Hijo a su vez de Nuestra Señora del Fuego y de la Virgen de la Sal, y de Dios.

Pero para llegar a todo aquello aún tenía que cerrarse la Puerta de la Sal, la segunda de las tres aberturas de nuestra muralla –la tercera, la Grieta Sacra, no tenía mayor anchura que la mano de un niño y llevaba doscientos años cerrada con alambre de espino purificado con fuego–. La Puerta de la Sal –que los viejos aún llaman, tozudos, Puerta del Evangelio, usando los términos católicos proscritos por el rey Harold III setenta años atrás– podía cerrarse en cualquier momento de la semana posterior a la Procesión del Copo, pero el alcalde no quería hacerlo hasta que no llegase de la capital Frutos con el todoterreno. De manera que el sheriff colocó media docena de francotiradores en aquella parte de la muralla, el alcalde designó a un hombre que mantuviera viva la hoguera en la jamba derecha, el párroco nombró a una mujer que limpiase la Salsanta en la jamba izquierda, y a mi padre le ordenaron velar junto a la campana, con pena de la vida si se dormía y dejaba de tocar a rebato cuando viéramos aproximarse a la primera alimaña.

Pasamos dos días enteros sin quitarle el ojo de encima a las hojas abiertas de la Puerta de la Sal. En todos los hogares se hizo el último acopio de leña, se mató al cerdo, se retiraron los espantapájaros de los campos más cercanos –siempre con ese temor a que cobrasen vida de repente–, se repararon todos los tejados y se cubrieron con sal. Los pozos comunales estaban rebosantes de frutas enterradas en hielo, los toneles de vino y aceite rezumaban sus preciosos líquidos entre las duelas de encina.

Al amanecer del tercer día Sherena, la mujer de Frutos, le pidió al sheriff que organizase una partida de francotiradores por si su esposo hubiera tenido una avería en el camino de retorno, pero el sheriff tuvo que recordarle, con pesar, que alejarse del pueblo después de la Procesión del Copo era anatema, además de un suicidio, o precisamente por ello. Frutos no tenía hermanos, y sus hijos, los únicos que habrían podido acometer la tarea sin ser desterrados a su regreso, eran dos niños de cinco y tres años de edad. Entonces Sherena se puso a llorar y a increpar a la Virgen de la Sal, llamándola zorra de pelo blanco y calavera de oso, por lo que el sheriff la llevó a presencia del párroco; pero éste decidió que no había condena, que aquella reacción había sido un acto de rebeldía tan inocente como natural. Aparte que era un hecho evidente, que nos llenaba de orgullo, que la Virgen de la Sal tenía el pelo completamente blanco, puesto que estaba cubierto de sal, y su cabeza había sido compuesta a partir de una calavera de hembra de *oso artus horrible*, el animal más grande y violento de todas las montañas.

Ya creíamos que Frutos se había quedado atascado en la nieve o se había matado en una pendencia con alguien de la capital, pero el Sexto tras Cien –esto es, el sexto día tras la Procesión del Copo, y por lo tanto el anterior a la clausura de la Puerta de la Sal y la Grieta Sacra–, mi padre nos volvió a despertar de nuestros sueños de plomo con un Repique Triunfal, setenta y siete toques dobles, la pausa de un

Padrenuestro y otros setenta y siete. Salimos corriendo llevando tan sólo nuestros pijamas y camisones, dejando nuestras huellas calientes y vivas sobre la sábana de nieve que cubría calles y campos, subimos en tropel la escalera de ronda y nos amontonamos en la muralla, los hombres a Poniente y las mujeres a Levante como se venía haciendo desde tiempo inmemorial; porque nosotros caemos y morimos pero ellas, las hembras, traen la vida.

Frutos venía al volante de un Nissan Majestic de tres ejes; el único vehículo a motor del pueblo, que renovábamos cada tres años gracias a la venta de la leña, el aceite, las pieles de oso y la carne ahumada del común. Llevaba la parte trasera cargada de cajas y la baca atestada hasta que el propio coche parecía el reflejo de sí mismo sobre la superficie de hielo pulido de un lago. Había partido un mes atrás, cargado con nuestros productos, y regresaba con todo aquello que nosotros, pueblo de cazadores enclavado en el ventisquero más crudo de uno de los valles más aislados del país, requeríamos para poder llevar una vida digna y alejada del sufrimiento. Pescado ahumado o congelado: grandes atunes del océano, carne de ballena o tiburón, meros grandes como hombres, calamares, sepias... para desquitarnos de nuestra aburrida dieta de trucha y de salmón; medicinas industriales elaboradas en las grandes ciudades cuyos habitantes –decían– podían contarse por centenares de miles; ropas de nylon, seda, tela o algodón; lencería fina para vestir a las mujeres, satisfacer a los hombres y ayudar a venir al mundo a los niños de mañana; armas de fuego, lustrosas e imponentes pistolas, escopetas, revólveres, rifles... bebidas alcohólicas más sofisticadas que la cerveza artesanal, la sidra y el extracto de remolacha; libros escritos por la gente sabia, Biblias de Harold, pilas eléctricas, saleros de cristal tallado, cerillas, mecheros, fotografías de mujeres desnudas, alambre de espino, barajas de cartas, pólvora, azúcar, tampones, orinales de cobre, detergente para platos, ciruelas pasas, turrón, latas de alcachofas, sacos enteros de sal listos para ser bendecidos por el párroco y la mujer más anciana del pueblo...

Todos los años, el varón mayor de la familia de los Frutos pasaba unas semanas en la ciudad y recorría los comercios escoltado por tres hombres de allí a los que pagábamos con pieles de oso, trayendo hasta nosotros los mejores frutos del comercio y la civilización; una tarea fundamental a la que su propia estirpe debía el apellido.

***

Nuestro alcalde era un hombre anciano, calvo y regordete; había perdido una pierna de joven en una pelea contra los osos que le había obligado a calzarse una pata de palo, y hacía dos años que se apoyaba además en un bastón, por lo que los jóvenes le llamábamos, de manera un tanto absurda, *Dos más uno*. Al escuchar el Repique Triunfal salió del pueblo y se adentró un centenar de pasos en la Explanada cubierta de nieve. Desde lo alto de las almenas, los francotiradores le miraron con preocupación. No había rastro de osos ni de lobos, pero aquellas alimañas podían aparecer en cualquier momento.

–Madre nuestra, Señora del Fuego, tráenos de vuelta a Joseph Frutos, que es un buen vecino y un buen padre de familia –murmuró *Dos más uno*.

Al oírle, todos los hombres sumamos nuestras plegarias a la suya, mientras las voces femeninas empezaban a orarle a la Virgen de la Sal pidiéndole que se apiadase de la pobre Sherena, la mujer de nuestro explorador, no permitiendo que su cama y su madurez quedaran vacías.

Por unos instantes pareció que las Madres no iban a interceder por nuestro amigo ante el buen Jesús: una manada inmensa de lobos se desplegó desde los cedros más próximos al Camino Real y amenazó con cortarle el paso al todoterreno. Algunos empezamos a dar patadas de impaciencia; Saudinós el Rojo, que al tener el pelo del color de los zorros tenía prohibido asistir a los oficios religiosos, empezó a llamarnos cobardes y a rabiar por el anatema que castigaba al que se atreviera a salir del pueblo en época invernal; pero entonces Romu, mi hermano pequeño, le lanzó una pedrada con tan buena fortuna que le dio entre los dos ojos, y Saudinós tuvo que marcharse de allí rápidamente. Para los pelizorros como él, participar en una pelea con seres humanos se pagaba con la muerte por ahorcamiento, como las alimañas de las que sin duda él y todos los suyos descendían.

A una voz del sheriff, los francotiradores abrieron fuego; unos disparos altos, para asustar a aquellos lobos que corrían, saltaban y hacían quiebros barruntando el olor de la carne que Frutos llevaba en la baca del coche. El alcalde retrocedió hasta quedarse a media docena de pasos del umbral de la Puerta de la Sal, previendo que la victoria, si la había, iba a ser muy justa. A una orden del sheriff una docena de mozos nos amontonamos en la parte interior de los portones, seis a un lado y seis al otro, listos para cerrarlos tan pronto como viéramos pasar el remolque. Media docena de chicas prepararon el cerrojo y el cubo con sal, en esta ocasión sin hacer las bromitas maliciosas al contacto con aquel pivote de hierro que tanto les recordaba a la tranca que algunas aún no conocían, pero que todas estaban deseando sentir bien hincada en su interior.

Y es que no estaba el horno para bollos. Al escuchar los disparos, Frutos pisó el acelerador y avanzó a una velocidad de vértigo por aquel camino cubierto con dos palmos de nieve. Afortunadamente, una semana después del Cruce del Lobo, mientras mi padre se pasaba las noches contando estrellas fugaces, una cuadrilla de hombres y mujeres se había encargado de alisar el Camino Real a su paso por la Explanada y limpiarlo de obstáculos. Los vecinos de la edad de mis padres aún recordaban aquel invierno, en tiempos del rey Harold II, en que Josías Frutos había partido el eje del todoterreno al impactar con una roca oculta bajo la nieve. Los vecinos habían perdido toda la carga y habían quedado condenados al hambre; Josías había sido devorado por los lobos entre los gritos de impotencia de su mujer y sus hijos, entre ellos el Frutos que ahora conducía a ciento cincuenta kilómetros por hora con la tranquilidad relativa de saber que debajo de la nieve sólo había más nieve, y debajo tierra lisa y compactada.

Fue visto y no visto; el lobo que lideraba la manada, un macho alfa de pelaje gris, ojos rojos como los del propio Diablo y dientes amarillos y afilados, se abalanzó sobre una de las ruedas delanteras con tal frenesí que logró reventarla. Las cadenas protectoras saltaron en todas direcciones y le hicieron estallar la cabeza en mil pedazos. Un segundo lobo se lanzó sobre la puerta del conductor y la dobló hacia el interior. Se escuchó una detonación, seguida de una nube de polvo y un gañido de dolor, cuando Frutos le voló la cabeza al lobo con su pistola, mientras se aferraba al volante con brazos de acero tratando de mantener la línea recta. Los francotiradores hicieron fuego a discreción, tratando mínimamente de esquivar el bulto cuadrado del coche que ahora recorría los últimos quinientos metros flanqueado por varias docenas de alimañas. Los rezos aumentaron y se convirtieron en una letanía doble, mitad voces de plomo, mitad de plata; mi padre se dejó los brazos repicando la campana con el toque de Máximo Peligro. El alcalde, el viejo *Dos más uno*, se pegó a la muralla lo máximo posible, esperando a ver pasar la cabina del todoterreno para entrar en el pueblo el último, tal y como mandaban nuestras leyes, antes de que nosotros, los costaleros, empujásemos los portones soñando que estábamos tocando un virgo y las muchachas soltasen la tranca, algunas de ellas muy a su pesar.

Los últimos metros fueron un hervidero de pólvora, sangre y nieve. Cinco lobos más cayeron sobre las lindes del Camino Real, abriendo sus propias tumbas en las cunetas llenas de nieve; el todoterreno, con la rueda delantera convertida en una llanta chirriante, embistió sin contemplaciones a otros dos. A un tercero, las cadenas sueltas y convertidas en látigos le arrancaron de cuajo una pata y la mitad del hocico. Quedó allí, junto a la puerta, aullando de dolor, mientras el Nissan entraba en el pueblo reduciendo la velocidad para no estamparse contra los muros de las primeras casas y el alcalde se colaba con una agilidad pasmosa entre las puertas de roble macizo que los mozos hicimos encajar con un portazo.

Frutos bajó del coche sudando por el esfuerzo de los últimos kilómetros y se abrazó a su mujer y a sus hijos. Luego le entregó al alcalde las llaves del todoterreno y le dio el parte de novedades. Había vendido con provecho todo lo que llevaba, había comprado barato todo lo que le habíamos encargado y aún le había sobrado dinero para traernos los últimos lujos de la capital. En el asiento del copiloto había amontonados un sinfín de exquisiteces: paquetes de chocolate, turrón, piñas, chirimoyas, bolsas con serpentinas, bengalas, golosinas, pimienta negra, canela... entre todos fuimos vaciando el coche y dejando los paquetes en la plaza, bajo los soportales de las casas. No nos cansábamos de reír y chillar cuando descubríamos las cien mil cosas emocionantes que aquel hombre había sido capaz de comprar.

Al retirar el último paquete aparecieron cuatro bandejas envueltas en papel de estraza. Eran doce docenas de ostras vivas –una ostra por cada vecino del pueblo, tanto adultos como niños e incluyendo a los pelizorros– que Frutos había comprado nada más llegar a la ciudad, hacía casi dos semanas. La alegría fue mayúscula; todos nos lanzamos a abrazar a nuestro amigo. En el pueblo nunca habíamos comido ostras, pero todos sabíamos que eran uno de los lujos más refinados. Nuestro primer gran rey, Harold I el Unificador, solía desayunar una ostra metida en una copa de champán; o al menos eso era lo que cantaba Xabi Krahe, nuestro juglar.

Las bandejas de las ostras estaban algo aplastadas, pero Frutos nos aseguró que no pasaba nada, que eran seres que iban envueltos en su propia concha para protegerse, como los caracoles. Habían pasado una semana en el maletero del Nissan y ahí seguían, soltando aquel olor tal vez un poco penetrante pero que sin duda era una señal de que seguían respirando y haciendo de vientre. De todas formas, las mujeres optaron por meter las bandejas dentro de la fuente por si alguna se había ensuciado en el camino. Así de paso las refrescarían un poco, porque estaban bastante calientes a causa de la calefacción del coche.

A su debido tiempo, Frutos se fue a su hogar junto a Sherena, a fin de fructificar. Los demás pasamos el resto del día colocando el cargamento y vigilando las murallas. Los lobos seguían merodeando al otro lado de la Puerta de la Sal. A una orden del sheriff me encaramé a lo alto de la muralla portando una escopeta e hice mi turno de guardia durante las horas siguientes, mientras las mujeres empezaban a sacar las mesas a la plaza para celebrar el banquete de arranque del invierno, la Última Comida Comunal. Era muy agradable echar el último vistazo al valle, a las montañas, a los bosques, y saber que toda aquella naturaleza misteriosa y hostil se iba a quedar puertas afuera de nuestros hogares.

***

Al caer la tarde se encendieron las antorchas. Pronto la plaza entera estuvo ocupada por las mesas en que las mujeres iban dejando la comida recién sacada del horno. Todos trajimos alguna cosa de nuestras casas. Un jamón, una barrica de vino, una cesta con huevos... mientras Frutos y un par de ayudantes iban repartiendo las exquisiteces que había comprado en la capital. Aquel día había bula, e incluso los niños y los pelizorros podían comer de todo y beber alcohol hasta hartarse. En un momento dado *Dos más Uno* y algunos de los ancianos sacaron sus pipas y se pusieron a fumar. Frutos nos contó qué tal lo había pasado en la ciudad, si se había peleado, si le habían tratado de estafar... los niños rieron y cantaron, y todo el pueblo compartió una misma felicidad que estaba a punto de estropearse para siempre.

A su debido tiempo, Sherena se fue con otras mujeres a la fuente y regresó trayendo las bandejas con las doce docenas de ostras, que se fueron repartiendo de manera equitativa, un molusco por plato. Aquellos bichos no parecían demasiado exquisitos, aunque tal vez nosotros éramos demasiado rústicos como para poderlos apreciar. Tenían un tacto pegajoso, un color entre verde y marrón y olían bastante mal. Celina, la mujer del sheriff, preguntó si las íbamos a asar; Frutos explicó que se comían crudas. A todos se nos atragantó una náusea en el fondo de la garganta pero, al fin y al cabo, tuvimos que reconocer que no entendíamos nada de cocina refinada. Tras escuchar algunos comentarios a media voz el párroco se puso en pie y nos recordó que rechazar un presente durante una Comida Comunal era anatema. Así que unos envolvimos las ostras en pimienta, otros en ketchup, a los niños se las pasaron bien hundidas en chocolate líquido y los más atrevidos optaron por meterlas en el vaso de vino o de cerveza. A la cuenta de tres, cada cual se tragó su ostra, haciendo un esfuerzo por acostumbrar el estómago a aquel nuevo sabor. Nos miramos de reojo, tratando de no vomitar, y llenamos rápidamente las copas para mitigar aquel regusto. Nuestra Señora del Fuego se merecía aquel esfuerzo.

Después del banquete vino el baile. Krahe, el juglar, sacó la bandurria y empezó a cantar sus coplas. Primero venían las históricas y las de trasfondo moral; las de cuernos y romances llegarían más adelante, con la puesta de sol. Mi hermano Romu y otros chiquillos se pusieron a bailar, algunos de ellos con sus caritas aún sucias de las lágrimas que habían acompañado a aquellas ostras en las que no pensábamos ya. El vino, el whisky y el tabaco habían obrado el milagro de sepultarlas bien abajo en nuestros estómagos, como osos hibernando al fondo de una cueva. Paquito, el hijo pequeño del sheriff, sacó el cornetín de ordenanza que su padre le permitía utilizar en ese día. Otros trajeron trompetas, tambores, armónicas y arpas de boca. Enseguida algunos mozos empezaron a cantar, mientras los más atrevidos tratábamos de sacar a bailar a las chavalas. Los viejos dormitaban en sus sillas, las mujeres hablaban a voces y los hombres cantaban, encendían bengalas o hablaban de la cosecha, del tiempo, de nuestras vidas... Fue una velada maravillosa.

Los osos irrumpieron en mitad del baile. Salieron de todas partes; eran más de cien, enormes, gordos, feroces. Tal vez los había atraído la música, el humo de los hogares o el olor a carne humana. Uno de ellos agarró del cuello a Sherena, la mujer de Frutos; éste se puso en pie de un brinco y disparó tres tiros con su revólver. El oso retrocedió pero Sherena cayó muerta de espaldas al suelo, manchada de sangre. Hubo gritos, alboroto, sillas volcadas sobre la nieve. Las madres se aprestaron a llevarse de allí a los niños. El sheriff disparó hacia todos lados tratando de abatir a los osos, que se abalanzaban sobre nosotros con las fauces abiertas, gruñendo y agitando las zarpas delanteras. Pronto la plaza entera fue una ensalada de tiros. Los ecos hicieron temblar las cumbres del lejano pico Mayo, con sus miles de toneladas de nieve en equilibrio sobre sí misma, provocando aludes rápidos, pesados y mortales. A kilómetros de distancia del pueblo, bosques enteros de pinos y de cedros fueron tapados por las olas de nieve mientras abajo, en el valle, el pueblo entero combatía a aquellos animales que se habían echado encarnizadamente sobre nosotros. Cada vez venían más osos, cada vez nos atacaban con mayor fiereza y nos obligaban a disparar con rapidez.

Saudinós el Rojo mató a su propia esposa, víctima de un gigantesco oso de piel bermeja que le atenazaba el cuello con sus garras afiladas. El pelizorro apuntó con cuidado y disparó dos tiros en la cabeza de su mujer para evitarle el sufrimiento. Después, con la misma parsimonia, se pegó un tiro en la boca. Cayó de rodillas al suelo, entre la nieve que se había teñido de rosa, y quedó tumbado boca abajo. Las fieras ignoraron su cadáver y siguieron avanzando, dando zarpazos a uno y otro lado...

El siguiente en abatir a los suyos fue el mismísimo *Dos más Uno*, que de esta forma liberó a su mujer y a dos de sus hijos –el tercero estaba ya caído sobre la nieve– de la maldad de las alimañas. En el último momento tuvo un gesto de caridad hacia el viejo Fabián Confurco, el de los Relejes, con quien llevaba treinta años peleado, y liberó del dolor a aquél que le había calentado la cama a su mujer en los tiempos del rey Harold II. También don Mauro el maestro, y Roque el peón, y el señor Fausto, y Choco el pescador, y el Miseria –a quien no le gustaba el fuego de horno sino la salmuera que fluye de las varas–, vaciaron sus armas contra sus propias familias, viendo que era inútil contener a las fieras. Los osos rugían, se movían con agilidad, embestían a dos patas, mordían, clavaban sus garras...

Mientras corría hacia la muralla a buscar una escopeta, uno de ellos me agarró del hombro; me revolví, le di de puñetazos... creí reconocer la voz de mi propio padre que gritaba histérico que aquellos osos no eran reales, que eran alucinaciones, que nos habíamos intoxicado con aquellas putas ostras en mal estado... De pronto quedó callado; el sheriff le pegó dos tiros para salvarme y luego me apuntó a la cabeza y disparó el tercero para que yo dejara de sufrir. No sentí nada; sólo aquel cansancio dulce, como si me fuera a quedar dormido. El sheriff acabó con los supervivientes, cortando su agonía de raíz, se guardó para sí la última bala y luego sólo hubo silencio, el humo disipándose en el aire, los últimos ecos y la caída mansa de los copos de nieve sepultando nuestros cadáveres tendidos...

Besos de aire viciado

Le dio varios golpes fuertes en la espalda hasta que el trozo de solomillo con foie que se había encasquillado en el esófago de Cristina se movió dejando libre el conducto de forma que pudiera volver a respirar. El color de su rostro había empezado a colorearse de un rojo púrpura bastante preocupante. El resto de comensales del restaurante del Parador les miraban asustados y sin saber muy bien qué hacer. Uno de los camareros acababa de llamar al 112 pidiendo auxilio.

La chica se llevó una gran bocanada de aire hacia dentro que la apaciguó después del susto y la sacó de las garras de la muerte. Él le acarició la cabeza, aliviado, y le agarró el pelo por la nuca, tirando un poco hacia sí. Se acercó a su oído y le dijo:

—Hey, pequeña, no quiero que te ahogues si no es conmigo.

Ella sonrió abiertamente, le dio un beso en los labios y le susurró:

—Y yo no quiero ahogarme si no es contigo.

Joder cómo amaba a aquella deliciosa muchacha, él, que hacía tiempo creía haberse quedado sin corazón.

Continuaron con la cena de su primer aniversario juntos. El restaurante del Parador de Lorca era un lugar especial, emplazado en una fortaleza medieval en lo alto de un cabezo; la cena era fantástica y el ambiente en penumbra no podía ser más exclusivo. Aunque el susto les había quitado el hambre a los dos y su resolución les había dado ganas de hacer otras cosas más íntimas que comer juntos.

***

Joan había conocido a Cristina algo más de un año antes en la cafetería de Roni, en la esquina de la calle Céspedes. Siempre se tomaba allí un café desde que comenzara a trabajar como profesor en la universidad. Le pillaba de paso y no sabía por qué el café de aquella cafetería era tan jodidamente bueno. Esa mañana una camarera nueva ocupaba el puesto de Rosa, quien preparaba su café estoicamente con un *buenos días, lo de siempre,* amable pero sin llegar a más.

La nueva camarera se dirigió a él con una sonrisa amplia, como si quisiera agradar a la clientela a marchas forzadas, pero resultó tan natural que a Joan le sorprendió; no estaba acostumbrado a un gesto tan elocuente a esas horas de la mañana. Mas le agradó, vaya si le agradó. La chica se lo metió en el bolsillo a la primera.

–¿Qué le pongo, caballero?

¿Caballero él? Qué risa, él era todo menos un caballero.

–Un café largo apenas manchado de leche.

La camarera se dio la vuelta y él aprovechó para observar todos sus movimientos. Era pequeñita, algo más de metro y medio, calculó, pero contundente. Su cuerpo tenía formas de guitarra española, con carnes prietas y apetecibles. Nunca supo el porqué de aquella expresión interna, pero nunca la había usado para definir a una mujer. Imaginó que porque nunca se había fijado en una de tal voluptuosidad, las prefería delgadas, sin curvas ni pecho. Llevaba el pelo castaño recogido en una coleta baja que su mano sintió el deseo de agarrar. Otro impulso que no había tenido más que de niño cuando sentía un enorme placer íntimo al tirar de las coletas de las niñas y comprobar las distintas reacciones que se daban en ellas.

La muchacha se giró con su café y de nuevo le mostró la sonrisa abierta que volvió a descolocarlo y le arrancó un esbozo de media sonrisa a él. El café no era el de Rosa; no le llegaba ni a la suela del zapato, de hecho, pero lo tomó con alegría, que al fin y al cabo era lo que más necesitaba.

Día a día, su mañana comenzaba con aquel café –que ya nunca volvió a ser el mismo de antes–, una sonrisa de Cristina y su mirada dulce del color de la manzanilla con miel. Con el tiempo fue apreciando pequeños detalles de la mujer que le agradaban, como cuando levantaba una ceja si escuchaba algo que le llamaba la atención, el revolotear incesante de sus manos de dedos largos y uñas pulcras cuando hablaba, su gesto de morderse el lateral del labio de abajo cuando pensaba, o cómo dejaba descansar los brazos en jarras en sus abundantes caderas cuando algún cliente se sobrepasaba con un comentario. Se movía ágil por la barra, atendiendo a los clientes con soltura y candor. Era deliciosa.

Joan sabía que no era el único cliente que la adoraba. Con la rutina, él empezó a alargar su estancia en la cafetería; sabía que a las nueve en punto la gente desaparecía prácticamente y él se quedaba a solas con ella separados por la insalvable frontera de la barra del bar. Conversaban y él la hacía reír con su característico e incisivo sentido del humor. Le encantaba escucharla reír, y lo hacía tan a menudo...

Hasta que un buen día se le fue la cabeza por completo. Jamás, en su sano juicio, habría sido capaz de hacer algo así. Él, un profesor de universidad; él, un hombre racional con la cabeza bien puesta. Cristina salió de la barra a recoger las mesas; cuando pasó por su lado, él la asió de la coleta. Entre el impulso que ella llevaba hacia un lado, y el agarre de él en sentido contrario, su cuero cabelludo tuvo que sufrir. Una vez agarrada, la atrajo hacia sí, a lo primitivo, y le dio un beso tan intenso que a Cristina se le cayó al suelo la bandeja y se le vació el pensamiento por completo.

Joan no sabía a qué atenerse, había sido un impulso absurdo y estaba dispuesto a sufrir las consecuencias: un tortazo bien merecido, una mirada de desprecio, una patada en los huevos, un escupitajo o incluso un *no vuelvas por aquí, salido de mierda*. Nada de lo previsible sucedió. Ella se quedó frente a él con sus ojos de miel queriéndole robar el alma. Lo miraba como un niño mira su regalo de Reyes, con el brillo de la ilusión desmedida. Y para su sorpresa le agarró de la cara con ambas manos, se empinó todo lo que pudo y le devolvió un beso ardiente que destilaba mucho, pero mucho deseo. Parecía morderle con los labios, descubrirlo por dentro con la lengua, como si aquella pequeña mujer fuera la depredadora más voraz sobre la faz de la tierra.

La entrada de un cliente que los miró con ojos golosos deshizo todo el hechizo; Joan recogió su mochila y partió al trabajo con el pensamiento confuso y los labios ardiendo.

Aquélla fue la primera vez, pero luego habría muchas otras. Ella libraba los lunes y él movió cielo y tierra para cambiar las clases del lunes por la mañana. Así comenzaron a batallar cuerpo a cuerpo sobre la cama de uno cincuenta de Joan los domingos por la noche. No descansaban, se comían, se mordían, se introducían el uno dentro del otro, se retorcían, se abrasaban, se bebían, se abrazaban, se lamían, se robaban el sueño a base de jadeos. Reían, lloraban, conversaban y se respiraban... sobre todo, se respiraban.

Cristina era puro fuego, tanto que Joan no sabía si algún día podría corresponderle en la misma medida. No es que él fuera frío, todo lo contrario, sólo que ella era un verdadero volcán dispuesto a entrar en erupción al más mínimo roce de sus manos en su cuerpo. Y sólo Dios sabía el poder que la piel de Joan ejercía sobre la de Cristina. Nunca, ni en la más desquiciada de sus fantasías, imaginó volver loca de aquella manera a una mujer con el simple hecho de tocarla. Ella decía que él tenía la piel venenosa y que era adicta a ese veneno. Y él no sabía si envanecerse con ese comentario o, por el contrario, cagarse de miedo.

Independientemente de aquello, para Joan todo era un juego, hasta el amor. Él era como un niño que a veces se disfrazaba de adulto. Le gustaba investigar, probar, ensayar, buscar experiencias nuevas, experimentar... en definitiva, que ningún día se pareciese por completo al anterior.

Fue ese afán de experimentar lo que le condujo a probar con Cristina los besos de aire. La idea no era suya; de adolescente, cuando todavía no había dado su primer beso, vio un documental sobre diferentes y curiosas formas de besar. La que más le extrañó, por su dificultad y su carácter imposible, fue la de los besos de aire. Veinte años después, cuando todos los besos anteriores a aquella mujer se le habían agriado en la boca, al tener frente a sí los jugosos, sonrosados y húmedos labios de Cristina recordó aquel documental y decidió intentarlo con ella. A Cristina le parecía bien cualquier novedad que tuviera que ver con Joan y sus sábanas. Y lo probaron.

Como siempre, Joan, que tendía a la pereza, prefería estar acostado y que la carne voluble y cálida de Cristina lo aprisionara. A la muchacha le encantaba mirarle desde arriba, aunque también desde abajo. A la muchacha le gustaba mirarle desde cualquier ángulo. Juguetones, acercaron sus bocas abiertas y las sellaron. Las lenguas quietas. El corazón expectante. Él insufló aire en la boca de ella, quien lo introdujo en sus pulmones, extrajo el oxígeno y se lo devolvió. Joan inhaló ese mismo aire cálido y lo volvió a introducir despacio en el interior de Cristina. Los dos primeros intercambios no dejaron de ser meramente anecdóticos, pero al tercero... al tercero comenzaron a suceder cosas; el aire se hallaba lo suficientemente viciado como para alterarles el entendimiento.

Joan sintió el cuerpo de Cristina estremecerse y percibió dentro de su propia boca el gemido que se le escapó a ella. La mujer despegó sus labios de los de él y lo miró con ojos de desquiciada. Jadeaba, necesitaba oxígeno y seguía mirándole como si quisiera robarle el alma.

–¿Qué? –preguntó Joan con una sonrisa.

–¿Has sentido eso? –le preguntó ella con un gesto pícaro en la boca.

–Sí... bueno... no sé... ¿qué exactamente?

–Esa sensación de... no sé explicarlo... como si te colocaras –la mirada de Cristina era de nuevo como la de un niño que acaba de descubrir el fabuloso sabor agridulce del helado de arándanos.

–Sí... claro, en eso consiste.

–¡Es genial! –sonrió con amplitud–. Más... –le pidió, y volvieron a sellar sus labios.

Desde aquel día ningún beso volvería a ser lo mismo. Todos los besos anteriores a ellos resultaban carentes de sentido, insulsos, chamuscados; molestos como pequeñas llagas que no se cierran nunca. El recuerdo de los besos que habían dado a otras personas eran manchas grisáceas en sus vidas, ¡qué poco habían sabido del amor por entonces!

Ni siquiera sus propios besos, los que se habían dado antes de los de aire, merecían siquiera ser llamados como tales. Tan solo eran fricciones de labios y lenguas lubricados con saliva, gestos vacíos y mecánicos similares a rascarse, hurgarse la nariz o limpiarse el culo. Sólo los besos de aire merecían realmente la pena, sólo con ellos se conseguía el éxtasis infinito y un placer tan intenso que se sentían realmente afortunados por haberlos descubierto.

–Cada vez que me besas así me metes mariposas en el estómago, Joan –le miraba ella embriagada creyendo que le iba a estallar el corazón.

–Y tú, pequeña –contestaba él agarrándole del pelo–, me introduces la vida con tu boca.

–No quiero que dejemos nunca de hacer esto.

–No dejaremos de hacerlo nunca, amor.

Tal era su vicio que prácticamente todo el tiempo que pasaban juntos lo hacían besándose de aquella extraña manera. O comían o dormían o se besaban. Un año después las consecuencias de respirar el mismo aire durante largos períodos se hicieron patentes. No respiraban bien, se ahogaban si aceleraban el paso, perdieron el sentido del gusto y tosían a todas horas, con lo que decidieron ir al médico.

–Su capacidad pulmonar es muy escasa –sentenció Juan Liñero, el facultativo–; debe dejar de fumar ya mismo o no llegará a viejo.

–Pero si no fumo, doctor.

–¿No fuma? ¿Cómo que no fuma? Tiene los pulmones como quien se mete dos cajetillas diarias.

–Lo que le digo, no he fumado un cigarrillo en mi vida.

–Es realmente extraño. ¿Trabaja en algún lugar con productos químicos?

Joan negó con la cabeza.

–¿Polvo en suspensión? ¿Pintura? ¿Aerosoles? –Joan seguía negando–. Algo está respirando que está acabando con sus pulmones. Como le digo, tiene una capacidad pulmonar inferior al treinta por ciento, eso es muy poco. Y si continúa así se irá reduciendo cada vez más. Tiene que saber qué es lo que está aspirando, porque le está matando.

Joan asintió, cogió aire hasta llenar los pulmones y estalló en una tos violenta.

–Lo averiguaré, doctor, me está costando vivir así, hasta caminar se me hace duro.

–Cuídese y vuelva en un mes para que volvamos a hacerle las pruebas.

Joan sabía de sobra qué le estaba matando. Era Cristina y su pasión desbocada. Eran él mismo y su idea loca de los besos de aire los responsables de que ya ninguno de los dos tuviera la salud suficiente como para amarse hasta llegar a viejos. ¿Qué iban a hacer? Ya no había otra forma de amarse que no fuera pasarse el mismo aire durante horas.

–¿Qué te ha dicho el médico? –le preguntó Cristina sentada sobre la cama con cara de preocupación.

–Que tengo los pulmones como si fumara dos paquetes de tabaco diarios. ¿Y a ti?

–Lo mismo, que me voy a morir si no dejo de fumar. ¿Qué vamos a hacer?

–No lo sé, pequeña, no lo sé. Podríamos... dejarlo.

–¿Lo estás diciendo en serio?

–Algo habrá que hacer...

–¿Separarnos?

–¿Se te ocurre otra forma?

–Joan, no... yo no... –se le inundaron los ojos de lágrimas y cabeceó sin parar–; yo no puedo vivir sin ti. No soy sin ti.

Joan la abrazó tan fuerte que sintió cómo le crujieron las articulaciones de la columna vertebral, pero ella no se inmutó y rompió a llorar como no lo había hecho jamás a solas, convulsionándose por la tristeza entre los brazos de su amante, que no la soltaba. Cuando se calmó un poco, se sorbió los mocos y le ofreció la boca abierta. Esa boca sonrosada y adictiva que le había dado la vida desde que la conociera. Joan selló su boca con la suya y respiraron despacio uno dentro del otro. Conforme se iban colocando, la respiración se les fue agitando, pero no se separaron ni un momento. Con gran maestría se deshicieron de la ropa, él de la de ella, ella de la de él; las camisas, el sujetador, los pantalones, la ropa interior... y además de respirarse se invadieron con la carne durante cuatro horas, ebrios de pasión y de aire tóxico.

Se gimieron por dentro. Se robaron el aire y sembraron flores de esencias desconocidas en las sábanas. Nunca supieron de quién era el aire que jadearon al unísono pero les supo al aire primigenio, al del mismísimo paraíso. Cristina volvió a convulsionarse entre los brazos de Joan y a gemir con más violencia; al poco, él mismo vibraba acompañándole en el orgasmo más violento y placentero que sintiera en su vida mientras se derramaba entero en el interior de sus carnes cálidas.

Hasta que no se calmaron no separaron sus bocas, dieron una gran bocanada de aire limpio, como si llevaran un buen rato bajo el agua, y se miraron a los ojos. Ella sonrió de esa forma tan dulce que lo enamoró desde el primer día. Joan se la devolvió a su manera, más bien torpe, pero ella ensanchó la sonrisa y se desplomó sobre él agotada. Suspiró.

–¿Qué vamos a hacer, Joan?

–Existe otra posibilidad...

–¿Cuál? –se incorporó un poco para mirarle mejor a los ojos con curiosidad.

–Bueno, pequeña –le acariciaba la cabeza con ternura–, podemos simplemente dejar de hacer esto...

–¿De darnos besos de aire?

–Exacto.

–Sabes tan bien como yo que no podremos...

–Podríamos intentarlo, al menos... es eso o enfermar... puede que morir... Apenas podemos respirar ya el aire normal, como hacen el resto de personas.

Cristina se puso muy seria, tanto que Joan se estremeció. Sentía su cuerpo tibio y sudoroso sobre él, le acarició la espalda desde la nuca hasta el coxis, volvió a subir la mano y le agarró el pelo por la nuca, deteniéndose allí.

Ahora estaban en aquel lugar mágico celebrando su aniversario, en la habitación del Parador, olvidado el susto de la cena pero teniendo muy presentes las tristes noticias de los médicos. Cristina le susurró:

–Me introdujiste el universo y ahora ya no sé respirar más que estrellas– sentenció como si con aquella frase lapidaria estuviera todo aclarado.

–Los nuestros son besos con los que te mueres poco a poco –a Joan se le cerraban los ojos de sueño, la agarró de la cintura y la hizo descender de él para girarse de lado, su postura para dormir; el sexo lo había dejado exhausto.

Cristina se colocó frente a él, también de lado, lo observó dormirse y las lágrimas le resbalaron por las mejillas con total libertad, lágrimas que absorbió la almohada sin quejarse. No quería dejarle, no quería volver a los besos vacíos, carentes de sentido. Apoyó la mano en su pecho, juagueteó con el vello que crecía allí y acercó la boca a la suya. La acarició con la lengua y él, ya en la duermevela, la abrió para ella.

Se durmieron así, respirándose el uno al otro, pasándose el mismo aire viciado carente ya de oxígeno una y otra vez durante todo el sueño. Esa noche se borraron las esencias para rehacerlas de nuevo con tibios soplidos desde dentro, esa noche, la última noche, en la que se ahogaron juntos para no volver a respirar nunca más.

Mónica y los libros torcidos

Mónica llegó a su casa, metió la llave en la cerradura y la giró hacia la izquierda. La puerta se abrió con un chasquido, pero entonces ella volvió a cerrarla y enseguida la abrió por segunda vez. Sólo entonces se sintió segura.

Sonrió y entró en su piso con la cabeza bien alta, introduciendo primero el pie derecho.

Eran casi las dos de la tarde, pero ella encendió la luz, como hacía siempre, por si acaso le hubieran cortado la corriente. No estaba de más ser precavida. Se aseó un poco, se desnudó y empezó a preparar la comida siguiendo sus pequeños e inofensivos rituales, haciendo y deshaciendo los mismos gestos sin apenas darse cuenta.

Mónica era una chica joven, morena y silenciosa, que llevaba un par de años trabajando en Laxe Fórmula FM, una de las radios de su ciudad. Hacía un mes que estaba saliendo con Eduardo, el concejal de Cultura; un treintañero alto, torpe y bonachón, que pretendía arreglar el mundo desde su escaño.

Mónica estaba muy a gusto con Eduardo, aunque de un tiempo a esta parte le notaba un pelín impaciente con sus pequeñas manías. Bueno, había dicho *manías* por llamarlas de alguna manera. Eran cosas de nada, nimiedades relacionadas con su peculiar sentido del orden, que no estaba en su mano cambiar. Por ejemplo, desde que era una niña siempre guardaba su ropa por colores, como hacía tantísima gente. Seguía una secuencia muy sencilla que empezaba por el blanco, a la izquierda del armario, y se iba oscureciendo a medida que se avanzaba hacia la derecha. Después de los tonos blancos iban los amarillos, luego los naranjas, verdes, azules, rosas, rojos... y por último los negros. Una sencilla manera de casar los colores.

Otras costumbres suponían un ahorro de tiempo y de energía aún más considerable, como la forma de colocar los cubiertos en el cajón. Aquí imperaba la lógica más evidente: los tenedores eran un elemento imprescindible, pero había veces en que no hacía falta poner cucharas en la mesa y otras, en cambio, lo que sobraba era el cuchillo. Por eso los tenedores siempre se colocaban en el espacio del medio; eso le permitía a la mano irse unas veces hacia la izquierda del cajón y coger a la vez una pareja de cuchara y tenedor, y otras meterse en la derecha y sacar el tenedor y el cuchillo. Con un solo gesto y de manera rápida y eficaz.

Su amor por la eficacia también le hacía preocuparse por los botes del azúcar y la sal. Cualquier persona poco cuidadosa los habría diferenciado únicamente por el color de la tapa; pero ella siempre llenaba el bote del azúcar hasta arriba y dejaba semivacío el de la sal. De esta forma, si algún día se cortaba la luz y tenía que prepararse la cena podría hacerlo sin temor a confundirse: sólo tendría que coger el bote para saber, por el peso, qué es lo que le iba a echar a la sopa o al café.

Mónica organizaba su bolso por estratos, dinero-maquillaje-higiene-recuerdos-otros, aunque luego al primer movimiento se producía un cataclismo en el interior. Cerraba las persianas dando exactamente tres tirones, porque hacerlo en más etapas eternizaba la maniobra y en menos suponía una tensión excesiva para la correa. Tenía una rutina establecida para cada uno de sus gestos cotidianos.

***

Se preparó la comida, puso la mesa y comió en silencio, distraída con la televisión; masticando cada bocado exactamente seis veces, y bebiendo un pequeño sorbo de agua cada seis bocados. En el fondo el estómago no era más que una caldera a la que había que alimentar de manera organizada, manteniendo un ritmo constante. Luego recogió la mesa, colocó los cacharros en el lavavajillas, parcialmente lleno tras la cena de la víspera, y se encontró con un vaso rebelde que ya no le cabía en ningún lugar. Un gesto inconsciente de la mano y el vaso se estrelló contra el suelo resolviéndole el problema. Miró el reloj de la cocina: sólo eran las tres y veintitrés. Aguantó un par de minutos recolocando algunos trastos, escudriñó el suelo de la cocina por si quedaba algún fragmento del vaso que se había caído solo, y a las tres y treinta y tres se fue a su habitación y se tumbó en la cama para echarse una siesta de veintisiete minutos.

Se adormeció lamentando que su novio Eduardo fuera menos tolerante de lo que en un principio le había parecido. Mientras se quedaba dormida deseó, como siempre, no tener sueños. Sabía que soñar era un mecanismo imprescindible para la salud mental, una función corporal práctica y eficiente como cualquier otra, pero siempre que soñaba cosas raras se sentía un poco tonta. Y el problema –aunque jamás había tenido valor para planteárselo– era que no sabía si era tonta por soñar insensateces, o tonta por no dejarse llevar por aquel mundo libre, inmenso e infinito que su mente encadenada a la rutina le servía en bandeja cada vez que bajaba la guardia.

Se despertó a las cuatro en punto. Eduardo apareció a las cuatro y media en punto, llevando un paquete en la mano.

–¡Un libro! –aplaudió.

–Es para ti –murmuró Eduardo, con un tono de voz que hizo que ella se pusiera en guardia de inmediato. Detrás de aquel rostro bonachón había algo más. Demasiada simpatía. Y más torpeza de la habitual; había estado a punto de tropezar dos veces al cruzar el pequeño pasillo del piso.

Eduardo sirvió el café teniendo mucho cuidado de no derramar ni una gota, volvió a llevarse la cafetera a la cocina y se sentó junto a Mónica mirando su regalo con una recién aparecida expresión de duda. Ella permaneció inmóvil como un gato de porcelana; un gato cuyas garras crispadas se clavaban con disimulo en las rodillas del pantalón vaquero.

–¿Es que no abres el regalo?

–¿Y por qué me has hecho un regalo? –preguntó ella, todo dulzura, mientras seguía hincándose las uñas en los muslos.

–Porque... pues porque te quiero –respondió él. Y a Mónica le dio mucha pena, sintió lástima de verdad, porque sabía que aquello era cierto. Eduardo le quería, y ella a él también, sólo que...

Abrió el regalo.

Sólo que, al fin y al cabo, todos llevamos un corsé, más o menos apretado y de uno u otro color.

Eduardo le había comprado *La ciudad y los perros* de

Mario Vargas Llosa, uno de los escritores más apreciados por Mónica. La chica esbozó una sonrisa nerviosa y le dedicó unos segundos a la portada tratando de retrasar lo inevitable. Aspiró el aroma del papel nuevo, pudo vislumbrar aquellas letras pequeñas que anticipaban una gran aventura interior... por fin lo volteó, leyó las letras del lomo y colocó el libro de pie sobre la mesita del café para comprobar lo que ya sabía.

Su novio le había tendido una trampa y le había comprado un Libro Torcido.

–Eres un imbécil –masculló con desprecio.

Desde que era una niña, siempre había elegido aquellos libros cuyo lomo podía leerse girando la cabeza hacia el lado derecho. No era una manía, no era un comportamiento obsesivo–compulsivo como decía la idiota de su cuñada; era una decisión consciente, eficaz y de todo punto inofensiva, que le facilitaba la consulta de los libros sin partirse las cervicales girando el cuello a un lado y al otro como el péndulo de un reloj. Mejoraba la postura de su cuello, mejoraba su equilibrio y le daba a sus estanterías un aspecto ordenado, armónico, elegante y seguro. Eduardo lo sabía, lo había descubierto la tercera o cuarta vez que pasó la noche en su piso.

***

–Pues no es mala idea –aceptó tras unos instantes de silencio–. Se ponen los lomos en la misma dirección y aunque algunos libros se queden cabeza abajo, seguro que a los personajes les da igual.

–Jamás pondría un libro cabeza abajo. Sería una falta de respeto hacia la obra y el autor.

–Pues entonces no lo entiendo...

–Pues es muy sencillo, corazón. Si el libro está torcido, es decir, con el lomo hacia el lado que no me gusta, paso sin él –dijo ella, besándole en la boca para acabar la conversación.

***

Empujó el libro con suavidad hasta que cayó de espaldas sobre la mesita del café. Quedó en silencio, tratando de no perder los nervios. Eduardo no dijo nada, no se atrevió a reforzar con palabras su gesto de rebeldía educado pero tajante. Finalmente la tensión se hizo tan evidente que el joven trató de romper el hielo, hablando con una falsa inocencia en la voz.

–Ya sé que el lomo a lo mejor está al revés –se excusó–, pero es que busqué y busqué por todas partes... y como me has dicho que te gusta tanto Vargas Llosa...

–¡Vete a la mierda!

–Bueno, Mónica... al fin y al cabo es un buen libro, ya verás.

–Y yo una loca.

–Yo no digo eso.

Entonces fue cuando ella estalló.

–¡Yo me compro los libros que me da la gana y los ordeno como me sale de las narices! –gritó, levantándose de un bote del sofá.

–Y yo lo respeto...

–Pero, ¿qué coño vas a respetar, si me has metido en mi casa un coche bomba?

Mónica gritó y siguió gritando mientras Eduardo movía las manos, primero indicándole que se tranquilizara, luego que bajase el tono por favor. Pero ella siguió desgañitándose, sintiendo que tenía toda la razón. Traerle aquel Libro Torcido era una agresión, un trágala, una violación de macho alfa que tenía que imponerse sobre la boba y maniática y loca de su novia. ¿Qué iba a ser lo próximo, aulló con todas sus fuerzas, atarla a la cama, darle de latigazos y metérsela a la fuerza por detrás porque eso era lo que una novia normal tenía que hacer?

Finalmente Eduardo se puso en pie con la frente perlada de sudor, cogió el libro y lo volvió a meter en la bolsa.

–Te he traído un regalo y así es como me lo pagas.

–Me has traído un corsé de fulana para que me lo ponga a la fuerza, para que veas que me he sometido a ti.

–¡Por la Virgen Santa, Mónica! Como si yo no hubiera tenido que plegarme a tus exigencias.

–Habló la víctima.

–Me obligas a llegar a tu casa a las cuatro y media en punto...

–Antes me echo una siesta de media hora.

–Me obligas a lavarme las manos antes de tocarte.

–Evidentemente.

–Tengo que usar mi propio jabón...

–Si quieres también te dejo mis támpax cuando me los quite.

–Siempre me estás diciendo que mastico demasiado rápido, que el número adecuado son seis veces...

–A partir de ahora dejaré que tragues como los pavos, y ya verás cuando te dé una buena úlcera.

–¡Imposible! –se impacientó él–. Es imposible ganarle una conversación a una mujer.

–Es imposible ganar una conversación siendo un gilipollas.

–Bueno, ya está; te pido perdón –resolvió Eduardo–. Mañana mismo voy a la librería y devuelvo el libro. No se repetirá... Aunque tampoco he matado a nadie, que yo sepa –añadió, con decisión–. Al fin y al cabo te he hecho un regalo, no te he dado una hostia. Y tú tampoco puedes cerrarte a la cultura leyendo sólo la mitad de los libros que se publican.

–No, claro; yo no soy como tú, que te los has leído todos –ironizó Mónica, volviendo a sentarse lo más lejos posible de su novio, que seguía de pie con la bolsa de la librería en la mano. A ella se le había pasado el calor del berrinche; ahora sólo sentía un desprecio frío y pausado.

–No los he leído todos –concedió Eduardo– pero los selecciono siguiendo un criterio literario; no me fijo en la manera en que tienen los lomos.

–Si tuvieran la letra muy pequeña no los leerías.

–Porque soy miope.

–O con las letras subrayadas. O si estuviera manchado de café.

–Porque no soy un cerdo

–¡Exacto! –gritó ella, acusándole con un dedo–. Porque no somos animales. Tenemos criterio. El tuyo, la pulcritud en el interior. El mío, esa misma pulcritud también en la apariencia exterior.

–Mónica, este libro es nuevo. Me ha costado veinte euros. Está impecable.

–Ahora échame en cara el dinero que te cuesto, como si fuera una puta de lujo.

Eduardo se pasó una mano por la cara tratando de mantener la calma.

–Esta man... esta costumbre tuya te está privando de verdaderas obras de arte –añadió, animándose paulatinamente por la expresión en la cara de su novia que creyó de interés cuando sólo transmitía el pasmo más absoluto, pasmo ante su atrevimiento sin límites–. Te gusta Vargas Llosa pero no has leído *La ciudad y los perros* –levantó la bolsa a la altura de su cabeza mostrando la prueba del delito–. Tampoco has leído el *Pascual Duarte* ni *La colmena*...

–Que no son de Vargas Llosa.

–Que sé perfectamente que no son de Vargas Llosa sino de Camilo José Cela... Así como tampoco te has leído *El camino* ni *El disputado voto del señor Cayo* aunque siempre dices lo mucho que te gustó la película...

–Si veo la película ya no leo el libro, soy así de burra.

–Eso no es verdad, ya sé que no es así... y desde luego que no eres burra, cariño, pero, de verdad... tienes que abrirte más a la cultura.

–Que sí, que abra más el culo, que es lo que a ti te pone.

Llegados a aquel punto cualquier novio sensato habría abandonado la partida, pero Eduardo no había llegado a concejal a los treinta años por tirar la toalla ni renunciar a un buen argumento.

–Eres amiga de Cristina Selva pero no te has leído ni uno de sus libros. Ni *Corazón de acantilado*, ni los cuentos que hizo con ese tío de la perilla, ni el *Beach Kiss*... *Esa rubita tontita de la derechita*, la has llamado delante de mí mil veces. Por los putos lomos.

–Bueno, es rubia. ¿Es que eso también es un delito?

–Mónica, tú te has leído a Vargas sin Llosa –remató el discurso.

Ella supo que aquella frase se le había ocurrido antes de empezar la pelea, antes incluso de comprar el libro. Pudo verle en la librería de Ariel, la que más le gustaba a los dos, recorriendo aquellos pasillos caóticos llenos de libros al derecho y al revés, meneando su cuello raquítico de izquierda a derecha como los pavos, y estuvo tentada de mandarle a paseo en aquel preciso instante.

Pero, como cada día trae su afán, logró controlarse haciendo un esfuerzo e incluso acompañó sus argumentos con una sonrisa más falsa que Judas.

–Tú no lees a Borges porque dices que era un facha.

–Pues sí; no disfruto nada leyendo a ese individuo –replicó Eduardo, ahora a la defensiva–. Tampoco leería nada de Iñaki de Juana.

–Una comparación muy culta y muy adulta.

–Bueno, salvando las distancias...

–Salvando las distancias entre ser un lector concienciado y una loca –admitió Mónica–. Y, por esa misma razón, yo jamás te regalaría nada de Borges: porque no disfrutarías de la lectura –le explicó con la paciencia de una madre diciéndole a su hijo pequeño por qué no debía bajarle la falda en un sitio público.

–No es lo mismo.

–No, claro; tú eres un intelectual y yo una loca.

–Mónica, ¿qué criterio literario es que un libro tenga el lomo puesto hacia el otro lado?

–¿Y qué criterio literario es que Borges era un facha? –estalló Mónica, volviendo a perder la calma–. ¿Eso es lo que se espera de un concejal de Cultura? Eso sí; insultamos a Borges pero luego nos metemos en política con los más fachas de Laxe. ¿Sabe el alcalde lo que dices de él a sus espaldas?

–Mónica, te he dicho un millón de veces que yo en el fondo soy un técnico. Puedo hacer más por la cultura desde el gobierno que gritando con pancartas en la calle.

–Bonito técnico. Muy profesional todo.

–Bueno, pues igual que tú, la periodista estrella, que una vez entró en directo desde su casa mientras le bajaba los pantalones a su novio...

–¡Eres un cerdo! –chilló Mónica, metiéndose en su habitación dando un portazo.

Eduardo volvió a sentarse en el sofá y se quedó cinco minutos moviendo en silencio su taza de café semivacía, sintiéndose muy ofendido; luego se dirigió conciliador hasta el pequeño dormitorio de la casa.

Suspiró profundamente e hizo la llamada secreta. Tres toques, luego dos más uno, luego dos.

Abrió la puerta. Mónica estaba frente a la ventana, cruzada de brazos, contemplando el bosque.

–Lo siento, cariño...

–No te dejo usar la llamada secreta –murmuró Mónica, con tono infantil.

–No la usaré jamás; lo siento. Retiro lo de los pantalones... aunque pasó así. Pero es que me he puesto un poco nervioso. Y ahora mismo me llevo el libro.

–Déjalo. Me lo leeré, como si me lo hubieras prestado, y luego ya veré qué hago con él.

–Que conste que antes de comprarlo lo busqué en la biblioteca... pero era la misma edición. ¡Si hubiera tenido bien el lomo me lo habría llevado sin que me vieran!

–En la biblioteca está esa loca que no me deja en paz.

–Mi tía Pepa –la defendió Eduardo–. Te pegó la bronca porque estabas toqueteando todos libros.

–Para eso están las bibliotecas.

–¡Mónica! Te pilló con una estantería entera de teatro apilada encima de una mesa mientras separabas los libros en dos montones...

Aquel recuerdo logró acabar con la discusión. Mónica y Eduardo empezaron a reír como dos chiquillos después de una travesura. Regresaron al salón; Eduardo volvió a disculparse, volvió a coger la bolsa con el libro y le prometió que al llegar a su casa compraría por Internet una edición que estuviera a su gusto. Ella le quitó la bolsa con suavidad y le dijo que no, que lo iba a leer y luego se lo daría a su tía, la bibliotecaria, como regalo de reconciliación. Al verse con las manos libres Eduardo trató de aprovechar la tarde, pero Mónica le volvió a decir que no, que estaba cansada y quería acostarse pronto y sola.

***

Pasó el resto de la tarde retrepada en el sofá, llorando y viendo series americanas. Cenó lo primero que encontró en la nevera, se metió en la cama y siguió llorando y pataleando. Finalmente, después de darle mil vueltas decidió pedirle ayuda a su hermano. Eran más de las dos de la mañana pero Marcos siempre estaba dispuesto a echarle una mano cuando lo necesitaba de verdad. Buscó el móvil a tientas, marcó el número, dejó que diera tres timbrazos y colgó; luego volvió a marcar y se enfadó al ver que su hermano descolgaba antes de tiempo.

–¿Por qué me lo coges? –le gritó.

–Mónica, la llamada secreta ya no hace falta –suspiró con paciencia una voz de hombre. La misma voz cálida, pausada, llena de cariño y de comprensión que la había acompañado desde la infancia–. En los móviles se sabe quién te está llamando; ya te lo he dicho alguna vez...

–He pensado que, como era un poco tarde, podrías estar acostado y coger el teléfono a ciegas –la voz de la muchacha se adelgazaba a medida que las lágrimas le cerraban la garganta–. O tenerlo en otra habitación...

–No pasa nada, cariño. ¿Te encuentras bien? ¿Qué te pasa?

–Estoy bien –respondió Mónica secándose las mejillas con la manga del pijama–. Ahora que te oigo estoy de maravilla, pero me tienes que hacer un favor.

–Tengo a los niños dormidos y Sabina también está durmiendo –Marcos tapó el auricular para que no se filtrasen los comentarios de su mujer–. No sé si podré ir...

–No quiero que vengas; es que me hacen falta un par de cosas.

–Dime, cariño –suspiró Marcos. Volvió a suspirar mientras su hermana le formulaba su última extravagancia con todo lujo de detalles.

–Claro que sí, cielo, ningún problema –la tranquilizó por fin–. El mueble lo tengo en stock. Sólo déjame pensar... –hubo un silencio en la línea telefónica durante el cual las uñas de Mónica se crisparon con fuerza sobre la sábana–. Hoy es martes; bueno, miércoles ya. El viernes por la mañana iremos con el camión hasta Cedeira, a llevarles unos muebles que nos han encargado en una casa –su hermano era el propietario de una pequeña tienda de muebles de La Coruña–. Podríamos meter también lo tuyo...

–Por favor, Marquiños... si tengo que esperar hasta el viernes...

–Si no puedes esperar –repitió su hermano con un suspiro–, mañana temprano te mando a alguien con la furgoneta pequeña.

–¿Mañana miércoles o mañana jueves?

–Mañana miércoles, cariño. Dentro de muy poquitas horas –volvió a tapar el teléfono para amortiguar las protestas de su esposa–. ¿Te viene bien a las diez?

–¿A las diez en punto?

–La hora exacta no te la puedo decir, mi vida. Puede haber tráfico, algún retraso... ya sabes.

–¿Quién vendrá?

–Seguramente Pacucho.

–Que me llame cuando salga, para poderme organizar.

–De acuerdo.

–Y si no es Pacucho, también.

–Que sí.

–Que me llame quien sea antes de salir de La Coruña, para poderme organizar.

–Que sí, Moni, te llamaremos; te lo prometo. ¡Ya voy, ya lo dejo! –añadió en voz baja.

–¿Es Sabina?

–Venga, cielo; ya está arreglado.

–Sabina dirá que ya está aquí la loca de su cuñada, despertándoos a las dos de la mañana con una gilipollez.

–No es ninguna gilipollez, cariño. Somos familia –esto lo dijo con voz firme para acallar las protestas que le venían del otro lado de la cama–; y si tenemos que ayudarnos, nos ayudamos.

–Gracias, Marcos.

–De nada, cielo. Ahora acuéstate, trata de dormir y no llores.

–¡No estoy llorando!

–Buenas noches, Mónica.

–Adiós. ¡Di adiós! ¡Adiós! –dijo ella, asustada. Aquellas palabras habían sido las últimas que había oído durante toda su infancia. Había sido su despedida secreta. Si aquella noche no las volvía a oír... tal vez...

–Adiós, Mónica. Que descanses.

–¡Di *Kramer*!

–Nunca te olvidas, ¿verdad? –rió su hermano.

–Es que era muy gracioso –comentó Mónica, con voz aniñada–. Seinfeld también, pero Kramer era lo mejor.

–Ya lo creo... ¡Sí, Sabina, ya cuelgo, hostias! Adiós, cariño.

–Adiós, Marcos.

–Adiós.

–¿Y Kramer...?

–Kramer dice... ¡adiós!

Confortada con la voz de su hermano mayor, Mónica colgó el teléfono, se dio media vuelta en la cama y se quedó dormida al instante, confiando en no soñar.

***

Pacucho, el mozo de la mudanza, llegó a las diez en punto de la mañana. Mónica le dio las instrucciones, se las hizo repetir y le dejó trabajando mientras ella salía a hacer sus cosas. Le colgó dos veces el teléfono a Eduardo sin importarle si le llamaba para reconciliarse o para volver a echarle en cara sus costumbres. *Te voy a dar Vargas sin Llosa*, murmuraba mientras recorría contrarreloj las calles de Laxe.

Eduardo apareció a las cuatro y media, trató de darle a Mónica un beso que ella esquivó con agilidad y se sentó en el sofá con timidez. Mónica permaneció muda y en tensión, pero su novio había venido en son de paz y dispuesto a enmendar el error de la tarde anterior. Él se disculpó e hizo promesas; ella sonrió plácidamente mientras se dejaba las uñas en las perneras de los vaqueros.

Finalmente Eduardo guardó silencio sin saber qué le esperaba: si la pausa que precede a las tormentas o la sencilla demostración de que después de la tempestad siempre viene la calma.

–He empezado tu libro –dijo Mónica, con una sonrisa.

La cara de Eduardo se iluminó varios tonos de color, como las blusas ordenadas en los cajones del dormitorio. Fue a hablar pero Mónica le interrumpió.

–He remodelado el trastero y he puesto unas estanterías –confesó, un pelín ruborizada–. He vaciado unas cuantas cajas y... en fin –siguió diciendo, observando con satisfacción la cara de alegría de su novio–, que ahora en vez de una biblioteca tengo dos.

–¡No me lo puedo creer! –dijo Eduardo–. ¿Tenías más libros guardados en cajas?

–Tenía todos los Libros Torcidos. Nunca he sabido qué hacer con ellos y, desde luego, era un pecado tirarlos... así que allí estaban, en sus cajas. Pero ahora los he sacado y prometo leerlos aunque me tenga que poner un collarín –añadió, moviendo cómicamente la cabeza hacia un lado.

Eduardo tragó saliva, emocionado de repente. *Es un buen chico*, se dijo Mónica con cierta tristeza mientras se ponía en pie.

–¿Quieres verlos? –le invitó, con una sonrisa sincera.

***

El trastero era muy pequeño y olía a desinfectante y a cebolla. Tenía una bombilla desnuda, una ventanita de cristal esmerilado que daba al patio interior y cuatro estantes metálicos llenos de libros.

Los ojos de Eduardo repasaron los títulos de los libros que aguardaban con paciencia en la penumbra, dispuestos a franquearle la entrada al primero que llegase hasta sus páginas. Ahí estaba el señor Cayo, dispuesto a contarle a Mónica que el lagarto, cuando se envicia, se hace muy lamerón; a su lado *El camino*, el Nini y sus métodos para prevenir la helada negra. Más allá Isaac Asimov, Rosa Montero, Isabel Allende, Arturo Pérez–Reverte... todos ellos, en orden alfabético y con el lomo orientado hacia la misma posición.

–¿Y esto...?

–Esta mañana me ha traído el mueble un empleado de mi hermano. ¡No veas qué follón! Por eso tengo la cocina un poco desordenada, porque ha habido que sacar bolsas y toneladas de mierda. Pero las aguas ya volverán a su cauce –se prometió.

Eduardo le miró boquiabierto; enseguida le dio la espalda y se puso a repasar los libros dispuestos en sus nuevas estanterías.

–*La esfinge de los hielos* –fue leyendo–. Ya te dije que era una pena leerse a *Gordon Pym* y no conocer su segunda parte. *Cuentos completos*, de Ray Bradbury... pues sí, porque Asimov sin Bradbury... los *Alatristes*, que me dijiste que no los habías leído... *Desde el mar*, *Corazón de acantilado* y *Beach Kiss*, de Cristina Selva... cómo se va a alegrar... *Notamos un Flash*, éste no me suena... ¡Joder, el *Pascual Duarte*! –gritó de pronto, haciendo resonar la pequeña habitación–. ¡Con la de peleas que hemos tenido por culpa de este libro! ¡Pues ahora te toca leértelos todos! ¡Va a ser genial!

Estaba tan emocionado que el libro se le cayó al suelo. Mónica se acercó, reprimió el impulso de darle una patada al volumen y en vez de eso se agachó y volvió a colocarlo en su lugar. Luego comenzó también ella a revisar las estanterías fingiendo que le hacía mucho daño torcer el cuello a la izquierda. Al otro lado. Como en otra vida.

–No me lo puedo creer... –se pasmó Eduardo por enésima vez.

–Vámonos de aquí, que huele a rancio –ordenó Mónica, apagando la bombilla.

Volvieron al salón. Eduardo se sentó en su lugar acostumbrado del sofá, mirando a la chica con la boca abierta. De pronto empezó a reír con ganas.

–¡Dos bibliotecas! –se pasmó–. ¡Le cuentas eso a un caballo de cartón y se pone a saltar!

–Ya ves que en el salón no me queda sitio para más...

–Me alegro mucho, mi vida. Me alegro por ti. Es que eso de los libros torcidos era una gilipollez.

Una gilipollez, repitió ella con una sonrisa demasiado amplia. Eduardo estuvo a punto de intuir algo y matizó que no era una gilipollez, que todos tenían sus manías. Él, sin ir más lejos...

–Es igual; déjalo ya –le pidió Mónica, metiendo las manos en los bolsillos del vaquero.

Encendieron la tele; ella se dejó abrazar y magrear, pero le rechazó con firmeza cuando se la quiso llevar a la habitación.

–Son casi las cinco; tienes que prepararte para el pleno.

–Pero si es a las ocho.

–Y yo además estoy cansada –añadió la joven. Y era cierto; se había pasado la mañana entera vaciando el trastero, cargando cajas de libros y ordenándolos con cuidado en las estanterías.

–¿Quedamos para cenar?

–Llámame al móvil –sugirió Mónica, mientras se adelantaba para abrirle la puerta de la calle.

Eduardo salió del piso haciendo un último comentario sobre la necesidad de superar las manías. Mónica le despidió desde el umbral con una sonrisa distraída; una sonrisa que tras cerrar la puerta se hizo mucho más amplia. Con demasiados dientes.

–No sólo estoy loca, sino que además soy gilipollas –masculló, imitando la voz grave y pausada de su novio.

Luego, por fin, se cogió su buen berrinche. Durante más de media hora pateó puertas, volcó sillas, rompió vasos, gritó y dio puñetazos en la pared. Los vecinos de abajo, con los que hacía tiempo que Mónica no se hablaba, intercambiaron un bufido de impaciencia y subieron el volumen del televisor esperando que algún día la loca se quedase tiesa de un ataque.

Entró en el pequeño trastero sofocada, con las mejillas arrasadas por las lágrimas y los brazos llenos de arañazos. Encendió la luz dándole un puñetazo al interruptor y se desahogó insultando a los Libros Torcidos, diciéndoles de todo. Los sacó de las estanterías y los estrelló contra las paredes a pesar de que no eran suyos. Se los habían prestado sus amigas aquella misma mañana, cribando a toda velocidad sus propias estanterías para que ella pudiera hacer el paripé. Ahora volaban de punta a punta del trastero, salían despedidos de una patada y aterrizaban en el suelo de la cocina, aguantaban con estoicismo los puñetazos y los golpes con la escoba que trataba de matarlos como si fueran animales venenosos.

Mónica se sentó en el suelo del trastero, gimiendo y echando bilis por la boca. Se sentía como si la hubieran violado y la hubieran obligado además a mirar a una cámara con una sonrisa. Había tenido que cambiar las cosas de su casa, había tenido que fingir que era como no era, que su yo de verdad era algo malo, enfermo, sucio. Ahora estaba allí, en presencia de todos aquellos Libros Torcidos que se habían metido a la fuerza en el corazón de su hogar...

Se secó las lágrimas, cogió uno de los ejemplares maltratados y lo abrió con fuerza tratando de partirlo en dos. Era una obra que no conocía; sus primeras palabras le impactaron con fuerza y estuvieron a punto de arrancarla del pequeño rincón oscuro donde su mente se había atrincherado...

***

–Atad los perros, haced la señal con las trompas para que se reúnan los cazadores y demos la vuelta a la ciudad. La noche se acerca, es Día de Todos los Santos y estamos en el Monte de las Ánimas.

–¡Tan pronto!

–A ser otro día, no dejara yo de concluir con ese rebaño de lobos que las nieves del Moncayo han arrojado de sus madrigueras, pero hoy es imposible. Dentro de poco sonará la oración en los Templarios, y las ánimas de los difuntos comenzarán a tañer su campana en la capilla del monte.

***

– ¡No! –gritó Mónica.

Lanzó el libro al otro lado del trastero, se puso en pie y contempló el estropicio unos momentos. Luego se arrodilló y empezó a colocar los volúmenes en las estanterías mientras pensaba en Eduardo.

Era evidente que su relación había acabado; había terminado la tarde anterior, en el mismo momento en que él le entregó aquel regalo envenenado. Pero, desde luego, no le iba a dejar que fuera diciendo que Mónica Funes era una loca que le había dado la patada porque le había regalado un libro del revés. Para eso ya estaban aquellos cuatro idiotas de sus ex –Andrés, Blas, Carlos y Daniel– que iban propagando insensateces por todos los pubs de La Coruña y escribiendo en las redes sociales auténticas mentiras que ella y sus amigas luego tenían que rebatir. Desde luego no le convenía sumar una nueva voz a aquel coro de auténticos hijos de puta. Por eso se había dejado faltar al respeto y violar: para despistar a su enemigo. Mañana o pasado se dejaría follar, para que no sospechara nada, y la relación ya la cortaría ella en el momento adecuado; quizás en dos o tres semanas, cuando aquel imbécil fuera incapaz de atar cabos.

Acabó de colocar los libros y luego metió en el trastero los bártulos que había tenido que sacar para hacerle un espacio a la Biblioteca Torcida. Apoyó la mano en el interruptor y se detuvo en el umbral. Los libros continuaban en su lugar descansen, completamente repuestos de la paliza que les había propinado, esperando con paciencia una mano amiga que les volviera a dar vida.

–Lo siento –se excusó Mónica–. No es nada personal, y seguro que en otras condiciones me divertiría mucho con vosotros. Pero no estoy cómoda. No, lo siento mucho pero no estoy cómoda.

Le echó un último vistazo al libro que había recogido y vuelto a lanzar, que había quedado abierto boca arriba en un rincón junto al cubo de la fregona.

–Atad los perros, haced la señal con las trompas para que se reúnan los cazadores y demos la vuelta a la ciudad. La noche se acerca, es Día de Todos los Santos y estamos en el Monte de las Ánimas.

–¡Tan pronto!

–A ser otro día, no dejara yo de concluir con ese rebaño de lobos que las nieves del Moncayo...

–No; es una locura –resolvió Mónica–. No tendría ningún sentido a estas alturas.

Suspiró un par de veces, fatigada, mientras reprimía las lágrimas. Ojalá la gente fuera capaz de hacer las cosas de manera práctica y eficaz. Era la única manera de que el mundo no te volviera loco con sus infinitas opciones y posibilidades. Agachó la cabeza y se miró los brazos. Estaba sucia de sudor, lágrimas y sangre reseca. Tendría que darse una ducha; pero antes apagaría el móvil por si aquel imbécil de Eduardo le llamaba cuando saliera del pleno.

Mónica apagó la luz y cerró con suavidad la puerta del trastero, sumiendo a los Libros Torcidos en el silencio y la oscuridad.

Luego volvió a abrir la puerta; sólo una rendija, por la que murmuró:

–Adiós, libros. Adiós. Kramer dice: ¡Adiós!

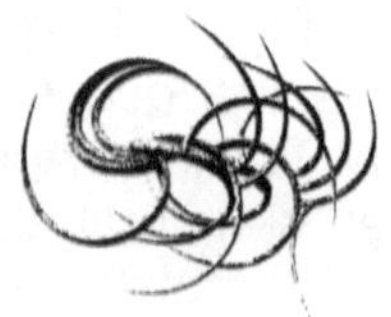

Las delicias del cariño atávico

Lo que me ayudó a salir de aquella nefasta depresión que me estaba hundiendo en la más fangosa de las miserias personales fue el amor. Como lo leen, el amor. Deben creerme. Y no sé muy bien cómo, a pesar de los médicos, psicólogos y psiquiatras que consulté, fui yo solo quien llegué a tal conclusión. El amor me salvaría, pensé un día, y decidí anclarme a él con las pocas fuerzas que me quedaban.

Obviamente ya amaba a mi familia –¿quién no ama a su familia aunque sea por rutina?–, pero la enfermedad me había cegado el sentimiento y sólo albergaba ira, decepción y temor. Mucho temor. Un miedo generalizado al mundo que se volvía angustia en las madrugadas de mis desvelos.

Dispuesto a encarrilar mi vida, comencé los ensayos con mi perro Volcán, un gran danés blanco y negro de noventa y ocho kilos, noble como el generoso que no posee nada y se da a sí mismo, y tranquilo como las piedras pesadas. De él me molestaban sus rabazos de alegría cuando lo acariciaba y el exagerado entusiasmo que mostraba cada vez que entraba en casa. También llegué a odiar el olor acre a perro que lo envolvía y el pelo corto que se trenzaba en la ropa, así como los lametones tibios y babosos que repartía a diestro y siniestro en forma de besos. Decidí darle la vuelta a todo eso. Lo miraba allí tumbado en la alfombra y me inoculé un sentimiento de ternura primero, que se convirtió en el profundo amor que logré desenterrar de mi corazón. Me alegraban sus movimientos desenfrenados del rabo, sus mimos cuando volvía de trabajar, su olor a hogar y fidelidad cada vez que lo abrazaba... también empecé a valorar cada uno de sus pelos fuertes que llevaba en mi ropa y que me recordaban a él; y dejaron de molestarme sus restregones de lengua sobre la piel.

Tras una semana me sentía mejor y, dado que el experimento funcionaba, estaba seguro de que con un amor más intenso podría llegar incluso a la curación.

Para no levantar demasiadas sospechas en el resto de la familia –pues a pesar de notarme triste no sabían que me medicaba para la depresión, ni siquiera que tuviera tal diagnóstico– decidí comenzar con el bebé, una criatura adorable de siete meses, mi hija Violeta, que movía descaradamente brazos y piernas cuando me veía, sonreía abiertamente y se le abrían los ojos de una forma dramatizada si llegaba a tocarla, que eran pocas veces. Por lo general babeaba, se hallaba cagada, berreaba sin motivo aparente o se convulsionaba como un conejo. Ninguna de estas cuatro situaciones terminaba de agradarme del todo. Como es lógico, a sus cuidados se dedicaba por entero la madre, como ha sido siempre y como debe ser en cualquier familia respetable con un hombre que lleve los pantalones bien puestos.

Si bien tampoco me resultó difícil cogerla en brazos de vez en cuando, abrazarla con ternura y disfrutar de las carcajadas infantiles que me dedicaba si le hacía soniditos absurdos y cosquillas en la barriga. Incluso llegó a dormirse entre mis brazos en alguna ocasión y comencé a disfrutar de su respiración tranquila, de su carita de mejillas arreboladas, dulce como un bollo de azúcar.

El amor es un sentimiento esponjoso, flotante y tibio que hace el aire suspirable; te calienta el corazón; te templa el ánimo, te sosiega los nervios y te cura las heridas del pasado. El amor, créanme, apacigua el miedo.

Igualmente comencé a pasar más tiempo con mi otro hijo, Palmirito –le pusimos como yo por ser el primogénito varón, mi heredero de nombre y apellido–, a besarle, contarle cuentos, a jugar a la pelota e incluso a tirarme al suelo para hacer carreras de coches. Por lo general me ponía de los nervios su energía desbordante, sus continuos saltitos a mi alrededor y la incapacidad crónica de permanecer callado ni medio minuto. Siempre llevaba las manos sucias y la nariz con mocos secos, pero hice un esfuerzo y conseguí agradecer sus abrazos impetuosos, su risa de cascabel e incluso divertirme con nuestros juegos compartidos.

Y mi mujer, qué decir de mi adorable y paciente Bianca. Caí rendido a sus pies diez años antes, cuando me ofreció compartir su paraguas en una noche solitaria y lluviosa en la que caminaba empapado tras diez horas de trabajo en la oficina. Además del paraguas, esa noche compartimos un chocolate caliente en la Ronería del Este, impresiones y risas; días más tarde, sueños, intenciones y sábanas, hasta que supe que sería la perfecta compañera de vida, una mujer hacendosa y sumisa.

Lo era, aguantaba mis desmanes, mis tristezas y mi agrio carácter. También me evitaba cualquier labor doméstica que sabía que odiaba, como la crianza de los hijos, la limpieza de ropa, las compras o las comidas, a pesar de que trabajaba tanto o más que yo y que siempre iba rendida. Mi perfecta esposa, que cocinaba como los ángeles y cada noche me invitaba a marcharme al sofá mientras recogía la mesa, preparaba la comida del día siguiente, limpiaba la cocina y preparaba la ropa de los niños.

A pesar de lo cansada que estaba siempre se reservaba un beso dulce de buenas noches para mí, un apretón de manos, o se dejaba llevar por mis intenciones más primitivas para darme un alivio rápido, nada comparable, por otra parte, con la fogosidad de la sensual Berta, una rusa de veinte años, de pechos turgentes y boca de fuego del club Voluble, que me costaba un buen pico cada dos viernes.

Reconozco que tras una década al lado de la misma mujer me molestaban un poco los ruidos de su respiración a medianoche; su pregunta constante sobre si me gustaba lo que había cocinado; su parlotear incesante sobre su día a día, que jamás logró interesarme; o su aliento entrecortado en mi cuello cuando hacíamos el amor.

Claro que las cosas cambian; el deseo inicial no se puede comparar al de años después. Quizás si hubiera mantenido sus carnes prietas y elásticas que tan loco me volvían al principio... pero los embarazos la habían engordado y su musculatura ahora era un tanto fláccida, sus pechos descendieron sin compasión y las primeras antiestéticas arrugas alrededor de los ojos habían hecho su aparición cuando me sonreía, hasta el punto de desear que no lo hiciera más. ¡Como si yo estuviera hecho un chaval...! Pero es obvio que uno se soporta a sí mismo mejor que a los demás.

No obstante, superé todas y cada una de estas reticencias para gozar de su compañía, su sentido del humor, su cariño y paciencia incondicionales. Ahora sí, le devolvía la sonrisa con la que me recibía cada tarde al volver del trabajo, los abrazos de recién levantados y los besos en el cuello. Aprendí a meter la nariz en su pelo para olfatearlo como quien huele una tibia magdalena recién horneada, a agradecer la compañía de su respiración nocturna y a gozar como un adolescente fogoso de su carne rolliza. Asimilé la belleza de las huellas que el tiempo que habíamos pasado juntos dejaban sobre su piel.

Todo iba bien, mejor que nunca. El psiquiatra, el doctor Liñero, me retiró la medicación; había logrado desprenderme de mi tristeza, de mis sentimientos de ira y de mis pensamientos catastrofistas. El médico me dio el alta y yo me consideré curado totalmente, satisfecho por haberlo logrado por tan bonita vía.

Nos divertíamos en familia, nos amábamos como nunca y sentía que la vida tenía un sentido rotundo de felicidad y calma, muy diferente al caos en el que había estado inmerso tan sólo unos meses antes. Mi esposa y mis hijos se volvieron aún más afectuosos conmigo, todo era alegría y diversión.

Mas mi mente perturbada, inconformista, retorció la percepción de aquel amor tan puro. Tuve miedo de perderlo todo, verdadero pavor a que el tiempo triturara ese sentimiento genuino, colectivo y atávico que nos profesábamos. La vida no es amor, no en esencia. El hombre carga tantos demonios dentro que no puede hacerse la ilusión de que el amor lo salvará. ¡Habría que ser muy ingenuo para creerlo! El amor es una quimera momentánea, una utopía de locos, algo que se nos presta en un momento dado, un instante fugaz. La pérdida de él nos lleva a la desesperación, al pánico, a la desesperanza; a la realidad.

No le den más vueltas, ésos fueron los motivos, ni más ni menos: quería que ese amor perdurase por siempre, eterno en mi memoria. Fui egoísta, lo sé, pero sus muertes fueron plácidas, no se dieron ni cuenta; y hubo una intención verdaderamente épica en mis actos: encumbrar el amor más puro a la inmortalidad. Los asesiné. Cierto. A todos ellos. A mi esposa Bianca en el momento álgido del placer; a mis hijos, Violeta y Palmirito, mientras dormían; a mi perro Volcán, sin dolor. Pero todos se marcharon con amor, con un genuino y inmaculado amor.

Y ahora díganme, ¿acaso no reviste de una innegable heroicidad haberme desprendido de lo que más he amado en mi miserable y estúpida vida con el único objetivo de trascenderlo?

Intenten entenderme.

Firmado:

Palmiro de la Sorja Pérsido.

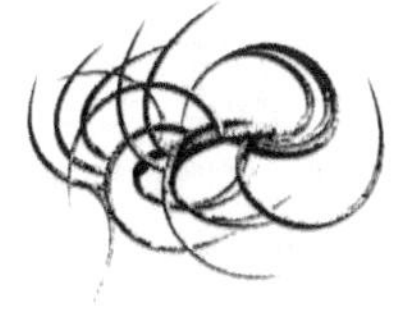

En aguas de Mónaco
(Confesión de Paco el Peirao)

Lo que voy a contar no se lo he dicho nunca a nadie, ni siquiera a mi mujer. Sucedió hace quince o veinte años, durante una temporada de vacas flacas en la que fui incapaz de encontrar un buen destino como oficial en un petrolero, barcos que siempre fueron mi especialidad. Llevaba una semana larga varado en Barcelona, pensando en dar la temporada por perdida, liar el petate y volver a mi casa de Galicia a vivir unos meses del subsidio de desempleo. Estaba acodado en la barra de un bar de la Barceloneta, sufriendo el escándalo de los primeros turistas de baratillo que empezaban ya a enturbiar unas aguas que siempre fueron mansas y acogedoras, cuando en el taburete de al lado se sentaron dos marinos. Yo estaba hablando en inglés con una de las camareras, una estudiante rusa que compaginaba aquel trabajo precario con sus estudios en alguna universidad; sin duda fue por ello que mis compañeros de barra comenzaron a soltar la lengua, pensando que yo era un guiri que no les iba a poder entender.

Lo que dijeron me dejó petrificado, aunque supe disimular el pasmo continuando de manera automática mi conversación superficial con la camarera, rezando por que a ella no le diera por llamarme *Paco* y pasarse al español. Aquellos dos se llamaban Martín y Germán, y acababan de llegar a Barcelona a bordo de *La rosa de Alejandría*, un carguero de poca monta que había zarpado de algún lugar del Caribe unos días atrás. Estaban comentando la mala cabeza que había tenido uno de sus oficiales, un tal Ginés, que había sido detenido por la policía acusado de haber asesinado a una antigua novia antes de embarcar. A mí aquella historia escabrosa me importaba poco, de manera que, para no parecer indiscreto, opté por retirarme del mostrador y sentarme en una mesa desde la que no le quité el ojo de encima a aquellos dos. Cuando vi que se disponían a pagar me adelanté, le dije a la rusa que aquellos dos señores estaban invitados –un sacrificio más para mi escuálida cuenta corriente, sacrificio que esperaba compensar–, me presenté como un oficial con experiencia y les pregunté si conocían algún barco en el que yo pudiera encajar.

Si se barruntaron algo, no dijeron nada. Los dos eran personas con mucho mundo y además necesitaban cubrir la vacante cuanto antes para poder zarpar rumbo a Italia, que iba a ser la siguiente etapa de la ruta. Salimos a la calle, charlamos unos minutos –interrumpidos por el ruido de las motos y los cánticos desacompasados de los turistas extranjeros–, y a la mañana siguiente me presenté a primera hora en *La rosa de Alejandría* a fin de entrevistarme con el capitán Tourón; un hombre de unos cincuenta o sesenta años, alto, encorvado y muy feo. Más adelante supe que la tripulación le achacaba unas preferencias sexuales muy extrañas de las que, sin embargo, nunca quisieron hablar conmigo porque, a fin de cuentas, yo no era más que un recién llegado por mucho que me lucieran los galones de oficial.

La entrevista fue positiva; no tanto por mis posibles méritos, sino porque la tripulación de *La rosa de Alejandría* se encontraba todavía en estado de shock. Por lo visto el crimen por el que habían detenido a aquel Ginés había sido especialmente escabroso. No se había limitado a matar a su antigua novia, sino que la había descuartizado con saña. Los compañeros aún no se lo explicaban; algunos le echaban vagamente la culpa de todo al capitán Tourón, que por su parte ejercía de Capitán Ahab de pacotilla terciando en las conversaciones con apostillas vagas y extravagantes y pasaba las horas muertas plantado en el puente y mirando a tierra como si estuviera previniendo algún ataque o tratando de distinguir algún enemigo real o imaginario. En aquel estado de ánimo levamos anclas dos días después; la tripulación, con una pena muy grande en el alma; el capitán Tourón, con sus pensamientos inescrutables y sus perversiones reales o imaginadas; y yo mismo, con la curiosidad serena con la que siempre he afrontado cada capítulo nuevo en mi existencia. Con interés, pero sin esperar demasiado de las cosas. Una constante en mi vida hasta que me convertí en padre pocos años después.

***

Vi al vampiro la segunda noche después de nuestra partida. Y tengo que negar el tópico de la luna llena, la noche de niebla y los fenómenos inquietantes que tan a menudo acompañan en la literatura a estas apariciones del inframundo. El sol acababa de ponerse, culminando una jornada luminosa y apacible como tan bien sabe regalarnos el otoño mediterráneo cuando no está ocupado perpetrando una gota fría.

Bordeábamos el litoral francés a muy poca distancia del Principado de Mónaco, que aparecía como una pequeña perla blanca y gris engarzada en el paisaje de riscos y pinos oscuros de aquella porción de la Costa Azul. Los monegascos estaban lanzando fuegos artificiales; de tierra firme nos llegaban los ecos de las canciones, risas, aplausos y detonaciones con los que los humanos dejábamos constancia de nuestro dominio temporal en este planeta. Miles de luces de todos los colores se reflejaban en las aguas del puerto de Montecarlo, de las que habían desaparecido para siempre los reflejos tímidos de las estrellas. Arriba en el cielo sólo se veía media luna, que las luces de la ciudad empequeñecían y opacaban, y un pequeño punto blanco que podía ser el planeta Venus o las luces de aterrizaje de algún jet privado.

Los propietarios de *La rosa de Alejandría* nos habían dejado bien claro que nuestra presencia no iba a ser bien recibida en las elitistas calles de aquel país de pacotilla, aparte que nuestra miserable paga de marinos no nos daba para un cubata ni para una prostituta a repartir entre cuatro; de manera que el capitán Tourón optó por pasar de largo y seguir la ruta hasta fondear en Bordighera, ya en aguas italianas. Y allí estábamos todos, acodados en la amura de babor como unos niños frente al escaparate de una pastelería, viendo cómo la ciudad del lujo, el juego y la frivolidad se iba adueñando del horizonte. Mientras nosotros nos dejábamos hipnotizar por las luces, el capitán estaba encerrado en su camarote, escuchando música antigua. Le gustaban especialmente la zarzuela y los cuplés.

De repente estalló sobre nuestras cabezas un verdadero chaparrón; todos los que estábamos en cubierta corrimos a refugiarnos entre risas y blasfemias, según el humor de cada cual. Yo me abroché el impermeable, me puse la capucha y permanecí un rato parapetado debajo de una escalerilla, disfrutando del aire limpio y renovado por el aguacero.

Después de un par de minutos me aburrí de la lluvia, de los monegascos y de la propia travesía, y me dirigí a la escotilla que daba a los camarotes de la tripulación. Entonces fue cuando vi al vampiro.

Creo que lo que me salvó fue la naturalidad con la que obré. Si me hubiera detenido, si me hubiera enfrentado a aquella aparición... sabe Dios, o el Demonio, lo que me habría podido pasar. En vez de eso seguí caminando la media docena de pasos que me separaban de la puerta manteniendo el tipo y fingiendo que no había visto nada, como debe hacerse cuando uno se topa con un perro peligroso. Y no me detuve hasta que hube franqueado el umbral que, sin yo saberlo todavía, me iba a salvar la vida. Todo el mundo sabe que los vampiros no pueden entrar en una casa a menos que sean invitados a hacerlo por sus dueños; y aquel barco ruinoso y oxidado, con su capitán ausente y su tripulación traumatizada por la defección de uno de sus oficiales, era, a pesar de todo, lo más parecido a una casa que teníamos todos nosotros.

Lo que más me sorprendió fue la sensación de estar delante de un hombre en plena decadencia. Si cualquiera de ustedes se lo hubiera cruzado, mezclado entre la muchedumbre, en las Ramblas de Barcelona o en la Gran Vía de Madrid, se lo habría quedado mirando unos segundos con cierta pena, para murmurar: *Ese hombre ha conocido tiempos mejores*. Llevaba un traje oscuro con algunas rozaduras aquí y allá, una corbata que no estaba del todo bien anudada, unos zapatos con las punteras desgastadas y una camisa a cuya manga derecha le faltaba el gemelo. A él mismo le hacía falta un corte de pelo y un afeitado cuidadoso. Había en el conjunto algo que daba la sensación de que aquella persona había perdido algo, algo muy valioso, y que lo que estábamos viendo eran las sombras que habían quedado después de que lo más importante se hubiera marchado para no volver.

–Me llamo Marcelo –se presentó con voz suave–, y he sido marinero con el capitán Tourón durante muchos años. ¿Puedo pasar?

–Será mejor que no –le respondí, con el mismo tono cortés, pero con firmeza.

En aquel momento no me podía imaginar que estaba hablando con un ser sobrenatural, con una aparición, pero aquella negativa a franquearle el paso me salió sola. Marcelo frunció el ceño, contrariado, y avanzó hacia mí. Sin embargo se detuvo antes de traspasar el umbral de la puerta, compuso el gesto y me dedicó una sonrisa terriblemente falsa.

–Yo no puedo entrar, pero usted tal vez podría salir y dar un paseo conmigo por el puente mientras charlamos.

–¿Quién es usted, y dónde ha embarcado? –le interrogué, mirando con disimulo por encima de su hombro para ver si aparecía algún compañero. Germán, Martín, Juan Basora, el capitán Tourón... todos parecían haberse esfumado.

–Ya se lo he dicho. Me llamo Marcelo, conozco bien *La rosa de Alejandría*... y he venido a poner en sus manos algo que podría cambiar su vida de manera radical. Para bien, quiero decir.

–¿De qué cojones me está hablando? –me mosqueé.

Pensé de inmediato en que aquel polizón podría estar vinculado a alguna trama de contrabando de armas o de heroína. Un juego peligrosísimo en el que, en efecto, se llegan a ganar muchos miles de euros... pero en el que la moneda de cambio muchas veces es la propia vida, o cuanto menos la libertad. El fondo del mar está lleno con los cuerpos de los incautos que habían tratado de enriquecerse jugando con ese tipo de fuego. Y se habían abrasado. Eso, por no hablar de todas las familias a las que habían hundido poniendo en el mercado toda la mierda con la que se pagaban las putas o el chalet.

Negué con la cabeza. Si en mi vida tenía que haber

algún tipo de mejora, desde luego que no iba a venir de la mano de aquel figurón venido a menos.

–Voy ahora mismo a llamar al capitán.

Me di media vuelta, pero me detuvo su voz ahora fría e inhumana. Una voz que parecía llegar desde muy lejos.

–Quédate donde estás –me mandó, pasándose al tuteo.

Volví a encararme al recién llegado, con una mezcla de rabia y miedo. Estaba convencido de que me iba a encontrar una pistola apuntándome a la cabeza o al pecho, y empecé a pensar si sería mejor lanzarme a su cuello o quedarme quieto a la espera de que apareciera alguien por fin, antes de que aquel polizón se quitase de en medio a su único testigo. Sin embargo, Marcelo estaba en la misma pose en que lo había dejado, con los brazos caídos a ambos lados del cuerpo, los ojos bajos y una sonrisa remotamente servil.

–No soy un contrabandista ni un mafioso –rió, esta vez con algo que se aproximaba a la alegría–. Sólo quiero ofrecerte un buen pellizco de todo lo que hemos dejado atrás –apuntó con la mano hacia las costas de Montecarlo, que ya estábamos dejando a popa–. Yo antes era marino como tú, pero ahora llevo una vida de lujo. ¿Qué coche tienes? –abrió los ojos, extrañado, cuando me vio negar con la cabeza. En aquella época, aunque pasaba ampliamente de los treinta años, ni siquiera tenía carnet de conducir–. Yo tengo un Porsche 911, un Ferrari 458 y un Aston Martin DB5 como el que lleva James Bond; no me gusta repetir. Vivo en un auténtico castillo, con unos buenos amigos, y nunca nos falta la compañía femenina. Jovencitas de lujo, mujeres muy caras que se desnudan y desinhiben en nuestra presencia y se matan por darnos todo tipo de placeres. Baile, buen vino, buena comida... nunca faltan en nuestra mesa...

–Me estás tomando por tonto.

Aquella enumeración obscena de lujos, placeres, derroches o como se quiera describir, narrados por aquel individuo desagradable en la cubierta oxidada y sucia de aquel barco de gasoil me habían puesto de muy mala leche. A mí me esperaba un guiso de lentejas recalentado de la mañana, una guardia de cuatro horas previsiblemente pasada por agua y luego una pajilla discreta y a descansar. Marcelo rió con cierto desprecio y me dedicó una sonrisa retadora mientras sus ojos negros como el carbón se clavaban burlones en los míos. Di un paso al frente para partirle la crisma de un puñetazo, pero cuando iba a franquear la puerta me detuvo una voz familiar, profunda y tranquila.

–Estese quieto, Peirao –me dijo, citándome por mi apodo familiar–. No dé ni un paso más, que este animal es peligroso.

Marcelo y yo miramos al mismo tiempo hacia arriba, hacia el lugar del que provenía aquella voz. El capitán Tourón estaba en lo alto de una de las escalerillas metálicas que comunicaba la cubierta con el puente superior. Llevaba en la mano derecha una pistola con la que no dejó de apuntar al intruso mientras descendía los escalones con parsimonia.

–¿Me va a pegar un tiro? –rió Marcelo, con alegría sincera–. ¿Es que en este puto barco os podéis comprar unas balas de plata?

Dio un paso hacia el capitán, pero dudó al ver que éste entrecerraba un ojo para apuntarle directamente al pecho.

–Puede que sí y puede que no –replicó Tourón, dirigiéndole al vampiro una mueca de asco–. El trato es justo; yo arriesgo mi vida y tú arriesgas tu no-muerte. Mierda por mierda.

–Mi... no-muerte, como usted la llama, es mucho más valiosa que el sumidero oscuro y vicioso en el que usted colea, capitán.

Tourón asintió con parsimonia.

–Con esto contaba yo. Con que tuvieras aprecio a la mierda en la que vives y no trataras de arriesgarla. Te ordeno, una vez más, que te largues por donde has venido y no vuelvas a mi barco a molestarnos –así se expresó, dijo *una vez más* aunque yo no le había oído decírselo con anterioridad.

–Bueno; y si la bala es de plata, ¿por qué no me disparas y te libras de mí de una vez? –respondió Marcelo, tratando de descubrir si el capitán iba o no de farol.

–No quiero matarte porque aquí hay un testigo –explicó, con sencillez.

–¡Capitán, por mí le puede pegar un tiro a este tío ahora mismo! –respondí, fuera de mí. No podía aguantar más la repulsión física que me inspiraba aquel desconocido.

–Marcelo, siempre estás haciendo amigos –observó Tourón.

El intruso nos miró alternativamente e hizo un nuevo intento por arrimar el ascua a su sardina.

–Menuda pareja –se burló–. Sucios, hambrientos, sudorosos... con las manos llenas de callos, los pies cansados, la cabeza embotada por el traqueteo de las máquinas... Y siempre oprimidos por las deudas, con el fantasma del paro. Yo os ofrezco compartir el lujo en el que me muevo. Conocer otras esferas. Coches de medio millón de euros haciendo carreras por las calles de Montecarlo con la música a todo volumen, mientras os fumáis un cohíba y una mujer desnuda os chupa la polla. Jugaros un millón de euros en la ruleta, al rojo o al negro. Volver de una fiesta de dos días con una mujer en cada brazo y tumbaros en una cama de tres metros mientras ellas os desnudan y os dan placer... Para usted, capitán, habría cada noche un marinerito diferente al que vestir de policía... o de enfermera. Podrías disfrutar de la vida de verdad, sin preocupaciones, sabiendo que los placeres terrenales no se acabarán jamás...

–Hijo –le cortó el capitán, dirigiéndose a mí sin quitarle al otro la vista de encima y tuteándome por primera y última vez–; ya sé que no te lo vas a creer, pero este gilipollas es un vampiro. Navegó a mis órdenes hace diez años por estas mismas aguas, en un yate que era propiedad de un empresario veneciano, pero se metió en algún asunto sucio que nunca he sabido y espero morir sin llegar a saber, algo que le tocó mucho los cojones a nuestro jefe, y una mañana no se presentó para la guardia. El jefe nos dijo que posiblemente se había ido nadando y nos comunicó que había decidido multiplicar por tres nuestro salario. De manera que todos asentimos y dijimos que sí, que sin duda había cubierto a nado las veinte millas que nos separaban de la costa de Montecarlo, y luego cada cual se puso manos a la obra con sus tareas del día. Le volví a ver medio año más tarde, en el viaje de retorno... y hasta esta misma noche, siempre que atravieso estas aguas me lo encuentro por aquí, tratando de engañar a algún incauto para no ser el último mono en los reinos de Drácula.

El intruso trató de hacer algún comentario pero se contuvo, atrapado por los ojos de loco del capitán y por su voz de mando, cuyo tono no admitía réplica alguna. Por unos instantes pareció que se ponía en posición de firmes para aguantar el rapapolvo con la disciplina necesaria.

–Tú no vives en el lujo, Marcelo Luna, pedazo de mierda. Tú fuiste un imbécil en vida y te has convertido en un vampiro de tercera, porque hasta para ser un monstruo hay que tener clase. Estás condenado por los tuyos a vagar por estas aguas sin pisar tierra firme, tratando de seducir a algún marinero borracho o a algún infeliz que se vaya a suicidar. La última vez que pisaste las calles de Mónaco, dos de los jefes de tu mundo de vampiros te dieron una paliza y te partieron todos los huesos. Incluso se dice de ti que una noche, que estabas muerto de hambre pero no tenías los suficientes cojones para quebrantar la prohibición de pisar tierra firme... ¡que una noche trataste de beberle la sangre a un atún!

La imagen fue tan cómica e inesperada que no pude reprimir la carcajada. Al oírme, aquel engendro se abalanzó sobre mí. Di un salto hacia atrás; Marcelo puso un pie en el interior de las dependencias del barco y lo retiró al instante profiriendo un grito de dolor. Cayó al suelo de rodillas mientras aquella parte del puente se llenaba del hedor de la carne quemada y miró al capitán, que le apuntaba con la pistola directamente entre las cejas.

–Máteme, joder. Máteme ya y déjeme acabar con esto.

La mirada de Tourón casi llegaba a ser compasiva. Su dedo índice se movió ligeramente alrededor del gatillo del arma. Sin embargo, finalmente negó con la cabeza y se apartó, aunque sin bajar la guardia.

–Lo siento, hijo. No quiero tener una muerte sobre mis espaldas. Y no quiero inmiscuirme en los asuntos de la gente como tú. No sé en qué te metiste para encontrar la muerte, ni sé cómo has llegado a esta condición en la que estás –le repasó de arriba abajo con una mirada al mismo tiempo de rechazo y desolación–. Pero yo no quiero tener nada que ver con esto; ni mis hombres tampoco.

Marcelo se puso en pie apoyándose con precaución en el pie lastimado. Tenía los ojos semicerrados y la cara contraída en una mueca de odio. Dos colmillos largos, amarillentos, increíbles, se apretaban contra su labio inferior.

–Aún está cargada –le recordó el capitán, moviendo arriba y abajo el cañón de la pistola–. Y va a ir directa al pecho. Así que será mejor que te largues.

Marcelo se quedó inmóvil, dudando. De repente, en un gesto que me asustó mucho más que todo lo que acababa de presenciar, agachó la cabeza y miró a mis pies con ansiedad. Por suerte yo seguía bajo techo; no había franqueado la barrera que separaba la cubierta de los camarotes. De no haber sido así, me temo que el disparo del capitán habría llegado demasiado tarde para mí. Habría sentido la vibración del tiro al mismo tiempo que el mordisco de aquel ser que había dado la espalda a los placeres honestos de la vida y se había encenagado en una pseudoexistencia cuyos presuntos beneficios ni siquiera le dejaban disfrutar.

–Antes de que muerdas al Peirao prefiero matarle yo mismo –le aseguró, leyéndole el pensamiento–. Y luego te arrancaré la cabeza a bocados.

El vampiro volvió a mirar al capitán, presa de impotencia. En aquel momento se escucharon ruidos de pasos. Alguien se acercaba a mis espaldas a la carrera. El intruso me dirigió una última mirada, fría e inhumana como la de un tiburón, y luego escapó hacia a la popa, hacia las últimas luces de Mónaco, que ya se perdía en el horizonte.

Me aparté a tiempo de no ser arrollado por los compañeros, que habían escuchado los alaridos. Al vernos en el puente, el capitán pistola en mano y yo temblando como una hoja, dos de los marineros se pusieron a mi lado por si tenían que reducirme. *A él no, joder; a Tourón*, se escuchó *sotto voce* una orden discreta con el tono inconfundible de Juan Basora, el piloto.

El capitán fingió que no había oído nada y se dirigió a la tripulación.

–Le estaba enseñando el revólver al señor Peirao; él tiene experiencia militar y le apetecía ver un arma de calidad.

–Así es –afirmé.

–Un arma de calidad, ese pistolón *rovellao* –murmuró el cocinero, meneando la cabeza.

–Joder, otra vez el puto Marcelo –se escuchó un susurro. Basora, de nuevo. Al verme inmóvil, casi noqueado, supo que yo ya había visto todo lo que tenía que ver–. Tranquilo, Paco –trató de animarme, dándome una palmada protectora en la espalda–. Tranquilo, cojones.

***

Y tranquilo me quedé durante el resto de aquella travesía... como tranquilo me he quedado el resto de mi vida. Aquel vampiro fracasado, aquel muerto de hambre –o de sed– que se colaba como polizón en los barcos sin suerte, me inmunizó para enfrentarme, en lo sucesivo, a los miembros de esa subespecie, o forma de vida, que conocemos como vampiros.

Alguna vez, en el rincón más oscuro de alguna taberna triste... en las calles siempre sucias y oscuras de esos barrios en decadencia que van pegados a los puertos como las rémoras a las ballenas... incluso en tierra firme, en los aseos fríos con olor a amoníaco de un área de descanso de cualquier carretera, he podido identificar a algún miembro de esa raza maldita, condenada por su desgracia o por propia voluntad a vivir escondidos de la luz del sol. Tendré que reconocer, sin hacer alardes, que no me han causado mayor impresión que aquélla que causan quienes por cualquier motivo merodean por las inmediaciones del umbral de la muerte.

No voy a frivolizar ni a quitarle hierro a esta cuestión. Sin duda, los vampiros son extremadamente peligrosos. También lo son, en mayor o menor medida, los asesinos en serie, los cornudos escocidos o cualquier padre de familia que se pone al volante con unas copas de más. En un mundo con miles de mujeres asesinadas cada año por sus maridos, con millones de personas condenadas al hambre por la codicia de las multinacionales, la presencia de un puñado de infelices no-muertos no es algo que me quite precisamente el sueño.

Con ellos, como con las demás bestezuelas que pisan la tierra inmiscuyéndose para mal en la vida de los demás, sólo se trata de guardar las distancias... y de tener a mano el arma apropiada.

Un amor sin edad

Nuestros encuentros eran intensos y extraños, empapados de una magia húmeda y burbujeante que se presentía en el pecho. Era pensar en ella y se me abultaba la anguila traviesa del pantalón. A aquellas alturas me daba igual que fuera fea o hermosa, la amaba con una profundidad tal que dudaba pudiera ser cierta. Jamás sentí algo así por ninguna mujer; de hecho, jamás sentí algo así, tan intenso, por nadie en el mundo.

La quería con todo el corazón, pero un poco también con la polla; porque era fantástico lo que esa mujer misteriosa sabía hacer con los labios, con la lengua y con mi polla. Polla, me gustaba la palabra polla, aunque ya jamás podría desligar tal concepto del recuerdo de sus manos, la suavidad de su boca, la humedad caliente de su cuerpo y el frescor de su apenas perceptible aliento de fruta.

Todo empezó el día en que, después de arreglar nuestras disputas y tras mudarse toda la familia a Sevilla, por la crisis, yo me vi obligado a sostener al núcleo familiar cuidando al viejo. Al menos no era un desconocido; era mi propio bisabuelo que, al verme, pidió expresamente que fuera yo quien le hiciera compañía. El viejo estaba podrido de dinero y de años. Moriría sin testamento y los nietos, unos veinte, entre los que se incluía mi madre, merodeaban en insistentes círculos como buitres esperándolo verlo caer y liberar su fortuna.

El anciano era prácticamente un vegetal apacible apostado en su silla de ruedas. Yo no tenía nada especial que hacer, puesto que los sirvientes ya lo lavaban, lo vestían y le daban de comer; sólo leerle poemas, pasearlo por el inmenso jardín y hacerle compañía. Ni siquiera tenía que hacer noches, tan sólo las de los fines de semana por descanso del personal de servicio. Era un trabajo cómodo, bien pagado, compatible con mis estudios. Y desde que ella me visitara por primera vez entre sábanas, un empleo verdaderamente agradable.

Ella no quería decirme quién era ni cómo se llamaba, ni

siquiera había querido mostrarme su rostro; tan sólo esperaba a que el sueño me venciese un poco para deslizarse entre mi ropa de cama, completamente desnuda, ansiosa, y lamerme con suavidad todo mi cuerpo tórrido. Cuanta más saliva tibia me dejaba en la piel, más temblaba y más subía la temperatura de ésta.

Recuerdo que había querido tomar el control, someterla, hacerle ver que, a pesar de mi juventud, sabía dar placer a una mujer a golpe de polla y lengua, pero ella era tajante.

–El sumiso eres tú, déjate llevar.

Y me dejaba porque, si no, ella se marchaba.

Tan sólo podía acariciar su cuerpo prieto y jugoso con manos de ciego. Nunca quería que encendiera la luz y yo quería llenarme los ojos de ella, de su piel, de sus pechos firmes y danzantes, de su gracilidad de movimientos, de la elasticidad de su carne, de la tibieza de sus labios, imaginaba que rosados. Si no era posible, al menos me habría gustado mirarla a los ojos y extasiarme con ella mientras me derramaba en su interior, pero ni eso me permitía.

Desde la primera, cada noche que pasé en aquella mansión lúgubre, oscura y de ambiente plomizo, ella se colaba en mi intimidad desprendiéndome de la ropa, de la vergüenza, y de toda mi energía viril. Era deliciosamente agotadora.

Aquella semana había estado pensando en ella a cada instante, volviéndome loco. Ya no me bastaba con nuestros escarceos de amantes, la quería entera para mí, la deseaba en todas sus dimensiones, la humana, la mental y la divina, porque ella era una verdadera diosa. Fue poner un pie en las largas escaleras de la entrada y comenzar a palpitarme la entrepierna. Aún tendría que esperar a la noche y me mostraba anhelante. La tarde pasó lenta mientras le leía al viejo poemas de Espronceda:

... Y, aunque sola, allí es querida

del árabe errante y fiero,

que siempre va placentero

a su sombra a reposar.

Mas, ¡ay triste! yo cautiva,

huérfana y sola suspiro,

el clima extraño respiro,

y amo a un extraño también.

No hallan mis ojos mi patria;

humo han sido mis amores;

nadie calma mis dolores

y en celos me siento arder...

Mas mi mente sólo estaba con ella y con la promesa de sus deleites. Me aquejaba un ligero y casi progresivo temblor de polla; era el deseo, que me estaba perdiendo.

Me acosté ya tarde, pues el anciano estaba morriñoso y quiso hablarme de su última mujer, una morenita pequeña de acento cantarín y ojos negros de razas mezcladas. Tuvo tres esposas y a todas las enterró. Según él las tres eran hermosas, dulces y amorosas, pero sólo me hablaba de las dos últimas; de la primera, mi bisabuela, no debía ni de acordarse.

Me metí en la cama sin ropa, erecto y caliente como una brasa. Cuanto más la esperaba más ansioso me ponía, ese día la deseaba de veras. Pero ella no venía hasta que no me subyugaba el sueño. Cuanto más intentaba dormir, más despierto me sentía y más me desesperaba. Estuve luchando entre el sueño y el insomnio, hasta que éste se rindió un poco. Su mano de dedos finos y fríos deslizándose por la cara interior de mi muslo, hacia arriba, me sacó del sopor y de nuevo mi corazón se agitó tanto de deseo como de alegría.

–Hoy deseaba verte como nunca, has tardado mucho, me vas a matar –me quejé.

–Tu espera merecerá la pena, ya verás –me ronroneó al oído mientras me daba un beso tan profundo que mi mente pareció volver al sueño.

–Mmm, estoy seguro de ello –dije cuando su boca se trasladó de la mía hacia mis partes íntimas.

Me atrapó entero entre sus labios cálidos. ¿Cómo diablos

hacía eso? Me comía entero, cojones y todo, lenta y sinuosamente. Su lengua parecía un torrente ardiente de lava que se enfriaba al contacto con mi piel. Me aguantaba las ganas de terminar, que siempre me tenían allí, ante el abismo del placer, para no fallarle y para alargar lo máximo posible la diversión.

Volvió a besarme en la boca mientras sus manos juguetonas se enredaban en mi pelo y me introdujo en su cuerpo. Mis manos se ataron firmes a su cintura y me cabalgó con ímpetu salvaje hasta hacerme tocar el cielo. Ella lo tocó conmigo y a mí se me soltó el corazón intrépido:

–Cásate conmigo.

–No puedo, ya estoy casada.

–Fúgate conmigo.

–No puedo moverme de aquí, lo sabes.

–Dime al menos tu nombre.

Ella me jadeaba en el oído, aún temblorosa por dentro, y su sutil resuello era como un hechizo para mí. Su mano lánguida me acariciaba perezosa el cuello.

–Niéveles –se dignó confiarme su identidad.

¡Por fin sabía cómo llamarla! Pensé que era un nombre hermoso y singular, como ella.

–Déjame que te vea –le pedí.

–No puedo –me contestó con pena, lo noté en su voz.

–¿Por qué, Niéveles? –se me llenaba la boca con su nombre como ella estaba llena de mí todavía–, ¿por qué? –sé que le apreté con violencia los brazos. Ella suspiró y dijo muy bajito.

–Porque estoy muerta.

La luz tenue de la lámpara del techo se encendió de repente, débil, mortecina, exigua, y pude verle los ojos tan siquiera un instante, azules y fríos como el hielo, de mirada intensa y penetrante, y creí que llenos de amor. Se esfumó con mi semilla dentro.

El viejo, en un ataque de sueño y de la energía que precede a veces a la muerte, había conseguido levantarse de la cama venciendo a la gravedad y a su propia vejez y, sin pudor, entró en mi habitación encendiendo la luz.

–¿Niéveles? ¡Niéveles! Me ha parecido oírte, dime, ¿dónde estás? ¿Ya viniste por mí?

–Bisabuelo –pregunté nervioso, confundido y lleno de temor–, ¿quién es Niéveles?

–Niéveles, mi dulce Niéveles, mi adorable esposa, tu bisabuela, Martín, tu bisabuela; que Dios la tenga en su gloria.

Al día siguiente enterramos al viejo. Sobre su ataúd colocaron tres retratos comidos por el tiempo y el olvido. La mujer de la foto más antigua me miraba altiva y rabiosamente hermosa. Sus ojos chispeaban y le inventé el azul del iris sobre el blanco y negro del desgastado retrato.

Lloré mucho. Todos creían que por el viejo, pero no, lloré por la incapacidad de amar de verdad que desde entonces sabía que se me enredaría en el corazón.

La grieta

El anciano entró en la casa y trató de cerrar la puerta con suavidad, pero tenía las manos demasiado frías, enfermas y temblonas. El portazo hizo que el hombre joven que estaba en el salón, sentado en el sofá, se estremeciera.

–Perdona, Paco –se disculpó el viejo, mientras se quitaba la gorra y el abrigo.

–No te preocupes –respondió el otro–. ¿Sigue lloviendo?

–No; de momento ha escampado.

Se miraron a los ojos. El anciano apartó la vista al instante, temblando; y esta vez no por el frío. Al hombre joven sólo le hizo falta ver su piel pálida, sus ojos enrojecidos, sus manos incapaces de soltar el abrigo que sostenían, hecho una bola, para adivinar.

–Lo siento mucho, Paco... –musitó el viejo.

–Se ha abierto la grieta –adivinó el otro.

De nuevo la actitud del viejo le dio la respuesta sin que hicieran falta las palabras. El hombre joven –unos veintipocos años, peinado con patillas y tupé y vestido cómodamente con un chándal– se puso en pie y contempló el televisor con desinterés. Dos tertulianos especulaban con malicia sobre el extraño enrojecimiento en las rodillas de cierta actriz durante su paseíllo por la alfombra roja de los Goya. El joven sacudió la cabeza con cierta tristeza; el mundo cada vez iba a peor...

–¿Es que vas a salir? –preguntó el viejo, con voz implorante.

Paco le dedicó una sonrisa triste.

–¿Y qué otra cosa puedo hacer? –respondió con un encogimiento de hombros.

Miraron por la ventana. Era ya noche cerrada pero las farolas del otro lado del huerto alumbraban la carretera con una tonalidad naranja acogedora; el asfalto empapado por las lluvias devolvía reflejos que ondulaban ligeramente a causa del viento. La víspera, día de San Wenceslao, la gota fría venida de los montes andaluces había descargado sobre ellos toda su fuerza llenando hasta arriba el cauce del río Guadalentín, que atravesaba la ciudad de Lorca, desbordando hasta las ramblas más importantes –La Torrecilla, Nogalte, Lébor– y convirtiendo buena parte del campo de Puerto Lumbreras en un pantano. Habían muerto diez personas, además de varios miles de cabezas de ganado, cabras, ovejas, vacas, gallinas, cerdos... Paco y Ángel, que era como se llamaba el viejo, habían estado a punto de ser evacuados por el Servicio de Emergencias Municipal aunque en el último momento la rambla de la Trinitaria, que pasaba a muy pocos metros de la trasera de su casa, había sabido mantener el tipo. Las tormentas se habían sucedido con algunas rachas inusitadas de granizo durante todo un día y una noche; a primera hora de la tarde, el vigor de las lluvias había ido descendiendo y el viejo se había atrevido a salir a ver qué suerte habían corrido sus vecinos.

***

Paco tardó poco en arreglarse. Se quitó el chándal, se puso un traje y unos zapatos negros. *Van a quedar guapos por el barro*, bromeó tratando de hacer sonreír al viejo; éste le contemplaba desde el umbral de su dormitorio, en silencio y con una mueca de dolor en la cara.

–El año pasado, el terremoto; y ahora, esto –reflexionó Paco en voz alta–. ¡Pobre Lorca!

Salió de su habitación tocándole a Ángel en el hombro con afecto, se metió en el cuarto de baño y se peinó con esmero, dominando con gomina su pelo negro y abundante. Luego se abrochó el abrigo, se protegió el cuello con la bufanda y sacó del bolsillo unos guantes negros de piel.

–Bueno, Ángel... –le dijo al viejo, con un leve temblor en la voz.

Ángel se arrojó en sus brazos, llorando amargamente.

–Venga, pijo... que me vas a hacer llorar a mí también...

Se separaron, cogidos aún de las manos. Los mismos ojos azules, de mirada afilada en el joven, velados los del viejo por un agüilla lechosa. La misma sonrisa tristona.

–No te vayas –rogó el anciano.

–Si me van a encontrar igual –sonrió el joven–. No te angusties, anda –le rogó, mirando al otro con cariño–. Hay que dar gracias por todo este tiempo; otros no tuvieron tanta suerte.

Ahora sí, ahora la expresión del joven se descompuso por fin. Una única lágrima recorrió su mejilla tersa, bien afeitada.

–¿Por dónde se ha abierto la grieta? –quiso saber–. ¿Por donde la última vez?

–Más abajo –respondió el anciano–. Por la zona de las Quebrás. La verás enseguida...

–Sé que la veré –replicó el joven–. ¿Ha habido mucho destrozo? –añadió, tratando sin darse cuenta de retrasar el momento de la despedida. El viejo asintió con firmeza.

–Ha hecho mucho –le confirmó–. La riada ha roto todas las acequias en la finca de Jesús el Nota; le ha inundado el cebadero a Fabián Confurco y le ha volcado el tractor a Ginés, el del Tío Peral. Se ha llevado el asfalto en algunos puntos y ha echado los coches sobre los campos como si fueran barcas de pesca.

–Como aquella noche, ¿eh, Ángel?

–¡No me la recuerdes!

El joven aún trató de consolar al otro por última vez.

–Venga, hombre... Tenía que llegar. Ha sido una buena vida.

Abrió la puerta de la calle. Ángel se tragó las lágrimas y compuso una sonrisa.

–Nos veremos pronto –le dijo, en un susurro.

–No lo creo –respondió Paco, tajante–. Tú eres una gran persona, Ángel. Gracias por todo... y hasta siempre.

–Adiós, hermano.

***

Paco avanzó por el borde de la carretera teniendo cuidado de no mojarse los zapatos con el agua encharcada. Los campos a ambos lados eran lagunas salpicadas aquí y allá por pequeños montículos de tierra a modo de islotes. El agua cubría las ramas bajas de naranjos, almendros y olivos y se remansaba tras los muros de las parcelas, abriéndose paso aquí y allá en forma de pequeñas cascadas.

El aire era fresco y limpio, completamente renovado por la manta de agua pura que se había precipitado durante dieciocho horas como si se hubieran abierto los diques en el Cielo. Los coches circulaban a poca velocidad, tratando de no derrapar en el barro.

–¡Adiós, Paco! –le saludó un hombre joven al volante de un Mercedes todoterreno. Jacinto Villaferre, un sujeto de quien se decía que le calentaba la cama por dinero a la viuda del sargento Chaneiro, un putón que debía de tener ochenta años de edad. Él le devolvió el saludo mientras silbaba una canción. Los Celtas Cortos. *20 de abril*... ahora estaban a 28 de septiembre. Del 2012, puntualizó incrédulo mientras la tonadilla se desplegaba en notas lánguidas, que se extendían sobre los campos anegados y los animales muertos e hinchados en la oscuridad de sus cuadras.

¡Adiós, Paco!, le saludó Bonifacio Magano, uno de los ganaderos más ricos de la comarca, mientras le rebasaba con su Seat 1500. Paco le hizo un gesto con la mano y siguió cantando. *King of the road*, del Rey Elvis. Una de sus canciones favoritas. Él también se había sentido como el Rey de la Carretera mientras le daba caña al coche por aquellos mismos caminos de tierra. Un Renault 5 Copa Turbo negro y ardiente como un tizón. Sin duda había estado a punto de matarse en un par de ocasiones, pero aquello era algo que jamás le había preocupado...

Sonrió, mostrándole a la noche sus dientes blancos, perfectos, mientras seguía silbando aquella tonadilla inacabable, que se sumía sobre sí misma en infinitos bucles y variaciones. *¡Adiós, Paquico!*, le saludó un matrimonio al rebasarle en un Ford T. *Adiós, Tío Peral*, respondió él, dejando por unos instantes de silbar. Mas enseguida retomó la melodía. *El día que me quieras, la rosa que engalana se vestirá de fiesta*, cantaba tratando de imitar a Carlos Gardel.

–El día que me quieras... Teresa... –recordó; y el ánimo le falló de repente.

Se apoyó en el poste de madera recién clavado por el que pasaban los cables de la luz y agachó la cabeza. Los charcos del camino de tierra le devolvieron su imagen reflejada. Un rostro joven, de poco más de veinte años, ni demasiado guapo ni demasiado feo; un jirón de niebla veló el fanal de gas y una sombra granate, como de sangre, pareció cubrirle la mitad derecha de la cara. Por unos instantes los dos hombres –el que trataba de recuperar las fuerzas apoyado en un poste y el que estaba atrapado en un charco que iba a desaparecer en breve tiempo– se miraron con una mezcla de angustia y de terror. Luego Paco le dio un pisotón a su gemelo y continuó su camino con decisión.

–El hombre en la Luna –se dijo, mirando al cielo cuajado de estrellas–; me lo habría perdido. La televisión, aunque últimamente para lo que hay que ver... Las mujeres en bikini... Carmela, Sonia, Ángeles y Marina... aunque, como Teresa... Claro que, ¡a ver quién la habría convencido para ponerse un bikini, con lo decente que fue siempre!

Paco volvió a detenerse, perdido en sus recuerdos. Una lluvia fuerte, tan intensa que se colaba por las juntas de la capota de lona del coche. Las ruedas, perdiendo adherencia al meterse en los baches. Una grieta inmensa, partiendo el camino de arena en dos. Un grito de mujer, ruido de cristales, el mundo entero poniéndose cabeza abajo...

–¡Ha sido esa grieta, que nos ha hecho volcar! –chilló Paco, dirigiéndose al campo oscuro y anegado que le rodeaba.

Una silueta trepó de un salto encima de un muro y se le quedó mirando con malicia. En un primer momento le pareció un animal, un gato pequeño, negro, con los ojos amarillos; luego distinguió, entre las sombras, a un hombre unos años mayor que él, vestido con tanta elegancia que, a su lado, el traje que él se había puesto para salir a dar un paseo por Lorca con Teresa parecía la ropa de faena de un gañán. Al verle, Paco se irguió de manera inconsciente, se sacudió los cristales de la chaqueta, se limpió la sangre que le corría por la cara como si fuera agua de lluvia y saludó.

–Buenas noches. Buenas noches, excelencia –se

corrigió.

–Hola, Paco. Has tardado –un levísimo reproche bajo el tono burlón del otro hombre, que se había sentado en el reborde de un murete de piedra.

Al oírle, Paco se frotó las manos con nerviosismo y musitó una excusa que el otro desechó ampliando su sonrisa.

–¿Te lo has pasado bien? –preguntó a continuación.

–Ya lo creo, excelencia –respondió Paco, dedicándole al otro una sonrisa sincera e inocente, como la de un chiquillo.

–Dime tres cosas, Paco. Sólo tres cosas que hayan valido la pena.

–Pues... haber llegado tan lejos, cómo no...

–Habrías llegado igual si no hubieras sido tan temerario al volante.

Y si no hubiera sido por aquella puta grieta, pensó Paco; pero se cuidó muy mucho de contradecir a su interlocutor. En vez de eso agachó la cabeza con humildad y le dio la razón con una sonrisa servil.

–¿Qué más, Paco? Demuéstrate a ti mismo que esto –le señaló de arriba abajo con una mano que aparecía y desaparecía iluminada por la luz de un semáforo parpadeante– ha valido la pena.

–Pues... tantos avances tecnológicos...

–El hombre en la Luna, cómo no. ¡Como si la Luna fuera algo más que un peñasco donde se agolpan las almas de los cándidos!

–Bueno... y también las vacunas, excelencia. Y tantas cosas. Ya sabe que hay aparatos que mantienen fría la comida... otros que la calientan sin fuego ni humo... la televisión, el teléfono en todas las casas... volar en avión... Internet...

Se detuvo, perturbado por el gesto de impaciencia de su interlocutor. El otro asentía con desgana, como si ya hubiera oído todas aquellas veces un millón de veces. Y sin duda había sido así; con toda seguridad.

–Haber llegado taaaan lejos –se burló, imitando tan bien

la voz de Paco que éste sintió un escalofrío–. Haber conocido la maaaaagia de la tecnología... ¿Y qué más, Paco? ¿Por qué otra cosa ha valido la pena haberle vendido tu alma al Diablo?

Se miraron a los ojos, y Paco sintió de repente un mareo como de alguien que se asoma demasiado a un precipicio. Un precipicio alargado como una grieta inmensa y de profundidades infinitas.

Le sacó de su ensimismamiento la carcajada larga, agradable, del otro individuo.

–¡De modo que era eso! –se burló, mientras Paco enrojecía como la grana–. La libertad sexual, el placer sin vínculos, ni compromiso, ni sacramento. ¡Las mamadas! Algo que tu honesta y morigerada Teresa jamás habría consentido en practicar. Tampoco lo hacían las matronas romanas... pero en cambio, aquella cabeza loca de Cleopatra... y, ¿cómo no? en este embarullado y mestizo siglo XXI... Unos minutos de placer intenso, capaz de sacarle una sonrisa al mismísimo Demonio (que, por otro lado, siempre ha gozado de un excelente buen humor)... un relámpago de éxtasis y luego... a pagarlo en cómodos plazos. En plazos cómodos y muy extensos –precisó.

–Mi hermano Ángel, excelencia...

–Un pan sin sal al que has visto envejecer sin que las arrugas y la artrosis le hicieran un ápice más sabio. Que ni siguiera fue capaz de encandilar a alguna idiota para perpetuar vuestros genes de palurdos durante algunas generaciones más.

–He podido disfrutar, durante muchos años, del recuerdo de Teresa, la única mujer a la que he amado pese a todas las que vinieron después.

Aquel argumento pareció dejar paralizado al otro. Por un momento su bello rostro se crispó en una mueca de ira que hizo que a Paco se le helase la sangre en las venas. Pero aquello sólo duró un momento; aquella voz de nuevo agradable, incluso cariñosa, sobrevoló los campos inundados con la suavidad de un ave en busca de su presa.

–La mujer a la que tú mataste –insinuó–. ¡Pero no te lo reproches! –siguió diciendo, satisfecho con el efecto provocado. Paco se había quedado triste, callado y quieto como una estatua de piedra–. Sin duda tu buena Teresa se lo buscó... distrayéndote de la conducción con esa mano traviesa acariciándote por encima del pantalón de paño... Aunque mucho me temo que ese pecadillo de última hora le habrá impedido... ya sabes –apuntó al cielo estrellado con su mano delicada.

Por segunda vez aquella noche, Paco logró sorprender a su interlocutor. En vez de venirse abajo por completo alzó el rostro, le dedicó una mirada digna y severa y le espetó:

–Si Teresa no está en el Cielo, es que no hay Dios.

El otro reaccionó con un genuino estremecimiento de terror; tal vez el primero en miles de años. Miró hacia arriba, mas volvió a agachar la mirada, receloso.

–Cincuenta y dos años, siete meses, dos días y unas cuantas horas –enumeró, recuperando el control de la situación–. Parece que fue ayer cuando os vi perder la vida aquí mismo, al otro lado de la grieta. Claro que tú fuiste débil y quisiste llegar a un acuerdo.

Señaló con un dedo la cicatriz que marcaba el terreno a una docena de metros de donde ellos se encontraban; un pequeño bache en el asfalto que se iba haciendo más ancho y profundo a medida que se alejaba de ellos. Paco se tapó los oídos con ambas manos, pero la voz de su interlocutor se le hincaba sin remedio en lo más profundo de la mente, haciéndole enloquecer de dolor.

–Teresa, tu prometida, como decíais en aquellos tiempos, demostró más entereza que tú –decía aquella voz amable, casi sin inflexiones–. O quizás fue más idiota. Por eso hace tantos años que es polvo dentro de una caja metida en la tierra. Un esqueleto vestido con un traje de novia que aún estaba a medio coser, con los cabellos resecos cubriendo su calavera sucia, mirando eternamente una puerta de madera mientras a ti tus nuevas novias te hacían de vez en cuando una mamada.

–Un alma liberada del peso de su cuerpo –respondió Paco, entre dientes.

El otro asintió por cortesía y saltó de la tapia en la que estaba sentado, metiendo los pies en un charco cuya superficie permaneció invariable, como si aquel ente con forma humana careciera de peso terrenal.

Paco cayó de rodillas sobre el suelo enfangado; respiró por última vez el aire limpio del campo, el aroma lejano a hoja de eucalipto, hierba fresca y azahar... le pareció que le llegaba, muy tenue, el perfume de Teresa, su primer amor; un ángel que ahora, en el Cielo, le estaría añorando eternamente.

–Vámonos, Paco –le ordenó el Demonio–. La grieta ha vuelto a abrirse. Ése fue el trato; así que sígueme.

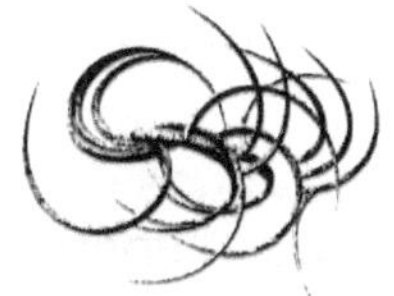

Piel venenosa

Cuando lo leyó por primera vez supo que era una persona especial. Pero no especial porque podría llegar a gustarle o porque podría ser la clase de hombre que le hacía tilín. No. Especial como no había nadie en el mundo. Un ejemplar único. Y eso que sólo lo había leído. Cuando lo probara de primera mano se daría cuenta de que se había quedado corta.

Sus tuits contenían magia, destilaban sabiduría vital, y sus mensajes parecían estar escritos de forma individual, como un recado íntimo, para cada una de las personas que los leyeran.

Pasaron diez preciosos años de sus vidas hablando por privado, chateando sin nada importante que contarse, pero desnudando su forma de ser de la manera más impúdica posible. Y, después de tanto tiempo, habían decidido quedar para verse. Así, de una noche para otra. Un fin de semana en una cabaña de madera perdida en el bosque más oscuro y húmedo de la montaña más alta del país que más cerca les quedaba a ambos.

Él no era el hombre más guapo del mundo. Ella tampoco. De hecho, no se parecía en nada al ideal de hombre que durante años le habían creado la publicidad, los libros y las películas románticas. Nada de esto hubiera importado si no llega a ser porque él, físicamente, era justo lo contrario a lo que a Alma le hubiera gustado por la calle.

A ella le daba igual, se había casi enamorado de él, ¿quién iba a decírselo? A sus cuarenta y cinco años y después de haber decidido que la soledad era el mejor de los estados posibles. Tampoco quería ir más allá, pues sabía que ésa era la única vez que se iban a ver, que luego seguiría cada cual por su camino, pues recorrer medio mundo para encontrarse no se podía hacer más que una vez en la vida, y muy buena tenía que ser la experiencia para repetirla.

A Alma le importaba poco el sexo. Poco por no decir nada. No había ningún diagnóstico médico que atestiguara que era frígida, pero ella ya se había puesto esa etiqueta desde hacía mucho tiempo. Sus experiencias sexuales habían sido un absoluto fracaso. Perdió la virginidad tarde, cerca de los treinta, con un novio lascivo que no le duraba más de dos minutos. Luego había tenido diversos pseudoamantes esparcidos en el tiempo y el espacio con los que jamás había llegado al orgasmo, y ellos tampoco se empeñaron mucho en que lo consiguiera. Con lo cual, podía decirse que a Alma el sexo le importaba absolutamente nada. Y, no obstante, para su cita con él había derrochado en sutiles conjuntos de ropa interior de seda, encajes imposibles y nula comodidad. Cambiaría sus bragas y sujetadores raídos de algodón color carne por esos conjuntos sexys que le picarían a todas horas entre los pliegues. Era el precio de la pasión, que no siempre resulta ser cómoda.

Ni siquiera tenía asegurado el sexo, pero, por si acaso, ella estaría abierta a la posibilidad; aunque fuera para oírle jadear sobre ella y luego permitirle que se durmiera en su pecho. ¿Podía aspirar a algo más que eso? Se daría por satisfecha si él la amaba al menos durante ese instante. Le daba la sensación de que a él se lo podría permitir todo, incluso lo que le parecían atrocidades sexuales dignas de películas porno de serie B. ¿Y si era un perturbado y le pedía las peores indecencias? No le importaba, se las ofrecería con la mayor de las generosidades. Su cuerpo sería de él ese fin de semana. Lo que no sabía era que el de él también terminaría siendo de ella.

Al final hubo sexo, sexo del bueno, aunque su frigidez autoimpuesta no le permitiera convulsionarse en un orgasmo. Él le decía, con esa sonrisa de niño malo, que era infinita. Ella le devolvía la sonrisa con amor mientras pensaba que hasta con su frigidez era él capaz de hacer poesía.... infinita, frígida... sí, podría ser una bonita forma de decirlo.

El fin de semana dio para comer y beber a todas horas, retozar en cada uno de los rincones de la casa sin prisas, para confidencias extrañas, abrazos esponjosos de alta densidad y muchas risas. También se quedaron prendidos por las miradas. Incluso cuando dormitaban frente al fuego de la chimenea, que a veces se extinguía por falta de atenciones, bajo los párpados, les daba la sensación de seguir mirándose en sueños.

Había ropa sembrada irregularmente por todos lados. Prendas de colores diversos, de rayas y lunares, estampados imposibles y texturas inverosímiles que habían caído lánguidas en cualquier postura, como cadáveres que se desploman sobre el suelo fulminados por un flash. Sobre el suelo o sobre la encimera de la cocina, el sofá, la mesa; bajo todas y cada una de las camas de la cabaña –en total tres– o incluso colgadas de la lámpara.

Alma se negaba a llamarle a todo ese arrebato de pasión sencillamente sexo. Tampoco era amor, para qué iba a andarse con remilgos a esas alturas de su vida. Era otra cosa. Ni sexo ni amor o quizá una mezcla perfecta de ambas cosas. Porque de mezcla iba el asunto. Se besaban a la vez que sonreían; se acariciaban mientras se mordían; se pegaban, se mimaban y se arañaban. Mezclaron cerveza, saliva, sudor y fluidos corporales como si de un novedoso cóctel se tratase.

Alma no podía llegar a creer que estuviera encendida como una mecha, capaz de hacer saltar por los aires toda su carne madura, llevándoselo por delante a él. Ella, que era fría como las rocas que arrastran los glaciares. El secreto estaba en su piel. Lo percibió desde la primera vez que la rozó con delicadeza. Era una piel venenosa y en cada caricia, cada beso, cada fricción, le inoculaba su toxicidad en pequeñas y constantes dosis. Porque no dejaron de tocarse en todo el fin de semana. Su piel deletérea era capaz de introducir en su carne pequeñas partículas nocivas que producían en ella el efecto de una droga dura, excitándola hasta límites insospechados, calentándola como a una candela, haciéndola vibrar al más mínimo roce. Su tacto le producía el ardor de la guindilla en la lengua, el calambre del cable mal soldado y el calor de la brasa cuando se acerca.

Y no sólo rozó su piel sino que la comió, la besó, la mordió y la lamió. Toda ella, con todo su veneno, con toda su letal carga adictiva y alucinógena. ¿Sería por eso por lo que no paró de sonreír en los dos días que pasaron juntos retozando en cualquier superficie?

Hasta que sucedió lo que venía intuyendo, que una sobredosis de veneno la llevó a desembocar en un placer tan irracional que jamás creyó que fuera posible doblegar al raciocinio de aquella forma. El primer y único orgasmo que tuvo en su vida había sido fruto de la droga más extraña y desconocida que jamás nadie pudiera diseñar jamás. Y esa droga la volvería loca; además de adicta.

Todo cambia y todo acaba. Y lo bueno duele tanto cuando se acaba que a Alma le invadía un hueco opresivo en el pecho. Se habían despedido en el aeropuerto prometiéndose no llorar. Y no lo hizo por fuera, pero las lágrimas la bañaron por dentro inundando la oquedad que comenzaba a abrirse entre sus entrañas. Se abrazaron como un imán potente abraza a una viruta de hierro y despegarlos costó una buena dosis de disciplina. La última vez que rozó su piel venenosa fue en una caricia de él sobre su mejilla, justo tras un beso intenso. Esa mejilla le ardió durante todo el día como si la hubieran rociado de ácido.

Alma cogió su avión unas horas más tarde y despegó en dirección contraria a la que él había tomado. Tan sólo quedaba llorar. Llorar y llorar de desesperación. Eso pensaba ella. Ingenua...

Tras las cinco horas de vuelo ya empezó a notar los primeros síntomas de aturdimiento y sudoración excesiva que achacó al dolor penetrante de la separación. Llegó a casa y sus misinos la recibieron deseosos, maullando de alegría y restregándose contra sus piernas. En cualquier otra circunstancia ella se habría agachado y les habría acariciado un buen rato antes incluso de cerrar la puerta de entrada, pero le molestaron. Estaba irritada y le picaba la piel.

Se duchó para intentar calmarse y las lágrimas se confundieron con el agua del grifo. Le dolía el pecho al ritmo de la ausencia. Se puso crema hidratante acariciándose todo el cuerpo como lo haría él y se acostó rendida de tanta tristeza y tanto vacío.

No logró conciliar el sueño. Ni esa noche ni la siguiente, ni la otra. No podía salir de día porque tenía las pupilas tan dilatadas que apenas veía, se sentía muy ansiosa y sólo tenía en mente una cosa, como una obsesión: él. Él y el veneno de su piel que necesitaba como el aire que respiraba para vivir.

Cuando las taquicardias comenzaron a hacerse cada vez

más frecuentes se preocupó. Daba vueltas por la casa en penumbra sudando como si estuviera en una sauna. Los gatos se alejaban de ella y se fue adueñando de su carácter una violencia e irritabilidad que le hacían arrojar objetos de cristal contra el suelo, golpearse contra las paredes y morderse a ella misma.

Le necesitaba. Se moría por él. Jamás había sentido un deseo tan urgente por alguien. Aquello no era amor, era pura adicción, y creyó que iba a morir si no volvía a practicar sexo desaforado con él.

Las pesadillas se repetían incansables, incesantes y atroces en la duermevela. Llegó un momento en el que no supo muy bien cuándo estaba despierta y cuándo dormía. Le llamaba pero nunca le daba señal y tampoco le devolvió las llamadas. ¿Era posible que ya se hubiera olvidado de ella? ¿Tan fácil le resultaba a él? ¿Y ella allí, muriendo de desesperación y añoranza?

Cuando las náuseas comenzaron a hacerse cada vez más frecuentes y el prurito le levantaba la piel, decidió ir al médico. Aquello no era añoranza, aquello era una enfermedad en toda regla y esperaba que el médico le diera la solución.

–Rinorrea, irritabilidad, midriasis –fue escribiendo el médico mientras enumeraba los síntomas, impasible–; diaforesis... ¿alucinaciones?

–Pesadillas muy fuertes; a veces no estoy segura de que esté realmente dormida. Como tengo este insomnio...

–Ya veo, ya, ¿ha llegado a tener convulsiones?

–Dios mío, no, pero creo que es lo único que me falta.

–¿Ha estado consumiendo algún tipo de sustancia, medicamento o ingerido algún alimento alucinógeno?

–¿Me está hablando de drogas?

–En esencia, sí. Drogas, alcohol, setas...

–¡No! Yo no consumo drogas...

–¿Alcohol?

Alma no pudo evitar sonreír para sí al recordar cómo bebió varios tragos de cerveza directamente de su boca, como un manantial prohibido. Y lo deliciosa que le supo, cómo se deslizaba por su garganta mientras la lengua de él se introducía en su boca y sus labios se friccionaban.

–Alma, ¿alcohol? –insistió el doctor–. ¿Ha ingerido grandes cantidades de alcohol últimamente?

–No... bueno... un poco... me bebí tres o cuatro cervezas y algo de vino el pasado fin de semana, pero nada excesivo.

–¿Es usted alcohólica?

–¡¡No!! ¡Claro que no soy alcohólica! Bebo una cerveza de vez en cuando, como todo el mundo.

–¿Estupefacientes? ¿Pastillas para dormir? ¿Marihuana?

–Tampoco.

–No termino de entenderlo, Alma; o me está usted mintiendo o no puedo dar crédito a estos síntomas.

–¿A qué se refiere, doctor? No le estoy mintiendo, ¿qué ganaría con eso?

–Verá, Alma, tiene todos los síntomas del síndrome de abstinencia.

–¿Cómo puede ser?

–Lagrimeo, rinorrea, irritabilidad, temblores, piloerección, pupilas midriáticas, insomnio, vómitos, diarrea, prurito... pérdida del apetito... y como siga así creo que terminará con temblores y delírium tremens. Es lo que les sucede a los adictos a las drogas, a las sustancias para dormir o a los alcohólicos cuando dejan de consumir durante un tiempo.

–Pero yo no...

¿O sí?, pensó. ¿Verdaderamente no era adicta a nada? Sí, ya lo creía que lo era. Era adicta a su piel, al maldito veneno de su piel. Esa sustancia psicotrópica que se le metía directa hasta el corazón y el coño. Esa ponzoña que le había hecho llegar al orgasmo por primera vez en su triste y aburrida vida de solterona. Él, había sido él el causante de todo, él quien era tóxico, letal, nocivo... él, a quien tanto añoraba...

Se levantó y dejó al médico con la palabra en la boca. Si había sido él el causante de todo, tendría que arreglarlo. Una cosa era echarle de menos y otra muy distinta enfermar por él.

Metió varias prendas arrugadas en la maleta, un fajo de billetes que escondía tras la mesita para las emergencias y partió al aeropuerto despeinada, sudorosa y desquiciada, dispuesta a tomar el primer vuelo que saliera para allá. En el avión comenzó a verlo por todas partes, o mejor dicho, partes de él en cada uno de los pasajeros y la tripulación. Su barba rubia en la cara de alguien. Sus labios finos en la azafata, sus manos delicadas en el hombre que se sentaba junto a ella, el hoyuelo de su barbilla en el niño de dos filas más allá. Y luego todos eran él. Y nadie le hacía caso, como si no existiera. Después todos se convirtieron en gatos de ojos amarillos que quisieron devorarla y gritó como la loca en la que se había convertido hasta que cuatro miembros de la tripulación la agarraron a la fuerza y uno de ellos le pinchó algo en el brazo.

Comenzó a relajarse, respiró cada vez más despacio y, por primera vez en cinco días, durmió. Por el efecto del calmante, pero durmió. Y soñó con él, como no podía ser de otra forma.

***

Se presentó en su casa a las tres de la madrugada, mal vestida, sucia y fuera de sí. Le temblaban las manos y la mandíbula. Se le lanzó a los labios muerta de sed. Él no podía creer lo que veía.

–¡¿Qué haces aquí?!

–¿No te alegras de verme?

–Sí... claro que me alegro... sólo que... no te esperaba. Y a estas horas...

Alma se entristeció ante su reacción. Después de haber cruzado medio globo terráqueo y tras lo intenso que había sido el fin de semana que habían pasado juntos, esperaba que comenzara a desnudarla allí mismo con pasión desmedida.

–Ven, pasa, descansa un poco, debes de estar agotada.

Ciertamente lo estaba pero no importaba, tan sólo quería

tocarle, besarle, devorarle en ese preciso instante. Él le acarició el rostro con ternura. El contacto con su piel la alivió al instante. Comenzó a calmarse, todas sus constantes vitales volvían a su lugar y ella se sintió feliz.

–Tu piel... –le dijo cogiéndole la mano y acariciándola con avidez– ...tu piel es venenosa, adictiva, como una droga.

Él se echó a reír. Ya le había sucedido con otras mujeres, pero con Alma rozaba el escándalo. Comenzó a pensar que igual la había dejado un poco tocada, o que ya estaba medio perturbada y que se había obsesionado con él. En cualquier caso, una parte en su interior se alegraba mucho de que estuviera allí, de forma inesperada, esa madrugada fría.

No durmieron, se arrancaron caricias, besos y orgasmos; se dijeron *te quieros* furtivos y sinceros y se comieron con los ojos. Se bebieron los fluidos y cada vez querían más. Las sustancias alucinógenas de la piel de él habían hecho remitir el síndrome de abstinencia severo con el que Alma llevaba lidiando toda una semana, pero, ¿qué sucedería cuando se marchara de nuevo? Prefería no pensarlo.

–Muerde –le señalaba el cuello blanco y él no podía evitar sentirse excitado–; más fuerte... más...

–¿Así? –preguntó con la boca llena de su carne.

–Sí, así... ¡ay! ¡sí! ¡muerde! Mmm...

Allí dónde él mordía crecía una flor púrpura. Y pronto su espalda fue un jardín florido.

***

Llegó la hora de partir. ¿De veras tenía que volver a pasar por aquellos síntomas tan parecidos a una enfermedad letal? No era justo. El precio que debía pagar por el amor y el placer era caro. Demasiado alto si tenía que ver con su propia salud.

De nuevo en el aeropuerto, en esta ocasión se sentía algo más segura, no tan triste como la vez anterior. Él le había hecho un gran regalo y ella sentía que su corazón se esponjaba.

En el control hacia la puerta de embarque algo pitó. Mierda, pensó, ¿qué puede ser ahora? Sería un control aleatorio, o un error estúpido. Lo que le faltaba...

Llegaron dos policías con un perro para el control de drogas. El perro olisqueó la maleta y no le hizo falta mucho tiempo para indicar que aquélla las contenía.

¡Maldito perro hijoputa! ¿Qué drogas ni qué drogas iba a llevar ella en la maleta? Se puso nerviosa, se encaró a los agentes, se abrazó a su bolsa de viaje y comenzó a escupir insultos, comportamiento que no hizo sino aumentar las sospechas de los agentes.

La llevaron esposada a una sala especial donde la examinaron por completo, por dentro y por fuera, le metieron los dedos por todos los recovecos de su cuerpo en un tanteo bastante desagradable. Nada.

La policía abrió la maleta con guantes de látex y sumo cuidado. Revolvieron entre sus cosas, sacaron sus bragas, sus sujetadores, sus cremas y su camisón negro de raso, dejándolo todo amontonado a un lado de la mesa. Cabrones. Vaciaron la maleta al completo y Alma ya sonreía satisfecha por haberle dado en las narices con su inocencia cuando uno de los agentes comenzó a rasgar con un cúter el fondo de la maleta.

Los agentes de aduanas se han encontrado de todo en su andadura contra las drogas pero aquello era lo más extraño, horrible y desagradable que habían visto en sus vidas; tanto, que el policía tuvo que retener una arcada.

La detenida comenzó a gritar como una demente poseída, revolviéndose en la silla donde había sido esposada, echando espumarajos por la boca y con los ojos inyectados en sangre. Y no era de extrañar, le iban a quitar lo más preciado.

El agente sacó con cuidado del doble fondo de la maleta más de un kilo de piel humana, prácticamente completa, fresca, sangrante y con el vello aún adherido.

Días más tarde, cuando los resultados del análisis llegaron del laboratorio, la policía científica no podía dar crédito a lo que veía: la piel humana extraída de la maleta de la loca estaba cargada de sustancias psicotrópicas muy potentes y desconocidas hasta ahora, un nuevo tipo de droga.

Mientras, Alma se pudría en la cárcel de aquel país desconocido poseída por un delírium tremens que le precipitaba a una locura de la que no encontraría retorno.

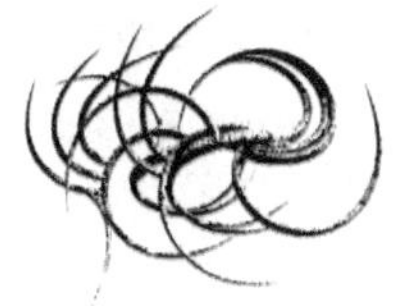

La extraña criatura del espacio

El padre y el hijo observaban a la criatura del espacio. Era rarísima.

–Mira, papá. ¡Qué pequeña tiene la cabeza!

–Y qué largas las extremidades.

–¿Por qué tiene los ojos así, tan diminutos?

–No lo sé, hijo, su inteligencia y su capacidad de adaptación deben de ser mínimas.

La criatura del espacio se replegó sobre sí misma haciéndose un ovillo de carne blanquecina en la esquina del habitáculo de cristal donde estaba expuesta. Se le notaba en los ojos un brillo especial, que se asemejaba a la tristeza.

–¿Qué le pasa, papá?

–Debe de añorar su planeta.

–Y, ¿por qué ha venido entonces?

–Deseos de explorar otros mundos, supongo.

–¿Es peligroso?

–¿A ti te lo parece?

–A mí no. Me da mucha pena, seguro que echa de menos a sus hijitos.

El padre y el hijo seguían observando con curiosidad a aquel ser amorfo y feo.

–¿Qué van a hacer con él, papi?

–Supongo que estudiarlo con detenimiento.

–¿Le dejarán volver a su planeta?

–No, no lo creo, es un espécimen valioso y muy interesante para la ciencia.

–¿Le matarán?

–No lo sé, hijo. Puede que quieran diseccionarlo para estudiarlo por dentro.

–¿No es eso una salvajada?

–Verás, hijo mío, a veces para dar un salto en el conocimiento es necesario hacer determinados sacrificios.

–¿Cómo el de esta criatura?

–Sí, como el de esta criatura.

–¿Por qué tiene la piel de ese color tan repugnante, casi transparente?

–Porque es así. Puede que en su planeta sea necesario tener ese tipo de piel para sobrevivir.

–¿Nos entiende?

–No, no lo creo; los científicos han dicho que al principio se mostraba comunicativo, que usa un lenguaje primitivo y gutural, pero han sido incapaces de entenderle.

–¿Por qué tiene tantos apéndices en las extremidades?

–Preguntas demasiado, hijo, y yo no tengo todas las respuestas a tus preguntas. Es la primera vez que veo un ser de esta especie, nadie sabe nada aún.

–¿Y sabes al menos del planeta del que viene?

–Se cree que viene de un planeta azul de una galaxia muy lejana; planeta Tierra, pero no están muy seguros.

Noche de agitación del mozo del pantalán

El temporal llevaba un día entero azotando la costa mediterránea con saña. En Salou una ola inesperada se había llevado a un matrimonio de ingleses que paseaba por la arena, en el cabo de la Nao había desaparecido un pesquero con siete hombres a bordo y en las playas de Sant Joan y Benidorm los socorristas habían tenido que pedir ayuda urgente a la Policía Local para mantener a raya a los bañistas que no renunciaban a tomarse el último baño de la temporada antes de regresar a sus ciudades de secano, a pesar de la lluvia, de la alerta naranja y de las banderas rojas.

El edificio principal de la Ciudad de las Olas Carrasco se estremecía con los embates del viento. Los cristales dobles repiqueteaban, las antenas de televisión de la azotea producían un ruido grave y ominoso al peinar el viento, y los canalones vertían auténticos ríos de agua limpia y fresca sobre el aparcamiento asfaltado. Durante la mañana Salvamento Marítimo había aconsejado a las embarcaciones que permanecieran en sus puntos de atraque con las amarras bien reforzadas, y a última hora de la tarde la Guardia Civil había recorrido las playas obligando a los turistas que viajaban con sus autocaravanas a aparcarlas lejos de las zonas arboladas por si el huracán derribaba algún árbol. Desde luego era una noche para pasarla metido en la cama, con todas las ventanas bien cerradas, agarrado a un crucifijo o un fusil.

Atrincherado en la oficina, Santi, el mozo del pantalán, trataba de no encabronarse demasiado. Era sábado noche; Dori y sus colegas se habían ido a pasar el fin de semana a una casa rural en Coy, una aldea a una hora de Águilas, rodeada de pinos y almendros. Ahí estarían ahora, fumando, bebiendo y metiéndose de todo, tumbados en los sofás y en el suelo delante de un buen fuego de leña, mientras él se comía una guardia de doce horas vigilando los barcos de los ricos. Dori no era su chica, todavía no, pero Santi había creído que el fin de semana en Coy le iba a dar una oportunidad de camelársela. El mal tiempo, el rollito de la tormenta, la chimenea y el bosque, eran el escenario más adecuado para llevársela a una de las camas. Incluso había escogido una habitación, la más morbosa, con un cuarto de baño de dos lavabos y un espejo que ocupaba toda una pared, para poder mirarla a los ojos mientras se la metía por detrás.

Y ahora allí estarían ellos, Dori y el resto de la panda, pasándoselo de puta madre, y ahí estaba él, Santi, en la penumbra de una oficina mal iluminada, viendo vídeos de YouTube con una conexión que se iba a tomar por saco cada cinco minutos, escuchando el rugido del viento, los azotes de la lluvia y encogido de frío delante de un radiador que le quemaba los pies y le dejaba el resto del cuerpo helado.

Y pendiente del reloj, del teléfono y del walkie, evidentemente. Porque ya se sabe que los hijos de puta no respetan ni las fiestas de guardar.

Eran menos diez para la ronda de los yates. Se levantó de la mesa y entreabrió las cortinas de la ventana de la oficina. La luz anaranjada de la farola de la calle iluminó las mesas llenas de papeles. La lluvia había menguado —dos horas antes, cuando había entrado por última vez, aquella ventana parecía el escaparate de un túnel de lavado— pero el viento parecía soplar cada vez con más fuerza.

Una rama de pino ancha, gruesa, atravesó la explanada de asfalto de punta a punta como si la estuviera barriendo. Santi tuvo que hacer memoria de en qué parte de aquella costa había algún pinar y luego se llevó las manos a la cabeza, asustado por el trecho que aquella madera había recorrido.

Abrió la ventana y la cerró al instante, con la cara empapada por el roción de agua. La marejada sacudía los yates como si fueran los trozos de corcho más caros del mundo, sacaba a flote la espuma de los detergentes muertos y batía con saña el fango sedimentado de generaciones de motores de gasoil.

Los mástiles de los barcos chocaban unos contra otros y producían un estruendo que se imponía al propio fragor del temporal. Desde luego, Muza le había hecho una buena putada al componer los turnos de aquella quincena. Ahí estaría él, bien calentito debajo de las mantas, con un buen consolador hincado en la popa...

Y ahí estaba Muza, en efecto; a menos cinco para la ronda de los yates. Dando por saco. Santi sorteó una mesa, estuvo a punto de enredarse con el cable del radiador y cogió el teléfono a la quinta o sexta llamada.

—Muza, dime —respondió.

—Control de escucha —dijo la voz, un pelín burlona, de su jefe directo. Santi llevaba un walkie y el Muza tenía una colección entera en su casa de Calabardina, pero le estaba llamando al teléfono para comprobar que se encontraba en la oficina. Sólo tenía veinticinco años, cinco más que él, pero ya se comportaba como si fuera a heredar la Ciudad de las Olas.

—Aquí me tienes, Muza —suspiró.

—Bueno; ahora te llamo por el walkie, como es preceptivo —añadió Muza. Colgó el teléfono; Santi estampó el aparato contra la mesa. Luego descolgó para comprobar que no se lo había cargado y volvió junto al ordenador, listo para recibir la llamada de rutina. Faltaban tres minutos para la ronda de los yates.

—Jefe de fondeo a mozo de pantalán, ¿me recibe? —se escuchó por el transmisor.

Santi se sentó en el borde de la mesa y se hizo el sueco, más que nada por despecho.

—Jefe de fondeo a mozo de pantalán, ¿me recibe? —repitió el Muza.

—Te recibo, Muza. Alto y claro.

Esta vez hubo una pausa de diez segundos antes de que el walkie repitiera, por tercera vez:

—Mozo de pantalán, aquí jefe de fondeo, ¿me recibe?

—Que sí, Muza. Te recibo. Joder.

Nuevo silencio. Muza estaba empeñado en que Santi respondiera a aquel apelativo ridículo, pero a él no le apetecía pasar por el aro. No aquella noche, resolvió, con aquel temporal y con la Dori dándose el lote con alguno de los miembros de la pandilla. Se cruzó de brazos y miró hacia la cortina tintada con la luz de la farola. Dentro de diez segundos volvería a sonar el teléfono.

Tres segundos. Muza tampoco estaba teniendo su mejor noche.

–Qué pasa.

–¡Santi, por favor, compórtate! ¡No te lo digo más veces! Te puede estar escuchando don Juan Moral.

–Hombre, Muza, yo no creo...

–Y aunque no esté él –siguió reprendiéndole su jefe–. Hay mucha gente que se pasa las noches pegados a la emisora. Hay que ser profesional.

–Muza, no me jodas... Que yo, a ser profesional, soy el primero... Pero ya tengo los huevos pelados para que me llamen mozo.

–Es el código; son las normas –repuso el otro–. Por radio hay que responder como es debido, con formalidad.

–Sabes de sobra que eso de mozo de pantalán me repatea. Es un nombre servil.

Ahora empezaría la discusión de siempre. Aquel niñato estaba empeñado en poner en ridículo a los empleados. Había encontrado su lugar en el mundo en aquel puerto privado de superlujo, con su título de jefe de fondeo, su plaza de aparcamiento reservada en un rincón al sol y aquel uniforme de falso marino. Y para que él pudiera ser alguien, era necesario tener por debajo a gente como Santi y como la media docena de pringaos que le cuidaban el barco a los clientes.

–Mozo de pantalán es tu categoría profesional según contrato, y si quieres que te llamen doctor, general o ministro, ya sabes lo que tienes que hacer. En tu vida privada te puedes llamar como te salga de las narices, pero en la Ciudad de las Olas Carrasco eres el mozo de pantalán de noche, o el mozo de pantalán de día, y más cuando hables por radio. ¿Lo entiendes?

Lo entendía, lo entendía. Puto curro, puta Dori y puto temporal.

–Bueno, Muza. ¿Qué cojones quieres? –suspiró.

–Hace diez minutos que tenías que estar de ronda.

–¡Hostia, Muza, con la que está cayendo! –protestó–. ¡No veas cómo está el mar! Te lo digo en serio, tío, esto está muy peligroso. Salvamento Marítimo ha dicho que se prohíbe la salida a todos los barcos, que hay mar montañosa, tío. Los pantalanes están empapados y súper resbaladizos, y hay yates que se están golpeando con los mástiles como si jugaran a los mosqueteros.

–Ya lo sé, Santi, pero la ronda tenemos que hacerla tres veces cada noche. Ya lo sabes.

–Pero, ¿quién va a colarse, Muza? –trató de razonar–. Tenemos cámaras que están grabando todo el tiempo. En la garita hay un segurata. La Guardia Civil pasa por delante varias veces. Está cayendo la de Dios; no puede haber nadie tan loco para colarse en un yate con este tiempo...

–Hay que comprobar los amarres, ver si algún barco corre peligro de soltarse, si alguno está golpeando contra el muelle, si se ha roto algún cristal...

–No me jodas, Muza, por favor, que me va a tragar el mar, que te lo digo en serio. El viento está soplando muy mal, están entrando olas muy fuertes y los pantalanes están muy resbaladizos.

Muza se lo pensó unos segundos. También él se daba cuenta de lo peligroso que era caminar por aquellos travesaños de madera en una noche como aquélla. Santi agarró el walkie, volvió a descorrer la cortina y miró hacia el puerto. Podía ver cómo saltaban las olas más fuertes por encima de las rocas del rompeolas. Los barcos se movían en todas direcciones componiendo una única masa blanca erizada de mástiles y antenas, como si estuviesen tratando de protegerse de la tormenta a manotazos.

–Santi, lo siento mucho pero la ronda la tienes que hacer –decidió Muza finalmente–. Si le pasa algo a algún yate, nos vamos los dos a la calle. Y puede haber algún cliente enfermo, o simplemente que necesite algo.

–Pero Muza, joder, ¿quién va a estar durmiendo en el yate? A media tarde los he visto yo cómo se iban cagando hostias al hotel.

–Lo siento, Santi; no se hable más. Esta gente paga mucha pasta al mes para tener el yate fondeado, y exige un servicio a cambio. Ya sé que el mar está muy chungo...

–Muy chungo no, lo siguiente, ¡me cago en la madre que me parió!

–...pero por eso mismo tienen que ver que nos lo estamos currando –siguió diciendo Muza–; que no están tirando el dinero. Tú ya lo sabías cuando firmaste el contrato.

–El contrato, los cojones; que, total, para lo que me pagáis...

Un silencio. Cuando volvió a hablar, Muza lo hizo con voz ofendida. Como si la pasta le saliera a él de su bolsillo, pensó Santi.

–Te das una vuelta rápida por los pantalanes, miras cómo están las cosas, si hay algún amarre suelto intentas fijarlo, y si hay algo más grave me avisas luego por teléfono y ya tomaré yo cartas en el asunto.

–Pues claro que va a haber algo más grave, joder... –masculló Santi.

–Ya sé que es una putada, pero es lo que hay. Venga; que tú puedes con esto –trató de animarle–. Ahora te llamo yo por la emisora, respóndeme como Dios manda, y tengamos la fiesta en paz...

Muza colgó el teléfono. Santi miró el reloj de esfera colgado en una de las paredes de la oficina. Pasaban diez minutos de la ronda de los yates.

–Jefe de fondeo a mozo de pantalán, ¿me recibe? –

crepitó la emisora.

–Adelante jefe de fondeo para mozo de pantalán – respondió maquinalmente, con la esperanza remota de conmover a Muza, a sus jefes que le pudieran estar escuchando, a la Guardia Civil que pudiera poner un poco de sensatez...

–¿Ha iniciado ya la ronda de las dos?

–Bien, negativo, jefe de fondeo, puesto que las condiciones meteorológicas así lo desaconsejan.

–Mozo de pantalán, ya son las dos y diez minutos. ¿Cómo está la situación en el punto de fondeo?

–Bien, jefe, Salvamento Marítimo ha dicho que hay mar montañosa y ha prohibido la salida de los barcos. Las olas saltan por encima de la escollera y se estrellan contra el paseo marítimo. La playa está completamente sumergida y el rebufo se está llevando toda la arena. Los pantalanes suben y bajan como locos, con una intensa peligrosidad, y está cayendo una turbonada de agua que impide el acceso a los yates. Por aquí está todo muy tranquilo, no hay nadie en ninguno de los yates, ninguna incidencia. Cámaras de vigilancia y personal de seguridad en alerta. Guardia Civil también en alerta. Parece que la ronda no va a ser necesaria, además que es muy peligrosa, sería imposible salir al exterior, el mar me arrastraría, cambio.

En aquel momento una tercera voz cortó la conversación entre Santi y Muza.

–Coordinador de puerto a jefe de fondeo, ¿me recibe?

Era don Juan Moral, la mano derecha del propietario del puerto privado. Un hombre mayor, acostumbrado a mandar sin ser cuestionado. Al escucharle, la voz de Muza se hizo más meliflua y Santi agarró el walkie con más firmeza, sintiendo que la mano le sudaba. A ver si se compadecía de él aquel cabrón.

–Afirmativo, coordinador de puerto, y buenas noches. Adelante para jefe de fondeo, por favor.

–Jefe de fondeo, procedan de inmediato a efectuar

la ronda de las dos de la mañana, por favor. Ya llevamos diez minutos de retraso.

–Mozo de pantalán a coordinador de puerto... –interrumpió Santi; pero el otro pasó olímpicamente de él.

–Jefe de fondeo, comuníquele al mozo de pantalán que debe salir a hacer la ronda ya, sin la menor dilación. Precisamente en estas condiciones es cuando debemos garantizar la seguridad de las propiedades de los clientes de la Ciudad de las Olas.

–Don Juan, ¿y qué pasa con la seguridad de los trabajadores del puerto?

–Mozo de pantalán, salga ahora mismo a hacer la ronda, como es su obligación –le dijo Muza, con voz helada–. Y tome las medidas de seguridad que considere convenientes, como es habitual en este puerto deportivo.

La emisora se quedó en silencio. Santi adivinaba las expresiones molestas, ofendidas incluso, de los dos lameculos que se iban a quedar bien calentitos en sus camas mientras él se jugaba la piel. Agarró el walkie y presionó el botón, dispuesto a soltar alguna bordería, pero se contuvo a tiempo. No les iba a dar la satisfacción de echarle a la calle gratis.

–De acuerdo, troncos –dijo, tragándose el despecho y la mala hostia–. Al fin y al cabo, sólo es agua. En peores plazas habremos *toreao*.

Se puso el anorak, se ató bien la capucha y salió de la oficina sin molestarse en conectar la alarma.

El viento le meneó en todas direcciones mientras recorría la explanada de asfalto, lamentando no haberse calzado algo más abrigoso que unas zapatillas de deporte. Sorteó como pudo los charcos de agua no sabía si dulce o salada, si caída del cielo o arrastrada por el viento desde las profundidades de la bahía. La lluvia le azotaba a intervalos irregulares, le entraba por los laterales de la capucha y se colaba por encima de los calcetines ya empapados.

La Ciudad de las Olas Carrasco ocupaba el extremo

oriental del litoral de Águilas, en el límite con la provincia de Almería. Unas instalaciones de lujo, flanqueadas por hoteles de cuatro estrellas, protegidas de la fuerza del mar por unos espigones formados por cientos de bloques de hormigón, continuamente en el punto de mira de las organizaciones ecologistas. En su pequeño seno artificial podían cobijarse con holgura un centenar de embarcaciones, la inmensa mayoría yates de pequeño y mediano tamaño con banderas españolas, inglesas y alemanas.

Mientras avanzaba hacia el primer pantalán Santi notó una vibración en el bolsillo. Hurgó bajo el chubasquero, empapándose los faldones de la camisa, hasta sacar del bolsillo de los vaqueros el teléfono móvil. Era un whatsapp de Muza:

No te quemes. Lo siento, son órdenes de arriba. No te olvides de mirar el buque insignia ;) no me fío de Agustín y los demás. Ánimo, tú puedes :)

Leyó el mensaje un par de veces, tratando de secar la pantalla con los dedos para poder responder. Seleccionó el emoticón que hacía la peineta; luego se lo pensó mejor y respondió con un pulgar hacia arriba. OK, Muza. Gracias, Muza. Que te den por culo a ti, a don Juan Moral y a la Ciudad de las Olas Carrasco.

2

La lluvia había amainado por el momento pero la fuerza del temporal era inmensa. Santi permaneció unos segundos contemplando el bamboleo de los yates, que en algunos momentos parecía que iban a saltar sobre el puerto convertidos en inmensos cetáceos de piel rígida, cuajados de arpones. En la bocana del puerto, los dos faros de posición –rojo a babor, verde a estribor– destelleaban suavemente, envueltos en una nube compacta de espuma. Por encima del rompeolas donde a diario se congregaban turistas y pescadores de caña saltaban ahora unas mantas de agua helada que caían sobre el cemento provocando una vibración sorda y remota.

La Ciudad de las Olas Carrasco tenía ocho pantalanes; unas pasarelas de madera fina y muy cara, capaces de aguantar la humedad, el salitre y los treinta y pico grados del verano aguileño. A intervalos regulares había unos postes luminosos, colocados a la altura de las rodillas, que ayudaban a la marcha. Santi vio con disgusto que más de la mitad de ellos estaban apagados. Los farolillos contaban con una buena protección para impedir que ningún usuario del puerto se pudiera electrocutar mientras apoyaba en ellos los pies para atarse los náuticos, pero sin duda el temporal había mojado algunos de los cables. Una incidencia que tendría que reseñar al volver a la oficina, aunque desde luego no se iba a poner ahora a desmontar los plafones. Lo podía hacer el turno de la mañana, con los cuernos.

Cuatro de los pantalanes contaban además con sendos relojes de control; unas cajas metálicas del tamaño de maletas pequeñas, en cuyo interior, entre otros aparatos, había un reloj en el que el mozo del pantalán tenía que introducir una llave especial a intervalos regulares. Un puto reloj para fichar, un recordatorio de que Santi y los tipos como él sólo podían permanecer en aquel rincón de lujo y tranquilidad con el tiempo tasado y para servir a los demás.

Santi miró con aprensión el primero de los pantalanes; desde luego, su ronda se iba a limitar a los cuatro que tenían el relojito de control... y al buque insignia. Aquel cabrón de Muza se lo había dejado claro en su whatsapp supurante de falso buen rollo. Además de jugarse el pellejo haciendo equilibrios por encima de los pantalanes bamboleantes iba a tener que echarle un vistazo al gigantesco yate que los jefazos usaban para pasear a los clientes VIP, los que podían gastarse medio millón de euros en un fin de semana.

Bajó la escalerilla metálica que comunicaba tierra

firme con el extremo del pantalán. Ahí estaba, solo en medio del temporal, cinco o seis horas antes del cambio del turno. Si se caía al agua, nadie se daría cuenta de ello hasta la mañana siguiente. Por un momento sintió una extraña excitación, instigada tal vez por las tres o cuatro cervezas que se había tomado desde que empezara el turno, más las que ya llevaba de casa. La cabina de los seguratas quedaba muy lejos, y estaba tapada por el propio edificio de las oficinas del puerto. Podía sacarse la polla y mear sobre la borda del yate de la empresa. Qué coño, podía quitarse la ropa y correr en bolas de punta a punta del pantalán, y luego hacerse una paja tumbado en la proa del yate más caro del puerto. Pensar en aquello le hizo soltar una carcajada. ¡Iba a estar guapo él, con el culo al aire y la polla tiesa, correteando bajo la lluvia como un gilipollas!

Avanzó con la cabeza gacha, pisando con fuerza aquellos tablones que se encogían y retorcían como la columna vertebral de un condenado al potro de tortura. Iba directo al final del pantalán, revisando los yates de tres en tres, disfrutando a su pesar de la emoción del peligro. Mientras Dori y el resto de mamarrachos de su pandilla estaban calentitos en una casa rural, temblando bajo los truenos y los relámpagos, él, Santiago Andechaga, le había echado un par de cojones y se había metido entre las olas, sin pestañear –aquí había que endulzar un poco la historia–, para cumplir con su obligación. Por un momento pensó en su padre, que era un guardia civil con más mili que el palo de la bandera, y se paró en medio del pantalán. Podía mandarle un whatsapp como si fuera por error, un whatsapp presuntamente dirigido a Muza, o a don Juan Moral, diciendo: *Muchísimo oleaje, estoy en la punta más externa del pantalán, me pasan las olas por encima pero la guardia va bien*. Algo que hiciera que su padre le admirase, pero sin que se notase que él necesitaba esa admiración. Luego se lo pensó mejor. Se le iba a estropear el móvil con la lluvia, o peor aún, se le podía resbalar, colarse entre las tablas del pantalán y caerse al agua, de donde no habría cojones... Miró hacia el agua oscura, fría, que subía y bajaba en olas que en ocasiones lamían la parte inferior de los listones, y se estremeció. Estaba realmente cerca del peligro...

Llegó al final del pantalán y se puso en cuclillas delante del arcón que contenía los fusibles, las tomas de corriente y el reloj para fichar. Abrió con una llave triangular, giró un botón un cuarto de vuelta a la izquierda y quedó consignado que a las dos y media de la mañana, en una noche de galerna como aquélla, se había jugado el pellejo para dar las buenas noches a los barcos de los ricos.

Desanduvo el camino mirando de reojo los yates que cabeceaban y daban bandazos. Estaba volviendo a llover, aunque de momento era una lluvia ligera, que casi pasaba desapercibida entre el ambiente cargado de rocío y salpicaduras de las olas. El faro verde, el más cercano a tierra firme, lanzaba ráfagas de color sobre la fachada del edificio de oficinas, creando reflejos siniestros en los ventanales sin persianas.

El buque insignia, como lo llamaba el payaso de Muza, era un yate de lujo de cuarenta metros de eslora, pintado completamente de negro y oro. Si a Santi le hubieran dado un euro por cada barril de cerveza, por cada caja de whisky y de vodka que había embarcado en el *Rey Carrasco*, para disfrute de los dueños del puerto y sus amigos empresarios, políticos y mafiosos, se habría podido comprar un yate para atracarlo en el amarre de al lado. Por no hablar de los kilómetros de rayas de coca y de los cientos de putas que habían recorrido la bahía dejándose atrás las bragas. Santi miró el yate con una mezcla de desprecio y admiración –admiración por la elegancia del bicharraco, desprecio por la gentuza que lo utilizaba– y suspiró con enojo al ver que alguien se había dejado abierta la puerta corredera de la cabina principal. Agustín, sin duda, o alguno de los subnormales que se tocaban las pelotas en el turno de la mañana. Estuvo tentado de llamar a Muza; mejor aún, de decirlo por la emisora para despertar al cerdo de don Juan Moral y que lo oyera, pero una vez más detuvo el gesto de llevarse la mano al bolsillo. Si daba parte, Muza insistiría en que subiera al barco a cerrarla. Y con los cabeceos que los barcos estaban dando en aquel preciso momento, había un riesgo cierto de irse al agua de cabeza. El mal ya estaba hecho; Santi sonrió pensando en la moqueta de color rojo, en los muebles de madera de lujo... desde luego, les iba a costar bastante quitarle el agua a todo aquello. Y, lo más cojonudo: no había sido culpa suya.

El prurito profesional le hizo mirar intrigado la escalerilla de mano que permitía pasar del pantalán a la proa del yate. No; aquello era una locura. Se iba a caer al mar y se iba a morir ahogado por una estupidez. La puerta aquella tenía que cerrarla, porque de lo contrario le iban a acusar de no haber hecho la ronda, pero sin duda sería mejor hacerlo en el último paseo, a las siete de la mañana, cuando al menos hubiera algo de luz...

Mientras estaba allí, contemplando el puente del yate, con las manos en los bolsillos del chubasquero y el cuerpo encogido para protegerse del frío y la humedad que le calaban, vio de refilón un brillo muy tenue. Un resplandor lejano, casi apagado, que aparecía y desaparecía entre las bordas de los yates removidos por el temporal. Guiñó los ojos y alargó el cuello, teniendo cuidado de no acercarse demasiado al borde del pantalán.

Al otro lado de aquel sector, más allá del *Rey Carrasco* y de la hilera de yates abarloados junto a él, había un barco que tenía una luz encendida. No había confusión; una vez que se sabía adónde mirar, aquel resplandor relucía en la oscuridad de manera tenue pero inequívoca, como la linterna de un faro.

La luz provenía del pantalán número dos, uno de los sectores que no tenía pensado revisar porque allí no había reloj de control. Estaba impresionado por la fuerza de las olas, y las piernas le temblaban aún por la vibración de los tablones del pantalán, pero al fin y al cabo él era un profesional. Como solía decir su padre, *un hombre tiene que hacer lo que un hombre tiene que hacer*. Eso decía el viejo, y no le faltaba razón.

***

El yate era uno de los modelos más despampanantes; una embarcación que destacaba incluso en aquel pequeño rincón del exceso que era la Ciudad de las Olas. Estaba atracado de popa, lo cual era una suerte porque hacía el acceso muchísimo más fácil. Tenía encendidas las luces del puente de mando principal, una estancia del tamaño aproximado de las oficinas donde Santi trabajaba, pero no se veía a nadie en su interior. Santi se puso de puntillas en medio del pantalán, dio un par de saltos para poder asomarse por encima de la borda... ahí no había nadie.

En un primer momento pensó en advertir su presencia dando un par de gritos pero el viento, el oleaje y el estrépito de mástiles, cabos y poleas agitándose como locos lo hacían completamente inútil. No habría sido capaz de hacerse oír ni usando un megáfono. Finalmente agarró la escalerilla de popa, plenamente consciente de que un resbalón podía lanzarle al mar, y subió al yate. La lluvia empezó a golpearle con fuerza las espaldas mientras recorría lentamente la cubierta, con los movimientos cautelosos de alguien que sabe que no tiene derecho a estar en una propiedad privada, aunque haya entrado de buena fe.

Dentro del yate, tumbada boca abajo encima de un sofá, había una tía buena en bragas.

La puerta de cristal reforzado que separaba la cabina del puente estaba abierta, pero las ráfagas de lluvia habían estado soplando en dirección contraria, de manera que la moqueta del suelo estaba relativamente seca. Santi entró, sintiéndose inmediatamente reconfortado por el calor del habitáculo, y se recreó en el cuerpo joven que se exhibía a su vista. Bajo la melena rubia mojada por la lluvia o el sudor se apreciaba un cuello largo y estilizado que desembocaba en una espalda tersa y de forma agradable, y ésta a su vez en unas caderas del ancho suficiente, ni muy flacas ni demasiado desbordadas, con un par de hoyuelos alargados encima del arranque de las bragas. No era un bikini, era auténtica lencería fina de color rosa, con sus puntillas y su tacto suave y levísimamente rugoso. Unas braguitas hechas para arrancarlas de un bocado y dejar a la vista las nalgas firmes, suaves, calientes, acogedoras...

Santi se pasó la lengua por los labios resecos y se acomodó bien el paquete, dejándole espacio a su polla para que creciera a gusto. Junto a la mujer, encima de una mesita auxiliar, había dos botellas de cristal con un líquido que debía de ser whisky o coñac, tres vasos vacíos y un cenicero lleno de colillas. Más allá de la cabecera del sofá había un espacio acotado por un pequeño mueble de madera oscura, con un sillón de ruedas, la rueda del timón y los paneles de control del yate, ahora apagados. La lluvia azotaba con fuerza los ventanales y producía pequeños regueros de agua que se desviaban a un lado y al otro a consecuencia del bamboleo de la embarcación. A mano izquierda se abría una escalera estrecha y empinada que conducía a la parte inferior de la cubierta, donde estarían los dormitorios, la minicocina y el cuarto de baño.

– Buenas noches –dijo, a media voz; lo justo para anticiparse, para que el resto de ocupantes del yate se dieran cuenta de que no era un intruso ni un ladrón sino parte del personal encargado de protegerles a ellos y sus pertenencias–. ¿Se encuentra bien? Soy el mozo del pantalán, el encargado de la seguridad...

La chica permaneció donde estaba, tendida de bruces sobre el sofá. Santi se acercó, mirando de refilón el arranque de las escaleras, y le puso una mano sobre la cara, que estaba parcialmente hundida entre los cojines. Sintió el aliento cálido de la mujer sobre su mano húmeda por los rociones de lluvia. Abajo, en su entrepierna, algo volvió a removerse buscando una caricia.

Le dio la vuelta suavemente, para cerciorarse de que no se asfixiaba entre los cojines. Había un vestido hecho un ovillo en el espacio angosto entre el sofá y el panel del camarote, tras el cual se escuchaba el repiqueteo constante de las ráfagas de lluvia. Santi se agachó sobre la mujer para acomodarla bien, boca arriba, y se recreó largamente en aquel cuerpo elegante y sinuoso. Dos tetas no demasiado grandes pero esféricas y firmes; un vientre liso, un ombligo que parecía una pequeña margarita deshojada... y las curvas y pliegues de aquel coñito que se adivinaba por debajo del encaje levísimo de las braguitas; un coñito completamente depilado, siguiendo las exigencias de la moda. *¡Las tías están obligadas a depilarse, lo dicen las Ordenanzas!*, le había dicho su padre una vez en que estaba de buen humor –lo que era raro– y con una copita de más –lo que no era raro en absoluto.

– ¡Señora! –susurró–. ¡Chica! ¿Te encuentras bien?

Lo que pasó a continuación ya no fue obra del Santi consciente, del profesional que pese al rebote que tenía se había obligado a meterse en aquel pantalán y abordar el yate por si hacía falta su intervención; ese hombre pasó a un segundo plano y permaneció resistiéndose, quejándose débilmente, mientras otro Santi se apoderaba de su voluntad, agarraba con dos dedos los laterales de las braguitas, fascinado por su textura casi etérea, y los deslizaba piernas abajo liberando aquel coñito depilado a la piedra. Unos muslos eternos, unas pantorrillas delgadas y frías aún por haber estado expuestas a la lluvia y la desnudez, unos pies de dedos arrugados por el agua. Las braguitas le cabían dentro del puño cerrado; se las metió en el bolsillo de los vaqueros mientras notaba la plenitud de su erección tratando de abrirse paso a través del pantalón.

Pero la sangre no iba a llegar al río. Santi no era un violador; le bastaba con tomarse unos minutos de respiro, una pausa bien justificada en medio del temporal.

Miró de nuevo la mesita auxiliar donde estaba la botella de licor, cogió uno de los vasos, vertió sobre la moqueta las dos o tres gotitas que habían quedado en el interior y lo volvió a llenar hasta más de la mitad. Era whisky; un whisky sabroso, añejo, que sentaba genial aun sin ponerle un hielo.

Lo único que le faltaba era algo para fumar. Era evidente que la chavala y él estaban solos en el yate. La escalera a oscuras transmitía una dosis de mal rollo que achacó al temporal. El yate se seguía meciendo de babor a estribor de manera ostensible, aunque sus propias dimensiones ayudaban a amortiguar la fuerza del oleaje.

¿Tenía costo? En uno de los bolsillos de la chaqueta, debajo del chubasquero, había un paquete de tabaco, papel, un mechero y una piedra. Se lió un porro con parsimonia, sin dejar de mirar a la joven, repasando lentamente cada una de las curvas y los huecos de su cuerpo... era más que posible que acabase dándole un pequeño masaje, simplemente para comprobar que se encontraba bien...

Mientras daba las primeras caladas hurgó bajo el chubasquero y sacó el teléfono móvil. No iba a ser tan tonto como para colgar alguna foto en las redes sociales –los telediarios estaban llenos de idiotas que acababan en el juzgado por indiscretos–, pero de alguna manera tendría que demostrarles a sus amigos lo bien que había acabado aquella noche. Un ligue esporádico, uno de tantos, una clienta forrada de pasta que al verle con su uniforme, afrontando el temporal, no se había podido resistir...

Desbloqueó el smartphone, activó la cámara. Se puso en pie, guardándose en un bolsillo la colilla apagada del porro, y buscó el ángulo adecuado. Que se viera bien que estaba desnuda por completo, que se viera que era una tía joven, pero sin que se distinguieran las facciones. Aunque no iba a ser tan ingenuo como para colgarlo en el Facebook, sí que tendría que compartir la foto con dos o tres grupos de whatsapp. Sacó media docena de fotos, recreándose ahora en las tetas, ahora en la vulva levemente oscurecida, y luego se puso de rodillas a los pies del sofá, puso una mano posesiva sobre los muslos entreabiertos de la muchacha y se sacó un selfie, componiendo una pequeña sonrisa, con el toque justo de alegría para no parecer un pardillo sino un hombre de mundo.

Volvió a sentarse en el sofá, planteándose que en realidad no pasaría nada si se ponía un condón y se pegaba un par de restregones sin ánimo de penetrarla... incluso si sólo le metía la puntita... La parte más sensata de su mente le obligó a frenar el carro. Hasta ese momento podía fingir que acababa de llegar, que sólo se había sentado en el sillón un instante mientras llamaba a la policía. Decidió que lo mejor iba a ser apurar el vaso de whisky y largarse rápidamente, así que se puso a repasar las fotos que le había tomado para comprobar que iba a tener al menos una prueba que enseñar a los demás, más allá de aquellas braguitas que podía haber comprado en cualquier chino.

Las fotos del teléfono estaban extrañamente vacías. En una salían las partes del sofá; en la otra, unas sombras que podían ser niebla o algún jirón de humo del porro... en la última, el selfie que se había sacado, su mano estaba abierta a unos cuantos centímetros del sofá completamente vacío.

Apartó la mirada del teléfono, con un cierto fastidio, y volvió a mirar hacia el sofá.

La chica se había despertado y ahora le miraba a su vez con ojos como platos. Unos ojos azul claro como el mar en calma, como las calas más limpias y profundas de aquella costa que seguía siendo extraordinaria pese a la proliferación de turistas, rascacielos y puntos de amarre... Movió ligeramente la cabeza y tomó conciencia de que estaba totalmente desnuda, pero no mostró la menor señal de alarma. Santi le rezó a todos los dioses para que la resaca le impidiera recordar si se había acostado con bragas o sin ellas. El pequeño retal de seda, impregnado con los aromas más íntimos, parecía arderle en las profundidades del bolsillo, a tan poca distancia de su polla que ahora se había replegado, con los huevos, dentro de una pequeña, compacta y fría cáscara de nuez.

–Por fin se ha despertado –murmuró con la boca seca, mientras se ponía en pie–. Estaba llamando ya a la policía...

La chica hizo con la mano un gesto de dolor, diciéndole que guardase silencio, y se enderezó. Santi vio admirado la elegancia y majestuosidad de aquel cuerpo de mujer cuyas curvas sabían ponerse en movimiento de manera sabia, moldeando los volúmenes. Las caderas se irguieron sobre sus dos pedestales de bronce dorado, mostrándole el bulto suave y sensual del monte de Venus, entre cuyos pliegues asomaban los extremos tan delicados de la vulva; la espalda se enderezó, los senos rematados en perlas de cereza desafiaron la gravedad y la melena rubia cayó sobre los hombros como una lámina de agua rebasando la cima de una de las dunas de la playa.

Luego miró a Santi y sonrió con picardía; una sonrisa adolescente, fresca, virginal, que hizo que la entrepierna de los vaqueros reviviera.

–Me has pillado –le dijo la chica, hablándole por vez primera; un tono de voz femenino pero levemente grave; la voz de una mujer consciente de sí misma, de sus capacidades y su poder de seducción–. Ahora, ¿qué vas a hacer conmigo?

De momento, quitarse el chubasquero. Santi dejó caer la prenda sobre el sillón, se guardó como pudo el smartphone en unos pantalones donde no había sitio para nadie más y avanzó hacia la muchacha. Iba a agarrarla por las caderas y meterle la lengua entre los labios; no, iba a ponerla de rodillas y obligarle a que le hiciera una buena mamada antes de darle la vuelta, colocarla a cuatro patas e hincarle la polla por el culo...

Mientras recorría el metro y medio escaso que le separaba de la muchacha supo que se había quedado dormida derrengada después de tanto follar. Había subido al yate y había aparecido en la puerta del camarote, sorprendiendo a los verdaderos propietarios, que sin duda eran una pareja joven o de mediana edad. Les dijo que era la dueña de otro de los yates, puso como excusa el temporal y les pidió permiso para llamar a un taxi por teléfono. Fue capaz de seducirles clavándoles aquella mirada inteligente y llena de pasiones hasta que logró el sí que le daba paso franco a aquel hogar. Sin duda la otra mujer fue la primera en caer. Tras asegurarse de que la había seducido con sus piernas largas, su voz sensual y sus tetas bien colmadas, la intrusa se quitó el vestido de un tirón rápido, enérgico, y lo arrojó, hecho una bola, tras el sofá. Al llegar a aquel punto el hombre ya estaba en pie, la polla tiesa como el mástil del barco, esperando a ver cómo reaccionaba su mujer y deseando que las cosas fueran en la dirección esperada; que se cumpliera por fin aquel sueño con el que, como todo hombre, llevaba jadeando desde los quince años. Y, efectivamente, su mujer ya había sido conquistada. Se aproximó a aquella intrusa hermosa y casi desnuda y le acarició tímidamente la piel del pecho, sólo para comprobar lo mucho que se había mojado por la lluvia. Luego rozó la punta oscura y endurecida de los pezones, sintiendo un estremecimiento en lo más profundo de su sexo. *Estoy mojada, pero no sólo es de la lluvia*, respondió la intrusa, agarrándole a su vez un pecho con una mano fina y suave, mientras las dos bocas se unían y empezaban una danza de mujeres lenta, sabia, sensual.

La recién llegada se bajó las braguitas con un movimiento enérgico, sin despegar su boca de la de su anfitriona, y a renglón seguido le desabrochó el botón de las bermudas ayudada por el marido que ya se había hecho cargo de la camiseta y el sostén, peleándose al mismo tiempo con su propia ropa. Aunque no había nada comparable al placer de abarcar con los brazos, vestido, a dos mujeres que se están metiendo mano. Hurgó con un dedo entre las nalgas de la recién llegada, recreándose al tiempo con el trasero bien conocido de su mujer, y la forzó a ésta a ponerse de rodillas para ser la primera en rendirle homenaje al sexo de su compañera. Seguramente era la primera vez que le daba placer a otra mujer; Santi pudo imaginarse la expresión intrigada, ansiosa e incluso divertida de la chica al recorrer con la lengua el pubis, los labios y el clítoris de su compañera de juegos, sabiendo cómo y dónde debía dosificar los lametones para ayudarla a encontrar el placer. También supo la leve frustración de la mujer cuando su marido, torpe e impaciente como todos los hombres, retiró del alcance de su boca aquella fruta dulce y salada al mismo tiempo, forzando a la desconocida a ponerse de rodillas sobre la moqueta junto a ella, muslo contra muslo, para que así ambas pudieran darle el homenaje de una doble mamada que salió a la perfección, bien coordinada. Las dos mujeres intercambiaron una sonrisa cómplice, de superioridad, cuando vieron que el hombre reculaba a su pesar tratando de prolongar los momentos previos al orgasmo; luego ella, la recién llegada, se puso en pie, ayudó a la otra chica a levantarse y comenzó a caminar escaleras abajo hacia la parte inferior del yate, meneando las nalgas en una promesa de placer exquisito. La otra mujer fue la primera en seguir su avance, lamentando por vez primera en su vida no tener entre las piernas una buena polla con la que poder penetrarla hasta hacerla gritar; chilló ella misma de dolor cuando su marido le propinó un fuerte azote en las nalgas y bajó las escaleras notando el roce furtivo de aquella polla a punto de estallar, humedecida por la saliva de las dos compañeras de juegos.

Santi supo todo esto de la manera en que sabemos las cosas en los sueños, a borbotones y sin extrañarse de ese conocimiento. Estaba besando a la desconocida, estrujando sus tetas y sintiendo en su boca un sabor salado que bien podría provenir del coño de la otra mujer. Sintió de repente un ataque de aprensión al plantearse de qué otras cosas podía tener sucia la boca aquella zorrita, pero ella se separó ligeramente de él, le echó el aliento en la oreja y le dijo:

—No se corrió en mi boca sino en mi culito.

Y así había sido. La intrusa se recostó sobre la cama como si estuviera colocando bien las sábanas; la otra mujer aún tuvo tiempo de meterle dos deditos en la vulva antes de que su marido la apartase con manos temblorosas y le obligase a quedar inclinada y expuesta junto a su nueva amiga. Tras deleitarse unos instantes en la contemplación de aquellos cuerpos femeninos ofrecidos para su deleite, el hombre se aferró a la grupa de la desconocida con manos poderosas y le hincó la polla, haciéndola proferir unos gemidos colmados de placer y de dolor. Sin variar la postura, plenamente consciente de lo abierta que estaba, su mujer alargó una mano para sopesar y acariciar los pechos de su compañera de cama. Entonces gimió largamente al notar la polla de su marido, bien lubricada con los jugos de la otra mujer, entrándole hasta el fondo. El hombre volvió a salir, consciente de que su tiempo de juego se acababa, para completar la posesión de su nueva pareja, y entonces su esposa gateó sobre la cama y se había puesto de rodillas frente a aquel rostro bello, sudoroso y crispado por el dolor y el placer a tiempo de recibir una caricia lenta, suave e intensa.

Se corrieron los tres al mismo tiempo, compartiendo un orgasmo inacabable que hizo vibrar los cristales azotados por la lluvia. Luego el hombre se retiró para desplomarse boca abajo sobre la cama, junto al cuerpo tembloroso de su esposa...

...y luego aquella intrusa los mató a los dos clavándoles los colmillos en el cuello y se bebió su sangre, como hacen todos los vampiros.

–¿Te ocurre algo? –preguntó la chica. Seguía sonriendo y empleando su mejor tono de voz de geisha sumisa, pero había algo helado bajo la calidez de sus ojos claros.

Santi miró de refilón hacia el agujero cuadrado, oscuro, de las escaleras que se perdían en la cubierta inferior. Supo lo que encontraría si empezaba a bajar; dos cuerpos arrojados sobre la cama de cualquier manera, espatarrados, yacentes sobre las sábanas empapadas de su propia sangre, el rostro abotargado, las expresiones de espanto... pero aún vivos, a punto de despertar por vez primera a la existencia de furia, hambre y desesperación a la que habían sido arrojados por aquel ser.

Como todas las personas que llevaban algún tiempo trabajando en el mar, ya fueran pescadores, socorristas o simples mozos de pantalán como él, había escuchado la historia de los vampiros de mar, la hez entre la hez, que condenados a vagar entre las olas del mar como castigo a unos comportamientos que los otros monstruos habían considerado aberrantes. Los vampiros de mar tenían prohibido pisar tierra firme, por lo que sus presas principales eran los marinos, los náufragos e incluso los surfistas que se adentraban en aguas demasiado profundas y solitarios. Eran despreciados no sólo por el resto de vampiros; los escualos más voraces, como los tiburones blancos, se alejaban de ellos sin molestarse en hincarles el diente, aunque en algunas ocasiones arremetían contra ellos solamente por el placer de borrarlos de la faz de la tierra, ofendidos por aquellas presencias que incluso sus cerebros primitivos consideraban una aberración.

Era muy raro que los vampiros de mar se internasen en los puertos pequeños, donde había demasiadas luces, sonidos y presencias humanas para poder actuar con tranquilidad. Aquel ser debía de estar realmente hambriento; había aprovechado la galerna para seducir a dos pobres víctimas rezagadas, había saciado con ellos un hambre antigua, de meses o quizás de años – hambre no sólo de alimentos, sino también de sexo– y finalmente había caído sobre el sofá mientras comenzaba a vestirse, ahíta como una serpiente después de dar cuenta de una presa demasiado voluminosa. Por eso no había salido en las fotos del móvil, porque los vampiros ni proyectan sombra ni se reflejan en los espejos.

Y ahí estaba ahora, esperando hacer triplete a costa de la estupidez y la calentura propia de los hombres...

La mujer vampiro volvió a dirigirse a Santi, disimulando mal su enfado.

–¿Es que no me vas a dar mi merecido? –dijo, tratando de resultar seductora; a ojos de Santi resultó tan repulsiva como una prostituta de ochenta años. Ahora que se le había ido la calentura definitivamente vio los restos de sangre coagulada detrás de una oreja, en la yema de los dedos, y un pequeño arañazo en el pómulo, propinado por una de sus víctimas en uno de sus últimos estertores.

–Antes tengo que mear –respondió Santi,

obligándose a hablar en tono distendido.

–Ahora te quito yo las ganas de mear –dijo la vampiresa, agarrándose el seno derecho con unos dedos de uñas demasiado largas.

–Salgo un momento, mientras tú me pones otro whisky, y entro –dijo. Y luego añadió–: o puedo usar el baño de abajo...

Empezó a avanzar hacia la boca de las escalerillas, plenamente consciente de que no tendría escapatoria una vez se hubiera adentrado en aquel pasillo estrecho y sin salida.

–El baño lo tengo muy desordenado –dijo una voz a sus espaldas–; mea por la borda y ven enseguida, anda.

Se dio media vuelta, infinitamente aliviado. Había logrado engañarla, fingiendo que no tenía ningún recelo ni sabía lo que estaba pasando a bordo de aquel yate. Claro que ella habría podido dejarle bajar las escaleras para acabar con él antes de que pisara el segundo peldaño, pero estaba claro que aún no quería matarle. Aquella hembra estaba realmente caliente y quería darse un último homenaje antes de volver a meterse en el mar. Aquel pensamiento le produjo una levísima vibración en el escroto que volvió a desaparecer cuando se vio en la cubierta del yate, bajo la lluvia, viendo cómo unas olas aún más fuertes que las de media hora atrás pasaban por encima de las embarcaciones amarradas más al exterior.

La galerna estaba en todo su apogeo; las luces roja y verde de los faros habían desaparecido bajo una niebla que era mitad lluvia, mitad espuma de mar. Avanzó hacia la popa, viendo cómo su sombra caminaba delante de él, empujada por la luz del camarote, la puta luz que había visto desde el barco de la empresa y le había hecho abandonar la relativa seguridad de su ronda. Se preparó para echar una carrerilla y saltar del yate librando la distancia que separaba la popa de la pasarela del pantalán... Entonces recordó las fotos que había tomado desde el móvil y miró con disimulo hacia su izquierda.

Allí estaba, la muy puta, sentada en la amura de babor, a menos de una braza de distancia de él. Santi veía una sola sombra, pero eran dos los seres que ocupaban la cubierta. Ni proyectan sombra ni se reflejan en los espejos. Los muy hijos de puta.

–Si me miras no puedo –protestó, dando media vuelta y alejándose de tierra firme en dirección a la proa.

Fue visto y no visto; la vampiresa de mar, que se había relajado al ver que su presa se alejaba de la escalerilla salvadora, gritó con rabia al verle saltar por la proa, directo a las olas que rugían y se elevaban como la respiración de un enfermo. Sus pies descalzos arañaron las maderas de la cubierta; saltó a su vez por encima de la borda con la agilidad de un pez volador y aterrizó en el yate en el que Santi acababa de caer veinte segundos atrás, el yate negro y dorado con la matrícula *Rey Carrasco* a quien los lameculos pomposos como Muza daban el nombre de buque insignia.

–¡Te voy a matar! –chilló aquella arpía, terriblemente hermosa desnuda sobre la cubierta del yate, agachada bajo la lluvia como una fiera a punto de saltar. Santi la miraba desde el umbral del puente de mando, protegido de la lluvia al otro lado de la puerta corredera que Agustín o algún imbécil del turno de día se había dejado sin cerrar. Levantó una mano en dirección a la mujer y le gritó, con toda la fuerza de sus pulmones:

–¡No estás invitada! ¡No puedes pasar! ¡No te he invitado a subir!

¿Puedo pasar?, había preguntado aquella mujer antes de franquear el umbral del yate de sus víctimas. Porque todos los que habían leído algo sobre vampiros, bien fueran de tierra o bien de mar, sabían perfectamente que no podían entrar en una casa a menos que fueran invitados expresamente. Aquel yate era propiedad de la Ciudad de las Olas Carrasco, Santi era el mozo del pantalán del turno de la noche, y por consiguiente era él a quien correspondía decidir quién podía entrar y quién debía quedarse fuera, con el resto de peligros de la noche.

La mujer dio un paso adelante pero se detuvo. Santi hurgó en el interior del habitáculo y encendió un foco que le dio de lleno, revelando su cuerpo pálido y surcado de venas azuladas, sus piernas reblandecidas por el contacto constante con el agua del mar, sus ojeras de ser abyecto y condenado.

–¿No quieres pasar un buen rato conmigo? –siseó, con un tono de voz remotamente parecido al de la mujer real que había sido antes de caer en el abismo en que se encontraba para toda la eternidad.

–Te ordeno que te marches de este yate, porque no estás invitada a entrar. No tienes permiso ni para entrar aquí dentro, ni para estar en cubierta.

La vampiresa de mar aún dio un último paso. Santi escuchó un siseo perfectamente nítido en medio del fragor del temporal; percibió un olor de carne podrida y quemada que casi le hizo expulsar el whisky que se había bebido.

Aquel ser dio media vuelta y se lanzó por la borda profiriendo un último alarido de dolor.

3

La Guardia Civil llegó al puerto a las siete y media de la mañana, diez minutos después de la llamada de Santi. Muza llegó a las siete y cuarenta, don Juan Moral a las ocho. Para aquel entonces Santi había vuelto a subir al barco, había recogido su chubasquero y había limpiado el vaso y la botella de whisky donde podían estar sus huellas dactilares. Ahora estaba en las oficinas del puerto, en el despacho del mismísimo don Juan Moral, en presencia de dos guardias civiles amigos de su padre y de un abogado al que éste había sacado de la cama.

Su declaración fue muy sencilla: se limitó a contar las cosas tal y como fueron hasta el momento en que llegó a la popa del *Rey Carrasco*. Luego les contó la historia que había estado cavilando durante las últimas horas, mientras esperaba a que el sol, o al menos la claridad del día, hiciera su aparición por encima del rompeolas de Levante. La puerta del buque insignia se había abierto a las seis de la mañana, quizás a causa de un balanceo demasiado fuerte. Había subido a cerrarla, como era su obligación, y una vez a bordo había visto la luz encendida en el yate amarrado en el pantalán contrario. Entonces saltó desde la popa aprovechando que la marejada había aflojado tanto las amarras que los barcos de un sitio y los de otro estaban prácticamente pegados, se identificó, asomó la cabeza por la escalerilla y vio unos pies desnudos y ensangrentados encima de una cama; entonces volvió rápidamente a la oficina y llamó a la Guardia Civil por teléfono, prefiriendo no usar el walkie por discreción.

Los guardias tomaron nota de su declaración y le dejaron en manos de un equipo de policía científica que revisó sus ropas y tomó muestras de sus dedos tratando de encontrar rastros de sangre. Pasó el día entero en prisión provisional, muy bien atendido por los compañeros de su padre, que en un momento dado logró quedarse a solas con él en el calabozo. A él Santi sí le contó la verdad, todo lo que había pasado desde que pisara la cubierta y viera aquel cuerpo desnudo y hermoso como dicen que era el ángel Luzbel antes de la caída.

Su padre le abrazó largamente y le prohibió que repitiera ni una sola palabra de todo aquello cuando declarase ante el juez. Luego le dio un abrazo antes de marcharse y le prometió que aquella misma noche, o quizás a la mañana siguiente, el juez le dejaría en libertad sin cargos. Y así fue. Santi quedó en libertad a las seis de la tarde y regresó en un taxi a la Ciudad de las Olas Carrasco. Ni siquiera tuvo que entrar en aquel recinto; la tropa como él tenía que aparcar los coches fuera. Vio de lejos a Muza, a don Juan Moral y a dos de sus compañeros, y le pareció que le llamaban, pero no les quiso hacer el menor caso. En vez de eso se metió en su coche, arrancó el motor, conectó el limpiaparabrisas para poder ver algo entre la lluvia que seguía cayendo con parsimonia y se alejó con rapidez buscando la carretera de Lorca, hacia el interior de la comarca.

No podía dejar de pensar en la mujer a la que había echado del barco... y en las dos víctimas que, a aquellas alturas, debían de estar tendidas en alguna mesa de autopsias, con los ojos vidriosos clavados en el techo de la morgue, esperando el anochecer.

Sin duda era mejor alejarse de la costa. Se estaba haciendo de noche y allí, entre las dunas y las olas que se precipitaban en tropel sobre las playas, había demasiadas criaturas con hambre.

Hostigado por los monos

Antes de la evolución de la raza humana todo había resultado más fácil, piensa Gabriel. Los humanos siempre se han matado unos a otros, a veces por mera diversión o por ser incapaces de controlar sus impulsos más negativos. Otras lo han hecho a conciencia, como resultado de la meditación exhaustiva y la táctica militar, pero esto pocas veces llevaba a buen puerto.

Ahora estos malditos monos no les dejaban respirar. Putos monos de mierda sin capacidad suficiente de raciocinio. Son violentos, irreflexivos y mezquinos; claro que en poco se diferenciaban de ellos.

A Gabriel le persiguen seis individuos armados toscamente. Profieren alaridos y se mueven como perros de presa, excitados y atentos, adelantando en sus bocas el sabor sanguinolento de la victoria.

Gabriel ha pensado que meterse en la basílica para protegerse de ellos era una buena opción, pero ahora está acorralado. Las malditas bestias han atrancado las salidas y se han metido dentro con antorchas. Ellos son media docena, él sólo uno. Ellos tienen armas, él sólo su inteligencia y su instinto de supervivencia.

Mira la representación de un dios torturado, débil y obsoleto. Gabriel no cree en nada; sólo en la Naturaleza, y ella es cruel y nada justa. Ha mirado a la muerte de frente y sabe a ciencia cierta que después no hay nada. Pero ha pensado que quizás los asquerosos monos respetarían lo que en otro tiempo había sido sagrado. A la vista está que no. Escondido tras la imagen gigante en lo alto del altar mayor observa con el corazón en un puño y calibra sus posibilidades reales de salir ileso de aquella encerrona.

Los bancos donde un día se elevaron plegarias se encuentran esparcidos por la nave central, repletos de polvo y olvido. Algunos se han caído y nadie los ha vuelto a levantar; otros yacen amontonados unos sobre otros como cadáveres incorruptibles de madera. Lo que un día fue una elegante alfombra roja que cubría el pasillo central, ahora es un mugriento harapo pardo, tras años de suciedad, humedad y descuido.

Uno de los rosetones laterales de vidrieras de colores, que en el pasado tuvo que ser muy hermoso, esta roto, y los cristales esparcidos en añicos por el suelo.

El estado decrépito de la iglesia podría definir a la perfección la realidad del mundo actual, vacío de valores en los que se pueda cimentar una sociedad como las de antes. Sólo hay guerra, muerte y destrucción; miedo, angustia e instinto de supervivencia. Cuando se activa el instinto de supervivencia no hay nada más, sólo animales dispuestos a cualquier cosa con tal de no morir. Con lo fácil y placentero que resultaría morir.

Gabriel recuerda que tiene hambre. Un hambre punzante, como un vacío de agujas que le laceran el estómago. Por esa razón se ha aventurado a salir de su casa, un lugar seguro, pequeño pero confortable. Porque tiene hambre. Llevaba cuatro días sin llevarse nada a la boca y prefería morir a manos de los monos cazadores a desfallecer de hambre.

Parece mentira cómo nada importa cuando el hambre ocupa su lugar y se corona como la inclinación más poderosa. Ni la comodidad, ni el amor, ni los congéneres, ni siquiera el sexo. El sexo, ¿cuánto hacía que no yacía con una mujer? Ni lo recuerda. Y ahora es lo menos importante. Lo único que quiere es comer y salir ileso de allí.

Los individuos buscan, ruidosos, en cada rincón donde él podría estar escondido. En los confesionarios, en los pequeños altares laterales donde siguen reinando figuras lúgubres de ojos elevados y túnicas marrones; entre el tumulto de bancos, bajo los cortinajes, tras las columnas...

No le encuentran porque él es más perspicaz y sabe esconderse bien, pero es sólo cuestión de tiempo que caigan en buscar en el altar mayor. No son muy inteligentes pero los putos monos saben cazar; los están esquilmando, de hecho. Se organizan en jaurías y les dan caza con tácticas despreciables. Ha visto con sus propios ojos el proceder de esa raza de salvajes. Los apalean hasta extenuarlos y les cortan la cabeza y los miembros con sus armas punzantes mientras celebran eufóricos, con bramidos agudos, su victoria sangrienta.

Gabriel no quiere que le ocurra eso. Sueña con un mundo civilizado donde los homínidos de mierda estén en grandes jaulas, dominados por ellos; pero son salvajes despiadados que se reproducen como alimañas. Además, huelen francamente mal. Desde el escondite de Gabriel, bastante alto, puede percibir su hediondez de bestias. Se comunican con su lenguaje gutural y comienzan a mirar hacia arriba.

También percibe sus resuellos fétidos; empiezan a mostrarse exultantes por la caza. Saben que lo tienen rodeado aunque no sepan exactamente dónde se encuentra.

Gabriel se siente como un animal acorralado sin más salida que intentar escapar o luchar con todos sus recursos. Por suerte él es más rápido, más fuerte y más inteligente, o eso cree. Ellos son torpes, ruidosos, débiles e imbéciles.

Sabe que hay una torre. Si logra llegar a la pequeña puerta de acceso tendrá una oportunidad. Desde la torre puede saltar al tejado y desde allí huir. Sólo falta que la puerta esté abierta.

Por la cristalera rota se cuela la luz blanquecina de la luna llena que arroja sombras grotescas sobre el suelo y las paredes del antiguo templo. Esa luz pálida contrasta con la calidez de las antorchas que portan las bestias, que a su vez proyectan sombras gigantescas y en movimiento que ellos mismos confunden con él, su presa.

Un animal pequeño, quizás una paloma o un gato negro, con los ojos amarillos –él mismo es capaz de distinguirlo de algo más grande, pero por lo visto ellos no–, se ha movido en la parte trasera de la iglesia.

Se dirigen hacia allí y Gabriel aprovecha para salir de su escondrijo y alcanzar en silencio la pequeña portezuela que da a la torre. Es de madera vieja, posiblemente roída por la carcoma, pequeña y con una cerradura de hierro forjado como las de hace dos o tres siglos.

La empuja esperando hacer el menor ruido posible pero la puerta está atrancada. Es ahora o nunca. Gabriel da una patada a la madera que no se abre pero cruje en forma de esperanzadora promesa. Le da otra con todas sus fuerzas; algo en su interior parece que cede.

Los monos aúllan dirigiendo sus ojos inyectados en

sangre hacia el lugar donde Gabriel se encuentra. Puede escuchar sus torpes pasos por el mármol de la iglesia; corren hacia él desenfrenados. Otra patada más y la puerta se resquebraja por completo con un crepitar sordo. Le esperan unas escaleras de piedra que giran sobre sí mismas. Sube lo más rápido que puede en la oscuridad total, agudiza sus sentidos. Parece que el tubo angosto de peldaños fríos no va a acabar nunca. Oye a los cazadores abajo, escandalosos, lentos pero feroces. Creen que lo tienen, que podrán despedazarlo. Pero él está dispuesto luchar, a dejarse la piel antes que morir en sus manos ávidas de sangre.

Arriba hay otra puerta que abre sin esfuerzo, da a un espacio redondo con pequeños ventanucos. Creía que a través de ellos ventanucos podría acceder al tejado pero se da cuenta de que tienen barrotes metálicos, de que va a morir acribillado a palos a manos de unos bárbaros que quieren acabar con su raza, que después de muerto lo desmembrarán para escupir y bailar sobre sus desechos.

Piensa rápido. La torre sirvió en su día como una especie de almacén de objetos singulares. Mueve los más grandes y pesados y deja un espacio minúsculo por el que poder acceder. Tendrán que entrar con esfuerzo uno a uno, agachándose. Puede que aquello le dé la ventaja que necesita; uno a uno sí puede con ellos.

La brisa entra ligera por los malditos ventanales en forma de libertad inalcanzable a través de los barrotes que lo mantienen encerrado como a un conejo en su madriguera. Escucha, su respiración agitada le impide concentrarse en los sonidos que vienen de las escaleras de caracol. Los monos hijos de puta se paran ante los objetos amontonados y parecen deliberar en su idioma arcaico sobre lo que hacer. Intentan empujarlos pero Gabriel los ha colocado contraponiendo fuerzas opuestas para encajarlos entre ellos y pensando en la potencia necesaria que habría que hacer desde fuera para poder moverlos. Demasiada para los primates hediondos.

Se coloca al lado del agujero y espera paciente. Sólo confía en que no se les ocurra prender fuego con las antorchas a los objetos, la mayor parte de ellos de madera. Pero tiene la esperanza de que el temor al fuego que tienen las bestias no les hará caer en ese detalle que podría costarle la vida.

Asoma una antorcha; podría arrancarle la cabeza a ese maldito animal en cuanto la asomara por el agujero, pero decide esperar a que esté dentro. Se esconde en un lugar de sombra y aguarda a que se introduzca por completo. En silencio y con un movimiento certero le retuerce el cuello; siente con los dedos cómo crujen sus débiles vértebras y cómo la vida se le escapa en segundos. Ni se ha enterado de su propia muerte.

Los congéneres le llaman desde fuera y ante el silencio deciden entrar. Primero uno, el más grande de todos. Y luego otro de mediano tamaño pero cuerpo fuerte. Gabriel no puede permitir que entren todos o está muerto. Al primero le muerde en el cuello con toda la violencia y afán de supervivencia de la que es capaz, le arranca un buen pedazo de carne y el mono cae al suelo sujetándose con ambas manos la herida, pero ésta es grande y se le escapa la sangre a borbotones. Gabriel no tiene tiempo de observar cómo se retuerce en el suelo porque el segundo en entrar alza un cuchillo rudimentario hacia él. Con un movimiento certero le rompe el brazo, le da una patada en el estómago, le sujeta con ambas manos el cráneo y con un rodillazo le hunde la cara hacia dentro. De nuevo siente crujir los débiles huesos del homínido. Ya van tres. Coge el cuchillo. Los gritos y el olor de la sangre derramada les excita a todos, incluido a él, que ha abandonado todo pensamiento racional, es una máquina de matar. Son ellos o él.

Otro, esta vez una hembra –¡qué raro, no se había percatado siquiera de que era una hembra! No solían cazar las hembras– se cuela rápida y se escabulle hacia la oscuridad mientras otro más ya se ha metido dentro. Se centra en el macho, también de gran envergadura, que le enseña los dientes y le habla en su lenguaje. Con el cuchillo que le ha arrebatado al anterior le abre el estómago de un golpe eficaz antes de que pueda reaccionar; escucha las tripas desparramarse contra el suelo a pesar de los intentos del individuo por sujetarlas con sus manos sucias. Son lentos y torpes. Le da una patada en las costillas hasta sentirlas ceder bajo su pie.

La hembra se le abalanza por detrás y le clava otro cuchillo un par de veces en el costado, cerca del corazón. Maldita hija de puta. Es más débil pero más rápida que los demás. Se vuelve y de un puñetazo la tumba. Salta sobre su cuello, se lo parte y tiene que girarse rápido, a pesar del dolor que siente en el costado, porque el sexto sujeto, joven y ágil, se ha abalanzado sobre él y le clava de nuevo un arma punzante en el estómago. Va a volver a atacarle en la cabeza pero Gabriel le sujeta las manos. Por un instante se cruzan sus miradas. No son tan diferentes. Podrían intercambiarse los ojos y seguir siendo los mismos individuos. En ambos pares de ojos hay miedo, hay decisión, hay violencia. También en ambos pares de ojos se puede leer la determinación de acabar con el otro y la certeza de que será el enemigo el que sucumbirá.

Lo que Gabriel no espera es que el homínido le patee el estómago herido. En la punta del calzado que usa lleva un cuchillo que le desgarra la carne. Decide acabar con él cuanto antes. Le muerde en mitad de la cara, en el ojo que bien podía ser el suyo. No, jamás unos ojos como aquéllos podrían ser los de él. Aprieta las mandíbulas con fiereza como no lo ha hecho nunca y los huesos débiles de la cara del homínido se rompen en pedazos. Percibe el sabor férreo y dulce de la sangre inundándole la boca, bajando por su garganta...

Ha acabado con los seis y sigue vivo. Dolorido pero vivo, y cree que no está herido de muerte. Se palpa el cuerpo en la penumbra y no se preocupa. Las heridas se cerrarán pronto.

Recuerda que tiene hambre. Se acerca al cadáver que tiene más cerca, al que le ha mordido en el ojo, e introduce la boca en la masa cerebral vacía de pensamiento pero aún tibia, casi parece que late entre su lengua y su paladar. Es blanda y jugosa. Sorbe con ansia hasta vaciar por completo el cráneo, se retira de la boca un manojo de pelo oscuro del homínido y va a por la hembra. Las hembras y las crías saben mejor.

Le casca la cabeza sobre el suelo de piedra. Se abre en dos; la sangre aún sin coagular del cadáver se escapa y cae cálida entre sus dedos. No quiere que se le escape, mastica con fruición el cerebro de la hembra y se chupa las manos.

Escucha su propio rugido de placer y el sonido gutural de su garganta al tragar. El sabor de las hembras es más sutil, delicioso.

Ya más relajado decide disfrutar del banquete. Seis cerebros sólo para él es un premio que bien se ha merecido por bailar tan de cerca con la muerte. Así era la época en la que le había tocado vivir. Cazar para vivir o ser cazado para morir. Desde que el *Homo sapiens sapiens* evolucionara a *Homo sapiens zombie*, ambas razas se hacían la guerra constantemente, y aún estaba por ver quién la ganaba. Pero lo que estaba claro es que los zombies no podían vivir sin los seres humanos, su principal sustento.

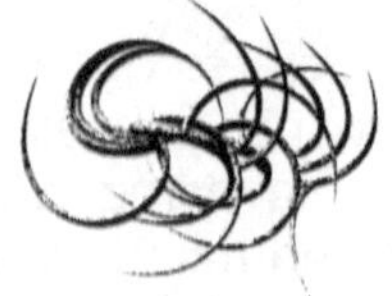

La chica que amaba a Stephen King

Si yo soy el Fugitivo, si me están buscando desde hace algunos días por toda España y me temo que también en el territorio de la Interpol, es porque Vanessa resultó ser un perro rabioso como Cujo. Si yo hice todo lo que hice es porque Vanessa desenterró mi Mitad Oscura. Y que no os parezcan unos ejemplos algo traídos por los pelos, porque el alma de esta historia, en el fondo, es ese escritor aberrante de Stephen King.

Qué fácil es sentarte en tu casa de Maine, con esos portones con forma de murciélagos, tu estudio insonorizado y tu rock a todo pijo, y ponerte a parir cosas sin pensar en las consecuencias. Cuarenta años lleva escribiendo, desde que se hizo de oro con Carrie; a novela por año, y algunas veces más. Qué fácil tiene que ser estar en la taza del váter, o dando una vuelta por el bosque –en una de ésas casi te dejas la piel, cabrón–, o en la cama de un motel, con nombre falso, mientras alguna admiradora con lencería gótica te hace un buen servicio, qué fácil, digo, evadirte unos momentos y pensar: *La próxima novela será de un escritor al que los calcetines le empiezan a pintar los tobillos de azul porque se está convirtiendo en un click de Playmobil.* Y luego quitarse a la zorra de en medio, llamar al editor y decirle: *Diles a los de la editorial que voy a poner un huevo dentro de cinco o seis meses; que vayan preparando un cheque de seis ceros, que este tocho va a ser de los gordos.*

Qué fácil tiene que ser ponerse a escribir barbaridades sin pensar en las consecuencias. Consecuencias como que tus novelas acaben en manos de una loca tan peligrosa como Vanessa Tachín.

***

Era hermosa como un amanecer en alta mar, alta y rubia como creada aposta por un diseñador de lencería. Tenía dieciséis años, uno menos que yo, pero era capaz de hacer perder el hilo de sus pensamientos a cualquier hombre adulto con una simple sonrisa o una sacudida briosa de su melena.

Cleopatra haciendo que a Julio César se le cayeran al suelo el gladio y la peluca de laurel, Helena de Troya provocando una guerra con un simple frufrú de la túnica, la Malinche sometiendo a Hernán Cortés con un parpadeo y una mirada de sus ojos negros... Así es la vida; los hombres bailamos al son de las palmas que dan las mujeres.

Aunque a veces el baile se descontrola y acaba siendo una Danza Macabra...

***

Recordarán que poco antes del verano pasado se puso de moda *Beach Kiss*, de Cristina Selva; una escritora murciana que creo recordar que era prima lejana de Vanessa y por tanto de Romu Tachín, el pintor maldito. Estaba de moda *Beach Kiss*, ya lo dije antes, pero aquellas lecturas desenfadadas y alegres, aptas para leer debajo de una sombrilla o en la terracita de un paseo marítimo, no eran lo que a Vanessa más le gustaba. Ella era más de Lovecraft con sus estrellas pavorosas y sus dioses primigenios, era una aficionada al Stevenson más malévolo, el que había legado a la Humanidad un Jekyll y un Hyde, al Poe de la venganza – *¡Por el amor de Dios, Montresor!*– y, por supuesto, a la joya de la corona, el creativo y prolífico y diarreico Stephen King. Cuando yo la conocí había devorado una docena de sus libros, había visto *El resplandor* en siete u ocho ocasiones y soñaba despierta con un Apocalipsis que convirtiera al planeta entero en la biblioteca de la casa de Gran Hermano.

Y, lo que es peor, habría dado su vida –como más adelante pudo demostrar– por abandonar aquella realidad prosaica, la rutina de un grupo de estudiantes de la LOGSE en un instituto masificado en una ciudad de pequeño tamaño, y convertirse en la protagonista de alguna de aquellas aventuras demenciales que gustaba en leer.

A mí no me gustaba especialmente Stephen King, yo era de escritores más amables, Miguel Delibes, Ray Bradbury, Isabel Allende, Isaac Asimov... pero había leído alguna que otra de sus novelas, y para nuestra desgracia –la mía, la de Vanessa, la de todos–, ella apareció un día por clase llevando bajo el brazo *El misterio de Salem's Lot*, una novela de vampiros que yo mismo había terminado de leer una semana atrás. Aquella mañana llevaba una falda vaquera que enseñaba la parte inferior de los muslos, una blusa blanca un par de tallas menor de lo que cualquier abuela le habría recomendado y la cabellera rubia recogida en una coleta que se sacudía sobre sus hombros a cada paso que daba. Decir que estaba radiante era quedarse corto, decir que yo mismo y los colegas de la pandilla –el Chorce, Santi Andechaga, su primo Romu– nos pusimos a relinchar era quedarse corto, y decir que mi polla no estaba a punto de perforar el calzoncillo y los vaqueros de un solo movimiento de resorte era quedarse muy, muy corto. Las primeras horas de clase se me fueron como un suspiro. Allí sólo estábamos Vanessa y yo, sólo existía ella, con esa falda vaquera que dejaba entre sus muslos un espacio por cuya visión habría dado veinte años de mi vida, aprovechando que en aquellos tiempos andaba sobrado de años por recorrer. Ella y aquel libro de Stephen King que me iba a permitir romper la distancia invisible pero tan impenetrable como aquella cúpula en que el loco de Maine había logrado encerrar un pueblo entero. Estábamos a mediados de octubre, el curso había empezado cuatro semanas atrás y por el momento no había logrado sacarle media palabra.

Llegó la hora del recreo. Dejé que el Chorce, Romu y Santi se perdieran escaleras abajo en dirección al patio. Romu, al ser familia suya, podía hablar con Vanessa cada vez que le apetecía, incluso algunas mañanas ambos venían juntos en el coche de la madre de ella, pero no quería que mis colegas se inmiscuyeran en mis asuntos. No quería risas ni cachondeítos; más aún, no quería que Romu se diera cuenta de mis intenciones y se le ocurriera competir conmigo. No podía enfrentarme con alguien que tenía un acceso tan directo a mi amada. Porque era así como yo llevaba un tiempo refiriéndome a Vanessa; como mi amada. Con un par.

Pero aquella mañana los dioses se habían conchabado para ponérmelo un poco fácil. Las amigas de Vanessa bajaron las escaleras en un maravilloso tropel de coletas al viento, risas de plata y faldas voladoras y ella se metió en el cuarto de baño. Mi pulso adolescente se alteró mientras visualizaba morosamente lo que iba a hacer en el interior de aquellos cubículos más grandes que los nuestros y, desde luego, más limpios. Encerrarse con cerrojo, subirse la falda, bajarse las braguitas –o tal vez las chicas lo hicieran al revés, primero bajarse las braguitas hasta los tobillos y luego levantarse la falda por completo dejándolo todo desnudo a la vista–... estaba tan absorto reproduciendo mentalmente todos sus movimientos que casi se me escapó al pasar por mi lado, llevando en la mano una pequeña botella de yogur.

–Hola, Vanessa –saludé, articulando las palabras lo mejor que pude.

–¡Hola! –me devolvió el saludo, extrañada–. Tú eres... Palmiro, ¿verdad?

Me mordí los labios, renegando del abuelo Palmiro y de los gustos tradicionales de mis putos padres por enésima vez, y acepté que sí, que yo, en efecto, me llamaba Palmiro. Palmiro de la Sorja, concreté, confiando en que aquel *De la Sorja* le sonaría lo suficientemente mayestático como para dejarse besar profundamente, que en aquellos momentos era en lo único en que podía pensar. Quise explicarle que mis amigos me llamaban Palmich, derivación fácil del elegante y sugerente Palm Beach que no sabía dónde estaba pero que habíamos visto todos en alguna serie de televisión, pero en ese momento mi vista cayó sobre las redondeces que abultaban su blusa, y mi cerebro entró en shock. Ella siguió mi mirada, me dedicó una sonrisa de satisfacción, se relamió como una gata después de haber dado buena cuenta de una cántara de nata y se dispuso a seguir su camino escaleras abajo junto a sus amigas, de donde ya no habría podido sacarla ni con agua caliente; pero en ese momento, haciendo un esfuerzo sobrehumano, tres de mis neuronas adolescentes lograron alinearse y me devolvieron por unos instantes el uso de la memoria y el don de la palabra.

–Lo he también leído –le expliqué–. Salem's Lot. Los vampiros. La de Stephen King.

Stop. Un segundo de silencio. Una mirada intrigada, de escorzo, mientras su mano morena y firme –mano de lectora, de pajillera, de asesina– se posaba ligeramente sobre el arranque de la barandilla.

–Que has leído, ¿el qué? –preguntó. Todo el mundo alerta. Zafarrancho de combate. Bendito sea Dios por todas aquellas tardes en la biblioteca de Lorca mientras el Chorce y los otros se dedicaban a romper a pedradas los cristales de los coches.

–El misterio de Salem's Lot es una de las novelas más curradas de Stephen King. Una reflexión sobre el poder de los recuerdos y por supuesto sobre cómo nosotros mismos establecemos nuestros propios tabúes, como puede verse cuando el socio de James Mason consigue agarrar el crucifijo de manos del cura que ha dejado de creer.

Una mirada de asombro en el exterior de su hermoso rostro. Una fiesta con champán, putas, serpentinas y música de Haendel en el interior de mi cerebro. Que pongan esa frase en la lápida de mi tumba, junto a las palabras *Se Folló a Vanessa Todo lo que Quiso y Más*, por favor.

–Pero, ¿a que tú no sabes que ese cura descreído, el padre Callahan, vuelve a aparecer en la saga de la Torre Oscura? –me dijo, mirándome desde las profundidades de sus ojos azules.

***

Si conocen Lorca, si saben de ella algo más que el puto terremoto que la asoló de punta a punta en 2011, hace ya diez años, recordarán que la ciudad está dividida en dos por el cauce del río Guadalentín, una franja de tierra que aguas arriba de los puentes para coches está pintada en su parte central con una cinta azul celeste que quiere hacer de trampantojo, y aguas abajo, pasando el puente de hierro del ferrocarril, recupera su destino de rambla y se llena de maleza, cañas, tarayes y marranería.

Aquella parte del río eran Los Barrens. Si han leído a King saben perfectamente de lo que estoy hablando. Allí, en aquella extensión semiabandonada, con su buena dosis de basura, sus matorrales llenos de mosquitos y con la presencia ominosa de la pasarela de hierro oxidado por la que pasaban los trenes una vez cada hora, pasamos más de una tarde Vanessa y yo. Bebiendo, riendo, fumando, saltándonos las clases, hablando de quien-ya-saben... ¿follando, dicen? No, de momento no. Todo lo más, alguna mamada clandestina de vez en cuando y por necesidades del guión.

Del guión.

Llevábamos una semana tonteando cuando apareció con un libro grueso, cúbico, con una portada negra en la que se adivinaba la silueta de un payaso con un pequeño cargamento de globos de colores.

Aquella novela era *It*, uno de los best-sellers de su escritor de cámara, y se la acababa de regalar por su cumpleaños su padrino, Romualdo el borracho, el padre de nuestro colega Romu, en uno de sus ocasionales arrebatos de afecto hacia la hija de su hermano muerto. *It* contaba las peripecias de un pequeño grupo de estudiantes en Derry, una de aquellas ciudades frías y decadentes de Nueva Inglaterra que a aquel friki de Nueva Inglaterra tanto le gustaba recrear. Una pandilla que de niños se había topado con un ser inmundo que vivía en las alcantarillas, adoptando en ocasiones la forma de un payaso, y que ya en la edad adulta había vuelto a enfrentarse a Aquello –It–, esta vez con éxito. O al menos eso decía la Wikipedia. Vanessa llegó al instituto con el libro un viernes por la mañana, se embebió en la lectura a la hora del primer recreo, faltó al segundo y al resto de las clases y pasó de mi cara durante todo el fin de semana hasta que el lunes a primera hora me abordó en la escalera llena de emoción, dispuesta a contarme con pelos y señales aquella historia que se había leído de cabo a rabo. Afortunadamente yo había hecho mis deberes y pude intercalar las reflexiones adecuadas, fingiendo que se me ocurrían en el momento, para convertir con éxito aquella paja mental suya en una conversación.

–Creo que en las alcantarillas, debajo de Lorca, también hay algo extraño –me dijo aquella misma tarde.

Estábamos tumbados en el cauce del río, quiero decir en la ribera de los Barrens, encima de una lona de obra que dejábamos dispuesta de un día para otro a fin de no pincharnos con las ramas de la maleza, contemplando los perfiles de la sierra de Almenara, cuyas casas dispersas reflejaban aquí y allá los últimos rayos de un sol que se ponía al otro lado del término municipal, un centenar de kilómetros más allá. Me incorporé y la miré. Se había puesto un vestido de flores bajo el que mi mano había libado en un par de ocasiones; de momento no había podido llegar más allá pero no desesperaba. Sus mejillas estaban enrojecidas y su respiración se agitaba imaginándose la aventura.

A un centenar de metros de donde nosotros nos encontrábamos, en el lateral derecho del azud gigantesco que remansaba las aguas del río cuando venían con los papeles de propiedad debajo del brazo –como había pasado en 2012, un año después de los terremotos– se abrían dos boquetes redondos por los que habría podido meterse un coche con comodidad. Eran aliviaderos que provenían de alguna acequia oculta pero no olvidada, rutas alternativas que recogían las aguas de lluvia y las crecidas del Guadalentín. Afortunadamente no eran las cloacas de Derry, no había riesgo de acabar bañados en mierda ni comidos por una araña con máscara de payaso... pero aunque hubiera sido así, aunque de aquellos canales hubiera manado un río de excremento de cerdo, de lixiviado del vertedero, aunque hubieran desembocado todos los desechos de la docena de fábricas de curtido que en aquellos tiempos había en Lorca, yo me habría metido en aquel agujero de cabeza. Porque cuando quise darme cuenta Vanessa se había puesto en pie, estirándose con coquetería los pliegues de su vestido de flores, y ya corría ribera abajo abriéndose paso entre los cañaverales y los restos de basura esparcidos por aquella zona de la ciudad. Por los Barrens.

El aire en el interior de aquellas conducciones estaba tan viciado, la oscuridad era tan intensa y había tantos pozos y ramales a ambos lados, que todavía hoy sigo pensando que fue un milagro que no nos perdiéramos para siempre en el interior de aquel auténtico laberinto que atravesaba Lorca por debajo. Vanessa iba delante, completamente despreocupada de dónde ponía los pies, cruzando pasarelas y recorriendo el interior seco de aquellas tuberías cuya parte superior no podíamos alcanzar ni siquiera poniéndonos de puntillas. A intervalos irregulares se abrían en el techo las trampillas rectangulares de los imbornales por los que se colaba el agua de lluvia proveniente de calles y avenidas. Aquella luz nos permitía avanzar de trecho en trecho, cada vez a mayor profundidad, hasta que en un momento dado la conducción principal se partió en cuatro tuberías estrechas, aptas únicamente para andar a gatas. Vanessa se detuvo, pensativa; luego se agachó tratando de ver si podía colarse por una de ellas, y ésa fue su perdición.

Mis manos la agarraron firmemente por las caderas, húmedas por el sudor de la carrera. Trató de incorporarse, pero yo aproveché la ventaja temporal que los dioses me habían dado y le levanté el vestido hasta descubrir sus muslos y sus nalgas, adornadas por unas braguitas de color claro que parecieron brillar a la escasa luz proveniente de los imbornales. Agarré la parte superior con una mano temblorosa, pero dispuesta a morir en su cometido, y se las bajé hasta las rodillas de un solo tirón mientras ella se quejaba, sorprendida. Sus quejas variaron de tono y se hicieron sugerentes cuando notó la palma de mi mano abriéndose con calidez sobre los labios de su chochito aún más caliente, que enseguida respondió a la caricia haciéndose más amplio y humedeciéndose. Hizo presión sobre mi mano con su culo; yo reaccioné hincándole un dedo en la vagina, en aquel agujero misterioso y acogedor en el que aún no había podido entrar. Vanessa logró por fin moverse con libertad y aprovechó para colocarse ella misma en la posición en la que mi dedo inexperto, pero con ganas de practicar, podía darle un mayor placer. Froté con ansias, siguiendo el ritmo que ella me marcaba entre jadeos y tratando de aplicar lo que había aprendido en Internet. El tráfico de una de las calles principales de Lorca – posiblemente la avenida Juan Carlos, la más céntrica de la ciudad, a tenor del rumbo aproximado que habíamos tomado– nos llegaba desde lo alto del techo, que en aquel sector se elevaba hasta rebasar los diez metros de altura; de manera que quizás algún peatón que estuviera parado junto al bordillo, o un ciclista emparedado entre dos coches esperando el cambio de semáforo, se planteó de dónde salían aquellos gemidos distantes, con una cadencia mayor a cada movimiento de mis dedos, acompañados ahora por algunas palmadas certeras en aquellas nalgas al descubierto y a mi disposición. En un momento dado ella llegó al orgasmo; su cuerpo entero vibró bajo mi mano transmitiéndole un temblor de corriente marina, de musgo estremecido por el terremoto. Vanessa se dio media vuelta dejándome contemplar unos instantes su pubis desnudo; luego se arrodilló delante de mí, hurgó en mi braugeta y se hizo cargo del resorte que saltó directamente a sus labios húmedos por la excitación, a su lengua aún vibrante por las palabras pronunciadas...

Jugamos a Aquello durante toda aquella semana, llevando nuestras ansias al extremo de saltarnos la mitad de las clases. El último día ella se dejó desnudar completamente, metiendo sus ropas en la mochila en la que llevaba sus libros y cuadernos olvidados, y recorrió las profundidades de Lorca de aquella manera, mi brazo aferrándole la cintura. Se sabía de memoria pasajes enteros de la novela, y de otras de Stephen King, y los fue recitando con voz clara, sin saltarse una sola palabra, deteniéndose de vez en cuando para llevarse mi mano al pubis o fingir que mordía el bulto que trataba de abrirse paso a través de mi pantalón. Por más que lo intenté, nunca me dejó llegar más lejos de lo que habíamos hecho el primer día. Aquellas concesiones no eran más que un cebo pensado para hacer que yo comiera de su mano a la espera del anzuelo que me iba a traspasar cuerpo y alma hasta el final.

***

En comparación con lo que habíamos estado haciendo bajo el suelo de Lorca, los retos infantiles a los que me sometió en los días sucesivos me parecieron una burla. Pero el mes de octubre había traído algunas gotas, las justas para convertir el cauce del Guadalentín en una ciénaga, y además estábamos a las puertas de los primeros exámenes y Vanessa me dijo que no podía arriesgarse a sacar una mala nota. Aún no podía saber que en aquellos días había empezado una relación con Jesús, un animal de otro instituto que había repetido curso dos o tres veces, que no se habría acercado a un libro ni aunque hubiera estado forrado en piel de coño pero que había obrado el milagro de amaestrar al Demonio. O eso parecía.

A mí, a aquellas alturas del partido, los exámenes, las notas y el instituto en sí me importaban bastante poco. Sabía que iba a catear más de una y más de dos; mi tutora se había reunido con mis padres en más de una ocasión para hablarles del descenso notable en mi rendimiento. En casa había habido ruegos, broncas, amenazas e incluso un conato de hostia que mi padre logró parar a tiempo, aunque ojalá me la hubiera dado; quizás de aquella manera habría logrado hacerme reaccionar y no me vería como me veo, con mi careto pegado en los mostradores de la mitad de las gasolineras de España. Incluso mis colegas de siempre, el Chorce, Santi, Romu, acabaron por dejarme de lado y seguir perpetrando sus gamberradas de siempre, romper cristales, robar cosas en las tiendas, insultar a los moros desde las vespinos, mientras yo seguía internándome en las profundidades como un pequeño topo perdido en las alcantarillas y a punto de encontrarse con la tela gigantesca de una araña...

***

Los siguientes tres retos fueron realmente estúpidos, generados, pienso ahora, con el único propósito de que no se me olvidase nuestro juego macabro mientras ella se deleitaba con su Jesús.

Primero fue *Maleficio*: pasar tres días sin comer, a ver quién adelgazaba más. Yo cumplí la dieta a rajatabla; a ella la encontré la tercera tarde en la Ronería del Este, poniéndose ciega a cerveza y ensaladilla con sus amigas. Al verme plantado en el umbral, mirándola con cara de tonto, rió a carcajadas, me despidió con un gesto de la mano y me mandó al instante un mensaje: *He perdido, sé que merezco un castigo*, que hizo que se me pasara el mosqueo al instante.

Luego fue *Insomnia*, a ver quién aguantaba dos noches enteras sin dormir. Había que demostrar nuestra fidelidad mandándonos whatsapps cada media hora. Una gilipollez de patio de colegio de la que me desquité al mediodía siguiente con una siesta de tres horas gracias a la complicidad de Romu, que se llevó mi móvil y se encargó de mantener a su prima Vanessa entretenida a base de mensajes a cuál más obsceno y revelador. Ya se sabe que cuanto más primo...

El siguiente desafío, más propio de una acampada de amigos que de una pareja que se estaba internando en las profundidades del sexo transgresor, fue *Misery*. Escribir un relato ingenioso, de corte erótico por supuesto, de manera que el ganador tendría derecho a hacerle al perdedor las mismas perrerías que se imaginase en su narración. *Menos metérmela por el chichi*, me advirtió ella, poniéndose la mano en aquella entrepierna que yo imaginaba virgen y a punto para que yo la estrenase, pero que en realidad... Bueno. Aquel reto no lo ganó nadie; después de media hora escribiendo cochinadas, a ambos nos entró el calentón y lo resolvimos de la manera acostumbrada, un dedito por aquí, una mamada por allá. Su culo seguía estando vetado, me explicó, porque no había cumplido con las reglas del juego.

A aquellas alturas yo ya empezaba a pensar que más me habría valido haberme enrollado con alguna chica normal, que me hubiera dejado penetrarla desde el primer momento y sin tantas alharacas; pero era demasiado tarde para echarme atrás. Estaba absolutamente absorbido por aquella chica, hipnotizado por el reflejo malicioso de sus ojos azules, atado a su melena rubia. Quizás ella notó aquellos síntomas incipientes de hastío por mi parte, porque aquella misma semana volvió a llevarme a los Barrens para darnos un paseo nocturno, ella desnuda con unos zapatos de medio tacón y yo llevando una mochila en la que iba toda su ropa, su bolso y un frasquito de vaselina por estrenar. Y por estrenar estaba también su culo, que se abrió al principio dificultosamente y luego se rindió a los empujones feroces de mi pene. Mi mano derecha siguió obedientemente a la suya en su recorrido por el pubis, los labios vaginales, el clítoris, el interior de su coño; la izquierda tomó posesión de sus tetas, que se bamboleaban con frenesí mientras ella gritaba de placer y de dolor. Mi pene la penetró hasta el final, gozando por primera vez con aquella sensación de dominio, y se vertió largamente en un orgasmo compartido que remató en un beso largo, aún sin separarnos. Luego hurgué en su bolso con ademán de dueño, la obligué a arrodillarse y le entregué su tanga, aún calentito, ordenándole que limpiase el estropicio. Un nuevo beso, cálido e inacabable, y una palmada fuerte en aquellas nalgas rotundas que pensaba que me pertenecían por derecho, aunque en realidad si allí había alguien que era propiedad del otro, ése era yo...

***

La primera hostia me vino de improviso. Era un viernes por la tarde y estaba llegando al portal de mi casa cuando me abordó Jesús. Su novio. No se había atrevido a acercarse a mí a la salida del instituto –el Chorce le habría clavado un pincho en la barriga allí mismo si me hubiera puesto una mano encima–; me había seguido a poca distancia, escondiéndose en los portales y entre los coches como un ladrón, hasta que me vio meterme en el pequeño parque arbolado que conducía a mi bloque de edificios. Una vez allí echó una carrera y me dio un empujón fortísimo para tirarme al suelo y poder molerme a patadas. Por suerte logré mantener el equilibrio. La bofetada me volteó la cara, pero cuando quiso darme el segundo golpe se encontró con mi brazo. Y luego con mi puño.

–Pero, ¿qué te pasa, hijo de puta? –le grité.

–¡Que dejes en paz a mi novia! –chilló, desesperado. En el fondo no era más que una nueva víctima de aquel diablo de cabellera rubia y nalgas de seda. Un pobre gañán que sólo deseaba una novia normal, alguien con quien salir de marcha, ir a bañarse a las playas de Águilas y follar haciendo el tetris en la parte trasera del coche de su padre. Le miré desconcertado durante unos segundos hasta que logré atar todos los cabos. Entonces sentí una opresión muy fuerte en el pecho.

–¿Es que Vanessa es tu novia? –pregunté, con la garganta seca.

Jesús, que se disponía a propinarme un nuevo puñetazo en la cara –un golpe que habría sido devastador para mí, que estaba con la guardia baja y anonadado– leyó en mi expresión que no se lo estaba diciendo en tono de burla, ni tratando de excusarme; que hasta aquel preciso momento yo pensaba que entre Vanessa y yo había realmente una relación. Si la mente hubiera sido capaz de dominar sobre la polla, tal vez en aquel momento ambos habríamos mandado a paseo a aquella chica que andaba jugando con nuestros sentimientos; pero él sonrió con suficiencia, mostrándome su cornamenta de ciervo dominante –una cornamenta bastante florida, ya que estamos– y yo... yo debo decir en mi defensa que tuve la sangre fría de no seguir peleándome con aquel gañán. Entré en el portal sin que él me lo impidiera, una vez en mi casa me encerré en mi habitación, cogí el móvil y llamé a Vanessa. Fue más de media hora de conversación, salpicada de vez en cuando por las llamadas de mi madre diciéndome que me iba a quitar el plato de la mesa; una conversación que acabó derivando en una sesión de sexo telefónico y en la promesa de que, si me portaba bien, rompería la relación con aquel hombre que sólo era capaz de satisfacerla en el plano físico –otra puñalada en el pecho, propinada con la voz dulce y alegre de quien sabe que hace daño y goza con ello– pero no en el literario.

–No quiero un plano literario, quiero metértela por el coño hasta que te salga por la boca –murmuré entre dientes, con rabia; a lo que Vanessa replicó gimiendo y diciendo que cuando le hablaba así la ponía cachondísima y que más, que le dijera más cosas, por favor...

***

El chaval se llamaba Óscar, y ni Vanessa ni yo le conocíamos de nada. Una muerte estúpida de fin de semana, un accidente de tráfico yendo en moto con un par de copas. Tenía veinticinco años y lo habían enterrado en Águilas. Vanessa me lo contó el lunes por la mañana, en el primer recreo. Habían pasado dos semanas desde la pelea entre Jesús y yo, y nuestras relaciones se limitaban a una mueca que trataba de ser digna, por mi parte, y a varias docenas de whatsapp cargados de amor o de odio, según el ánimo, cuando la noche se me hacía demasiado larga y la calentura era infinita. El Chorce, Santi y Romu me habían vuelto a aceptar con naturalidad, sin hacerme reproches. Acababa de cumplir los dieciocho años, me estaba sacando el carnet de conducir y faltaban menos de dos meses para que acabase el curso. A veces pienso en cómo podría haber cambiado mi vida si el calendario se hubiera movido con algo más de rapidez...

En el párrafo anterior he dicho que Vanessa me contó lo de aquel Óscar en el primer recreo. Añadiré que me lo dijo encerrados en uno de los aseos y mientras me hacía una mamada. Un riesgo tremendo que, de habernos sorprendido, a ambos nos habría costado la expulsión y a ella el marchamo de puta. El mundo es bien machista, ya lo sé. En cualquier caso ella alternó sus razonamientos con los chupetones y los lametazos a mi verga de una manera tan magistral, que cuando salió de aquel cubículo diminuto limpiándose con un clínex los restos de mi semen yo ya estaba dispuesto a cogerle el coche a mi padre y jugar con ella a Cementerio de Animales.

Cementerio de Animales es una de las primeras novelas de Stephen King. Hay un trozo de terreno en el que, si entierras a tus mascotas, resucitan.

***

El cementerio de Águilas es un espacio muy amplio, con unos eucaliptos imponentes a la entrada, setos de cipreses, panteones ostentosos a la entrada, zonas de nichos a ambos lados y una explanada de tumbas bajas, de las de cruz y lápida en el suelo, en la parte central. Habíamos quedado a las once y media de la noche en el primer pasillo de la izquierda junto a la entrada principal.

Al final no había tenido que cogerle el coche a mi padre. Aquella misma tarde, notándome algo raro, el Chorce me había cogido del pescuezo y me había preguntado qué me pasaba. Le expliqué que había quedado en Águilas con Vanessa, sin contarle dónde exactamente ni lo que se pretendía que íbamos a hacer. Mi amigo sacudió la cabeza con pena, me preguntó cómo cojones iba a bajar a Águilas y al leer la respuesta en mi mirada atemorizada, aunque decidida, me dijo que ni de coña, que aún me faltaban varias clases para sacarme el carnet y que no pensaba ir al tanatorio a verme, vestido de negro como un gilipollas. Hurgó en un bolsillo de su chaqueta y me dio la llave de su vespino, amenazándome con arrancarme los huevos si se lo estrellaba. Y allí estaba la motillo, una pequeña sombra bajo los volúmenes imponentes de los eucaliptos, mientras yo trepaba por la puerta metálica del cementerio con agilidad, preguntándome cómo coño habría venido Vanessa.

La respuesta era evidente, y yo mismo podría haber atado el cabo de no estar al mismo tiempo asustado y excitado por aquella aventura macabra que suponía que iba a acabar de la mejor forma posible, con Vanessa y yo follando como locos junto a la tumba profanada de aquel desconocido. La respuesta era Jesús, porque allí estaban ya Vanessa y Jesús, abrazados en un morreo lento y pastoso que ni siquiera tuvieron la decencia de deshacer cuando me vieron avanzar por la calle del cementerio, a la escasa luz de la luna, flanqueado por los muertos.

–Éste es el reto –dijo Vanessa, señalando la pared de losas de mármol, cubiertas de flores frescas, que había detrás de ella–. Y éste será el premio –añadió, palpándose la entrepierna de las mallas en un gesto obsceno, casi desagradable. Jesús y yo nos miramos de refilón, solidarios. Pero ya no había opción para echarse atrás. Tal vez si hubiéramos actuado al unísono, dejándola sola con sus perturbaciones... Pero irse uno solo no, irse uno solo implicaba regalarle aquella chica al adversario, al enemigo.

–No me dirás que has saltado la valla –me desafió Jesús. *Mierda*, me dije. No estaba cerrada con llave. Vanessa inició una risa burlona que se cortó cuando repliqué que había trepado por uno de los muros posteriores, que jugársela por la puerta principal era de gilipollas.

–No es tan de gilipollas cuando llevas un saco de herramientas –replicó, mosqueado–. Y además Vanessa no iba a escalar por el muro –añadió, haciéndose el considerado. *Vanessa podía haber usado de escalera nuestras pollas tiesas*, reflexioné. Un último momento de lucidez antes de que el caos empezara a precipitarse...

La tumba de aquel Óscar estaba en el segundo nivel de un pabellón de cuatro alturas. Jesús, Vanessa y yo nos quedamos quietos frente a la tumba durante unos instantes, reflexionando. Los ojos de ella brillaban como centellas, como si fuera el mismísimo Demonio; respiraba por la boca, con una agitación que se revelaba en sus tetas escondidas bajo un jersey de cuello alto. A Jesús y a mí se nos debía de ver pensar. Aquella gamberrada podía tener consecuencias graves. Aunque no tan graves, decidí de pronto. Al fin y al cabo no íbamos a matar a nadie sino a tocarle las narices a alguien que ya estaba muerto; y, en todo caso, saliera como saliera aquello, siempre podía contar que una vez hice la hombrada de desenterrar a un muerto para impresionar a una tía. Eso ya no nos lo podía quitar nadie.

Y hablando de quitar.

–Anda, nena; alégranos la vista –mandó Jesús, sin molestarse siquiera en mirar.

Vanessa obedeció al instante; se desabrochó las sandalias, las apartó, se bajó las mallas y se quedó en bragas, tan sumisa que sentí una punzada de celos. Empezaba a ver claramente a quién quería pertenecer aquella joven en realidad. Pero a continuación se sacó además el jersey de cuello alto, revelando aquellos pechos redondos, turgentes, perfectos, con los pezones endurecidos al instante por el contacto del aire frío de la noche con su piel cálida y suave...

–Al ataque –resolví, apartando de un manotazo la primera de las coronas, de flores aún frescas, que ocupaban el espacio al pie de la tumba de aquel desconocido al que de momento íbamos a desenterrar... *¿para hacer qué con él?*, me pregunté. Pero Vanessa estaba allí casi desnuda, receptiva y a nuestra merced, con las tetas firmes, los pezones tiesos, la melena rubia desplegada sobre sus hombros, el triángulo del pubis marcándose claramente bajo el algodón de las bragas, y nos miraba con atención, recreándose con su poder de hembra. Tira más pelo de coño... me dije, mientras ayudaba a Jesús a retirar otra corona. Aunque me constaba que el pubis de Vanessa estaba libre de pelos, liso y suave como un pañuelito de seda. Madre de Dios.

Tirar el murete de ladrillos que cerraba el nicho, pendiente todavía de la lápida donde aparecerían el nombre del muerto y el breve paréntesis durante el que no había estado muerto, nos llevó más de media hora. Jesús y yo dábamos martillazos furiosos, conscientes de la presencia de la hembra que nos observaba con ojos de experta. En un momento dado nos pareció escuchar el sonido de un claxon; dejamos de trabajar y nos miramos de reojo, sudando y fatigando.

–¿Cómo coño acaba esa novela? –me susurró Jesús.

–El protagonista entierra a su hijo, que vuelve convertido en un zombie. Luego mata a su mujer y la entierra a ella también...

–A nosotros sí que nos van a enterrar –bufó entonces el otro, acometiendo con saña las últimas hileras de ladrillo.

El ataúd era grande y pesado; un último regalo para el hijo menor y tan querido. Por un momento me puse en la piel de aquellos padres que a la mañana siguiente se iban a encontrar con la noticia de que a su hijo perdido ni siquiera le habían dejado descansar en paz. Yo también me preguntaba cómo coño iba a acabar aquella novela; qué sería lo que iba a pasar a continuación...

Sacar el féretro fue realmente fácil. Bastó con arrastrarlo y dejarlo caer. En el último momento Vanessa se puso delante de nosotros y volvió a colocar en el suelo, con esfuerzo, las coronas de flores que habíamos retirado, pensando con razón que amortiguarían el ruido de la caída. Mi rival y yo estábamos tan fatigados que ni siquiera se nos ocurrió darle una palmada cuando sus nalgas cubiertas por aquellas bragas insuficientes se escurrieron entre nosotros con la agilidad de una gacela. Jesús y yo dimos al unísono el último tirón; el ataúd cayó a plomo y la tapa saltó unos centímetros. Percibimos al instante el olor de la descomposición, aún no lo suficientemente avanzada como para hacernos vomitar pero sí con el punto justo de acidez. Era como oler un queso que hubiera estado encerrado varias semanas en una caja de cristal al sol.

Por un momento nos pareció que aquel chico nos estaba mirando con los ojos abiertos y grandes de las calaveras; luego la luz de la luna reveló bultos y formas y nos dimos cuenta de que las cuencas oculares se habían deshinchado, haciendo que los párpados cayesen hacia el interior de las órbitas como una tarta a la que se le hubiera quitado todo el relleno. Las mejillas estaban hundidas, el color del rostro era demasiado oscuro y de la parte alta de la frente, tocando la raíz del pelo, asomaba un costurón de hilo negro que sin duda se prolongaba por la parte superior del cráneo, oculta a nuestras miradas por una cofia blanca de enfermero.

Vanessa se precipitó sobre el ataúd y desnudó con la mirada a aquel chico de nuestra edad que aparecía absolutamente inerte, sometido a ella y con un etiqueta inmensa de prohibido; en un ataque irresistible de calentura se quitó las bragas a tirones y se palpó el coño con los dedos de la mano derecha, logrando hacer reaccionar a nuestros cuerpos absolutamente fatigados por el trabajo acometido. Jesús se acercó a ella para tomar posesión de su culo, pero la muchacha lo echó hacia atrás con un manotazo de impaciencia. Ahora era el momento del otro hombre. Se inclinó sobre la cabeza yacente sobre la seda del ataúd, tocó sus labios fríos y cerrados con un dedo impregnado con el flujo caliente de su coño, y luego se llevó ese mismo dedo a la boca y lo chupó con deleite, mientras Jesús y yo nos decíamos telepáticamente que ahora no íbamos a meter ahí nuestras pollas. Luego se abrió de piernas y se sentó a horcajadas encima del féretro, moviendo su culo adelante y atrás y rabiando porque del interior de aquella caja saliera de repente un pene de medio metro que la empalase bien a gusto. Algo que no iba a suceder, a menos que...

Jesús y yo retrocedimos cuando una nueva bocanada de aire corrupto nos reveló que Vanessa había dejado al descubierto otras partes del cadáver. Yo logré ver una barriga oscura, fláccida, surcada por infinidad de venas verdes como si un alien con decenas de tentáculos se le hubiera metido dentro y una vez allí se hubiera enroscado en espiral. Vanessa se agachó sobre la caja, hurgó en la entrepierna del muerto y una vez hallado lo que buscaba empezó a mecerse adelante y atrás, frotándose el clítoris con una mano que afortunadamente, según vimos, seguía siendo la suya. El orgasmo fue tremendo; sus gritos de lujuria, entreverados de locura, despertaron ecos en aquellas calles altas y estrechas, forradas de flores, losas de mármol y llenas de pequeñas cavidades con sus muertos emparedados. Su cabellera rubia se meneó adelante y atrás; sus tetas bamboleantes asomaron a uno y otro lado de su espalda delgada, arqueada hasta el paroxismo.

Y nuestras pollas resucitaron, ¡cómo no! Al fin y al cabo sólo teníamos diecisiete años.

***

La verdad es que aquel Jesús sabía bien cómo imponerse. Rechazó con un gesto de la mano a Vanessa, que venía ardiendo y jadeando, y le obligó a lavarse manos, boca y coño en una de las fuentes de hierro rodeadas de cubos de plástico que usaban los visitantes para regar las flores que les ponían a sus muertos. Sus grititos de protesta por el frío me llegaron muy lejanos, como si la chica que los profería estuviera encerrada en un ataúd a un par de metros bajo tierra. En realidad me encontraba en estado de shock, con la mente embotada, los sentidos a flor de piel y unas ganas inmensas de estallar de alguna manera, bien liándome a patadas con aquel cadáver, bien empotrando a Vanessa contra alguna de las tumbas y penetrándola hasta que a los dos nos saliera sangre de los genitales. No dejaba de recordarla moviéndose espasmódicamente, adelante y atrás, lastimándose el interior de los muslos con la madera mal cepillada del ataúd. Podía imaginarme cómo el flujo de aquel coñito joven, pero ya con la perversión de todo un burdel de trotonas de cincuenta años, escurría por el interior de sus muslos suaves hasta impregnar la carne mórbida, fría y maloliente del chico muerto... La vi regresar del lavado dando pasos rápidos para quitarse el frío, la carne de gallina, los pezones enhiestos, la mirada ardiente, y sentí por un momento que yo era el muerto, que me había matado con la moto del Chorce mientras bajaba el puerto de Purias y había sido sepultado y mandado al Infierno de una patada en el culo por mis pecados. Y allí estaba yo ahora, dispuesto a ser sometido, humillado y torturado después de muerto por un súcubo.

Pero eso no iba a suceder.

Jesús y yo nos habíamos apartado por instinto de aquel cadáver; estábamos a los pies de una hilera de cipreses altos y muy viejos que arrancaba del final de aquella calle y seguía paralela al muro del cementerio. Vanessa frenó su paso al acercarse a nosotros, buscó la ropa que había esparcido por todas partes y la metió en su bolsito. Plácida, elegante. Sensual.

He de decir en mi descargo que en aquellos momentos el primero al que se acercó fue a mí. Quizás porque yo era el único de los dos hombres que sabía qué había pasado con Gage, el niño atropellado por un camión, con el toro del granjero y con aquel soldado muerto en la guerra y enterrado en el Cementerio de Animales. Vanessa alargó una mano y trató de acariciarme la cara, pero en ese momento Jesús dio dos pasos al frente y le retorció el brazo sin miramientos.

–¡Y una puta mierda te vas a follar con él! ¡Hija de puta! –le gritó.

Sin duda también estaba trastornado por lo que acabábamos de hacer y presenciar. Pero a mí nadie me iba a quitar el caramelo de la boca. Mientras Vanessa se retorcía, tratando de zafarse de aquellas manos toscas y poderosas, yo me encaré a él y le solté una barbaridad, la zorra es de los dos, o algo parecido. Vanessa me gritó entonces que zorra mi puta madre y se tranquilizó, renunciando a librarse de aquellas manos que ahora habían empezado a amasarle una teta, ponderando su peso y su volumen. Se la veía satisfecha, incluso feliz, y dispuesta a entregarse a su auténtico amor. Entonces lo vi todo claro; yo no había sido más que la fantasía, el entretenimiento, el pelele con el que llevar a cabo determinadas fantasías nacidas de su predilección por aquellas novelas macabras. Un bobo que justificara, a sus ojos de presunta intelectual, el capricho de masturbarse delante de un muerto para poner cachondísimo a su novio.

Pero aquel engaño, aquella miseria, no la iba a pagar ella. Jesús y yo nos enzarzamos en una pelea que no exagero si digo que en aquellos momentos era a muerte, ya que además del calentón por la proximidad de aquella chica desnuda y receptiva nos movía la necesidad de chillar y golpear para limpiar nuestra mente de toda la aberración que habíamos contribuido a poner en escena. Caímos rodando sobre el suelo, nos dimos de puñetazos a los pies de las sepulturas honestas de los vecinos de Águilas, nos machacamos a conciencia olvidados de todo límite, del estropicio que habíamos perpetrado en la tumba de aquel motero muerto, del riesgo de que nos encontrase la Guardia Civil, incluso del coñito acechante que lo contemplaba todo con sabiduría e indiferencia de milenios, sabiendo que, ganase quien ganase, ella ganaba. Como esas focas de los documentales que se bañan tranquilamente en el agua mientras a su lado dos machos pelean a muerte por conquistarlas, tiñendo las olas de rojo sangre con sus colmillos.

Peleamos como fieras durante un buen rato hasta que Jesús cogió un trozo de mármol que había en el suelo y me dio dos golpes que me hicieron desfallecer. Aún pude ver cómo se alejaban, ella desnuda y él cojeando por un golpe certero, mientras yo me adormecía sin remedio a pocos pasos del ataúd abierto y profanado.

***

Me despertó un grito de mujer, un alarido que era más de queja que de miedo. Me incorporé como pude, sintiendo la cabeza pesada por el golpe que me había dado Jesús, el cuerpo dolorido por la noche a la intemperie sobre el suelo.

–¿Qué ha pasado? –gritaba la mujer. Yo no podía verla; permanecí unos momentos sentado al pie de los nichos. Las luces de las primeras horas de la mañana iluminaban el interior del ataúd y convertían a su ocupante en un muñeco de cera al que le faltaba tal vez un buen repaso con agua y jabón.

Me puse en pie, moviéndome con precaución; sentía que si hacía algún movimiento brusco mi espalda reaccionaría trabándose y dejándome allí tirado, a merced de los visitantes del cementerio, del enterrador y de la Guardia Civil. Ahora pienso que tal vez habría sido lo mejor... aunque ciertas heridas es mejor taparlas pronto. En caliente.

Eché a correr en dirección contraria a aquella voz, que ahora se alejaba pidiendo ayuda y llamando a la policía a gritos. No cometí el error de tratar de saltar el muro; sabía que mi espalda no me lo iba a permitir, además de que sin duda a aquellas horas alguien me vería encaramado a la muralla. En vez de eso me metí por las calles secundarias, completamente vacías a aquellas horas, acercándome con precaución a la entrada principal. En un momento dado vi entrar corriendo al enterrador, vestido con un mono gris, seguido de dos butaneros que sin duda no querían perderse el espectáculo. Entonces salí aparentando tranquilidad, monté en el vespino que había dejado aparcado frente a los árboles de la explanada principal y tomé la carretera de vuelta a Lorca con una rabia infinita en mi interior. Hice el trayecto con acelerones y frenazos, parándome una sola vez para coger el teléfono móvil que no dejaba de sonar y explicarle a mi asustada madre que estaba bien, que me había quedado en la casa del Chorce y se nos habían hecho las tantas. Mi madre me recomendó que tuviera cuidado con mi padre, que no le llevase la contraria porque estaba muy enfadado conmigo.

La verdad es que no tuve necesidad de seguir su consejo porque a mi padre no le he vuelto a ver...

***

Cuando pienso en aquel día me pasma la facilidad con que pasó todo; aunque no me gusta regresar sobre aquel día porque mi mente vuelve a desmoronarse rápidamente. Por supuesto, me hizo falta un coche. Y algo de material. Por suerte cuando volví a casa mi padre estaba en el trabajo. Aguanté la bronca de mi madre sin decir nada, sabiendo que en el fondo ella tenía razón, que me estaba desviando, que iba a perder el curso, que el mercado laboral estaba muy jodido para la gente con estudios, cuando más para los haraganes, los gamberros, los golfos que ni siquiera eran capaces de cogerle el teléfono a sus padres para informarles de dónde coño iban a pasar la noche. Cómo decirle que el móvil me lo había dejado en silencio para que el timbrazo no nos delatase mientras sacábamos a un muerto de la tumba para que la tía por la que estaba pillado se lo follase, en mi presencia y en la de un australopiteco con el que al final se había ido, burlándose de mí, dejándome tumbado y malherido, a merced de quienes pudieran venir al cementerio...

Apreté los puños mientras ella se desahogaba, y luego, cuando por fin se fue a hacer la puta compra, entré en la habitación de mi padre y le cogí el duplicado de las llaves del coche. Y la caja de herramientas. Y las esposas de sex-shop que había comprado en Murcia porque me daba vergüenza hacerlo en Lorca y que Vanessa nunca se había querido poner en nuestros juegos de alcantarilla, temiéndose lo peor.

***

–Palmy, ¿estás bien? –me saludó, como si no hubiera pasado nada. Vanessa nunca me había llamado Palmiro, porque decía que le daba la risa, ni Palmich, como hacían mis colegas. Siempre Palmy. Como un perrito.

Sonreí con sinceridad y no le mentí cuando le dije que sí, que estaba de puta madre, pese al cansancio que se reflejaba en mi rostro y la suciedad que me impregnaba los pantalones y el jersey. Me había llevado una muda de repuesto, obviamente, pero me la había vuelto a manchar de barro. Realmente el cauce del río no se podía transitar después de las lluvias de septiembre.

–¿Ya tienes coche? –sus ojos azules se iluminaron al ver el Megane de mi padre aparcado cerca del instituto, a cinco metros del vehículo más próximo por si acaso. Si en realidad hubiera estado interesada por mí sabría que todavía me quedaban unas cuantas clases en la autoescuela; pero a ella yo no le importaba más que en la medida que podía satisfacer sus caprichos. Entró en el coche con orgullo y me dedicó un beso cálido y largo. Luego acarició mi entrepierna y murmuró a mi oído, zalamera:

–¿Y adónde piensas llevarme?

A los Barrens; no había otro lugar. Traté de concentrarme en la conducción aunque estaba sudando la gota gorda viéndome rodeado de coches por todas partes, sin la protección del profesor de la autoescuela. Ya le había dado un buen meneo al Renault unas horas antes, mientras hacía guardia en la carretera de la Torrecilla, a las afueras de Lorca, esperando a que apareciera Jesús.

Por el cauce del río no se podía meter uno con un coche. A menos que estuviera dispuesto a cargarse los bajos. Vanessa rió como una loca al verme dar volantazos como en un rally, apretando los dientes cuando una piedra más grande de lo normal golpeaba contra el chasis metálico del Megane. Lo sentí por mi padre, sabía que la economía familiar no estaba para dejarse quinientos euros en el taller, pero a aquellas horas ya había llegado demasiado lejos como para que me preocupase una puta factura del mecánico.

Paré el coche en el mismo lugar en que lo había dejado con anterioridad; una pequeña vaguada donde los matorrales superaban los tres metros de altura. Un lugar sucio, polvoriento, infame, que a aquella loca le venía como anillo al dedo.

–¿Qué me vas a hacer? –preguntó, poniéndose cachonda. Mi polla saltó por los aires; paré el motor, me quité el cinturón de seguridad y le dije, mientras abríamos las puertas:

–Vamos a jugar a Stephen King.

Tan pronto se vio fuera del coche, protegida de la

curiosidad de los extraños por los matorrales que se prolongaban hasta la entrada de las gigantescas bocas de alcantarilla, Vanessa hizo el ademán de quitarse el vestido. Pero, por primera y última vez desde que habíamos empezado nuestra relación, le dije que no lo hiciera. Me miró con extrañeza, anticipando un placer mayor, y quedó a la expectativa a ver qué hacía yo. Cerré el coche con llave y miré a la muchacha con tristeza. Ojalá hubiéramos sido una pareja de verdad y estuviéramos aparcando el coche en las playas de Águilas, o en el castillo, o a la puerta de cualquier pub de un polígono, en vez de habernos encenagado de aquella manera... luego repasé su cuerpo joven, embutido en aquel vestido elástico, recordé cómo se había ido con Jesús la noche pasada... y tuve que hacer un esfuerzo para no perder una vez más el control de mi mente.

Entramos en las alcantarillas. Apenas eran las tres de la tarde, pero el día había amanecido frío y nuboso y debíamos avanzar casi a tientas.

Lo cual era una suerte para mí.

Al llegar a cierto punto Vanessa receló de seguir avanzando. Una cosa era corretear desnuda y cachonda, y otra hacerlo llevando un vestido que se podía manchar. La agarré por la cintura y la besé con frenesí. Ella respondió al momento y durante unos minutos logró que se me olvidara el porqué de todo aquello. Sólo un chico y una chica, y el mundo entero dando vueltas a su alrededor. Claro que ella no tardó en romper la magia:

—Jesús se mosqueó mucho conmigo anoche —dijo, haciendo un mohín—. Dijo que yo era suya y no tenía por qué compartirme con nadie...

—Adolece de la más elemental morigeración —repliqué de inmediato.

Vanessa me miró con extrañeza, pero entonces mi mano hábil logró encontrar su clítoris por encima de la tela del vestido, y por unos momentos no se preocupó de más.

—Sigamos un poco más —le dije, rechazando con suavidad su mano que hurgaba ya en la bragueta de los vaqueros.

Se dejó llevar, cogida de la mano, hasta que la hice

detenerse. Estábamos debajo de uno de los grandes sumideros donde se vertía toda la lluvia de la avenida Juan Carlos; un lugar que ambos conocíamos, más allá del cual nunca habíamos querido internarnos.

Hasta aquella tarde.

–Te voy a vendar los ojos para que sea una sorpresa –le mandé. Ella asintió, excitada, y se dejó poner el antifaz negro.

–¡Quítame las bragas! –suplicó. Yo denegué lentamente, en una mueca que no pudo ver, y le sujeté las muñecas a la espalda con las esposas. Un modelo de juguetería, forrado de seda acolchada y con un resorte de seguridad. Al verse así, sometida, jadeó y trató de besarme.

–¿Es el Juego de Gerald? –murmuró, mientras trataba de acoplarse a mi cuerpo.

–No –respondí con una sonrisa.

***

Ya estoy llegando al capítulo final; a uno de esos finales espectaculares, estruendosos, que tanto le gustan a ese perturbado de King. Vanessa se estremeció de la cabeza a los pies cuando notó que le ataba las esposas a una cadena. La cadena era gruesa y oxidada, debía de llevar allí mil años; el candado era nuevecito, comprado aquella misma mañana en la ferretería del Barrio. La había desnudado con cuidado, tratando de no rasgarle el vestido ni de apartarle el antifaz que le cubría los ojos. Ella misma se había quitado el tanga estirando hacia bajo con sus manos atadas hasta que le ayudé, hipnotizado a mi pesar por aquel pubis que aparecía tan apetecible y acogedor. Luego me aparté un momento y prendí las antorchas.

Por fin había llegado el momento de terminar. Le quité el antifaz. Ella parpadeó, tratando de acostumbrarse a aquella luz mortecina que, sin embargo, lastimaba sus ojos tanto tiempo tapados. Me miró incrédula, sorprendida por las dos antorchas que iluminaban aquella estancia. No eran más que ramas de pino, impregnadas en gasolina y envueltas cada una en una sábana de franela que le había quitado a mi madre.

Luego miró al frente, a la figura que yacía al pie de las teas, en el medio de aquel aliviadero del tamaño de una piscina que había descubierto en una de mis incursiones por los desagües, solo y lleno de rabia, y empezó a gritar como una loca.

–Bienvenida a Salem's Lot –sonreí.

Jesús estaba tumbado en el suelo; completamente desnudo, como le gustaba a ella, y con un destornillador de mango largo hincado en el corazón. Un charco de sangre se extendía bajo su espalda y generaba pequeños arroyos de sangre oscura que serpenteaban brevemente por el suelo de fango antes de coagularse. No había sido fácil llevarle hasta allí; primero tuve que hacer guardia durante un par de horas a la puerta de la fábrica donde trabajaba, luego provocarle haciéndole un gesto con el dedo mientras me alejaba en el coche, luego permitir que me siguiera, poniéndome las luces y dando volantazos de loco, hasta llegar a un lugar apartado. Luego darle el primer martillazo en la cabeza a través de la ventanilla de su coche, luego seguir dándole golpes hasta que me obligué yo mismo a detenerme para que no se me estropease la parte final del juego, luego meterle en el maletero del Megane. Y allí estaba ahora, atado de pies y manos y con una estaca clavada en el pecho como el vampiro que era, el vampiro que me había robado la vida yéndose con la chica a la que yo amaba.

Claro que no se vayan a pensar que soy un monstruo; cuando llegamos al río, Jesús estaba ya muerto. Se había muerto en el maletero del coche de mi padre en un lugar indeterminado entre la Torrecilla y los Barrens. Las ataduras, el destornillador-estaca, habían sido hechas post mórtem.

Aunque Vanessa no iba a tener la misma suerte. Vi cómo trataba de zafarse de las esposas, dando tirones sin caer en la cuenta de que podría liberarse sólo con presionar un pequeño diente de plástico oculto en los aros. Sus ojos brillaban de miedo mientras yo me acercaba lentamente, repasando de arriba abajo su cuerpo desnudo y encadenado pero sin sentir la menor excitación.

Nunca me han puesto calientes los vampiros.

Yo hablé lentamente; ella gritó como una loca. Sus dientes blancos, tan limpios y afilados, asomaban entre sus labios rojos como la sangre tratando de echárseme encima para devorarme a mordiscos. Ya se había apoderado de mi alma; ahora sólo le quedaba hacer lo mismo con mi cuerpo. Al ver que no era capaz de zafarse, al ver que iba a morir allí, desnuda y encadenada, empezó a suplicar, tratando de comprar su vida prometiendo que guardaría silencio, que no le diría a nadie lo que había pasado con Jesús; su imaginación de enferma me sugirió las prácticas sexuales más aberrantes.

Mas yo guardé silencio, me agaché y abrí la caja de herramientas.

Luego la miré con expresión vacía. No iba a hacer más que cumplir con mi deber.

Sus pechos botaban arriba y abajo, trataban de retraerse al contacto con mis manos un poco temblorosas por el trayecto en coche y sucias aún de la sangre de Jesús. Con cuidado, esquivando sus cabezazos y sus mordiscos, puse la mano por encima de su teta izquierda, la apreté suavemente y apoyé un segundo destornillador grande, éste de estrella.

–¡No! –aulló con frenesí cuando vio aparecer el martillo.

Los primeros golpes fueron los más complicados. Me había pasado lo mismo con Jesús, y eso que él no se movía ni gritaba. La sangre caliente me mojaba las manos; sus chillidos de impotencia y de dolor me perforaban los tímpanos. Finalmente uno de los martillazos logró hincarle la punta afilada de la estaca en el corazón. Vanessa quedó en silencio y su cuerpo sin vida cayó al suelo de rodillas, sostenido todavía por la cadena y las esposas.

Me incliné sobre ella rozando sus hombros suaves y calientes, retiré su melena y toqué los resortes de seguridad. Las esposas se abrieron y el cadáver quedó tendido de bruces sobre el fango.

Entonces la penetré, vaya si la penetré. Le di media vuelta y accedí con los dedos a su vulva aún húmeda y caliente. Me bajé los pantalones y los calzoncillos y disfruté por primera y única vez de aquel cobijo musgoso, ardiente y suave.

Fue uno de nuestros orgasmos más placenteros. El único, por fin, practicado de manera natural, sin aquellos artificios de boca ni culo.

Luego me incorporé, volví a vestirme y contemplé a aquellos dos vampiros con una cierta nostalgia, pero con la satisfacción del deber cumplido. Como David Soul cuando tuvo que acabar con la que había sido su novia.

***

En fin; éste es mi relato. No es una narración tan rebuscada como las novelas de Stephen King, pero, a diferencia de ellas, ésta es real.

El resto ya lo sabéis por los telediarios.

En cuanto al final... los desagües de Lorca son muy extensos, y realmente seguros siempre que uno sepa cómo moverse. Y están comunicados con media docena de ramblas. Yo me lo pensaría dos veces antes de quedarme plantado como un pasmarote en un paso de cebra, encima de uno de esas trampillas enrejadas por las que podría colarse cómodamente un hombre adulto.

Nunca se sabe qué extraños seres podrían devolverte la mirada desde las profundidades.

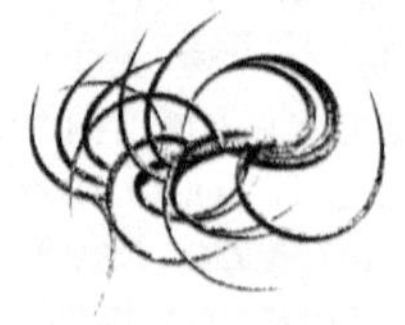

La boca del infierno

Bonifacio Magano, el ganadero con mayor número de cabezas de vaca, conocido por su rudeza y su incansable capacidad de trabajo, arrastraba los pies por el camino de vuelta desde la granja hasta su casa. El cielo estaba encapotado como una enorme panza de burra y la humedad espesaba tanto el aire que le costaba entrarlo en sus pulmones. El polvo le besaba las botas y se adhería a ellas, a su ropa y a su piel como una amante pegajosa. Se sentía sucio, muy sucio, y cansado, pero satisfecho. Los brazos y la camisa llenos de sangre, el cuello y la espalda empapados en sudor, y de rodillas hacia abajo todo estiércol.

En la puerta de su casa le esperaba el alcalde, buen amigo y confidente.

–¿Qué hay, Boni?

–Aquí estamos, reventado.

–Hueles a sangre y a mierda que apestas.

–Una vaca, que se le ha atravesado el ternero y ha estado quince horas de parto –ante la cara de interrogación que puso el alcalde continuó dando explicaciones–: todo bien, la vaca y el ternero.

–No sé para qué diantres las sigues cruzando.

–Por costumbre, amigo mío, por costumbre... Y para seguir el ciclo de la vida, unas se me mueren, otras tendrán que nacer... digo yo. ¿Un chato?

–Pues vale –el alcalde miró hacia arriba–. Hoy está el cielo que quiere llover pero no puede, como tu vaca –el ganadero contestó con un gruñido.

Entraron en la penumbra de la modesta casa de Bonifacio. Se lavó hasta los codos y le sacó al alcalde una salchicha seca de la que cada uno se partió un trozo con las manos. Se sirvieron un par de chatos de vino y continuaron conversando.

–Esos terneros tuyos... ¿acaso tienes para alimentarlos?

–No hay pasto y se mueren la mitad, enfermos; pero,

¿qué quieres que te diga, amigo? Tienen que venir al mundo, pues que vengan... Y si se mueren por el camino... pues que se mueran... ¿quién soy yo para impedir el ciclo de la vida?

–¿El ganadero?

–Ya... es que me niego a darme por vencido, esto tendrá que cambiar en algún momento, ¿no?

–No. No tiene por qué hacerlo –sentenció el alcalde–. Nos hemos acostumbrado a vivir así y así seguiremos.

–Tampoco puede ir a peor entonces...

–Siempre puede ir a peor, Bonifacio..., siempre... Acércate a verlo, por favor. Y me das tu opinión.

La desolación se había cebado con aquel pueblo perdido situado en las faldas de la montaña llamado Cañasagra. Primero fue el cierre de la central lechera, un auténtico desastre. Más de la mitad de la población se quedó sin trabajo, y la otra mitad, la ganadera, no sabía a quién venderle la producción de leche de sus vacas. Luego fue la sequía; los pastos se quemaron por la falta inaudita de lluvia y el ganado pasaba hambre. Como consecuencia de ello enfermaron más de la mitad de las cabezas y la otra mitad dejó de producir al mismo ritmo.

Los jóvenes vagaban perdidos sin saber muy bien qué hacer con tanto tiempo de asueto, salvo fumar sustancias ilegales y perder la juventud entre patéticos delirios imposibles y sueños truncados. Los hombres bebían en la taberna vino de barril barato mirándose unos a otros sin mucho que decirse, y las mujeres andaban depresivas y malhumoradas gritando a las criaturas por felices y revoltosas; y a los esposos por tristes y vagos.

Es fácil entender que el pueblo era caldo de cultivo para crear una sociedad de dementes, desquiciados y enfermos de alma. Sus habitantes habían nacido allí, se habían criado allí y jamás contemplaron la posibilidad de salir de su lugar de origen. Sencillamente se dejaban arrastrar por la vida como un tronco lo hace por la corriente.

Nunca sucedían cosas extraordinarias salvo algún nacimiento que solía ser un descuido; nadie a esas alturas se atrevía a traer hijos al mundo tal y como estaban las cosas.

Hasta que aquel día plomizo sucedió algo asombroso. No extraordinario por bueno, sino por diferente. Suceso que cambió el bullir del pueblo. Un profundo agujero surgió de la nada en el límite entre el camino de entrada y el camposanto. Como un pozo redondo, perfecto, oscuro e insondable. Fueron muchos los que se asomaron y ninguno el que se atrevió a volver a hacerlo. Parecía como si el mismísimo Demonio hubiera querido instalar la puerta de su morada a las afueras de la pequeña aldea.

Bonifacio, a pesar del cansancio, decidió acercarse a ver qué coño pasaba con el agujero aquel del que todo el mundo hablaba. Lo hizo cerca del crepúsculo. Asomó la cabeza; aquello no era más que una caverna profunda donde no se colaba nada de luz. Gritó *eo eo* para comprobar si había eco, pero su voz grave se la tragaron las profundidades de la tierra sin ofrecer reverberación alguna.

El sol se encogía atenuando su luminosidad rojiza y exigua tamizada por los nubarrones, y Bonifacio pensó que el maldito boquete no era más que un fenómeno absurdo de la naturaleza, que parecía querer reírse de las buenas gentes de aquella zona. Nada de demonios ni de absurdidades de supersticiosos ignorantes como eran los cañasagreses. Apuró la última calada de su tabaco de liar y lo tiró al agujero. *Mi granito de arena para tu fuego, Satán.* Se marchó a grandes y energéticas zancadas. El vino le había sentado bien.

Nada sucedió hasta la tercera noche después de que apareciera la gruta misteriosa. Se escucharon gritos desgarradores en mitad de la madrugada. Bernarda, la panadera, había desaparecido dejando en el horno los panes del día siguiente al capricho destructor del fuego, que no dejó más que pequeños montones de triste ceniza. En la mañana, los habitantes de Cañasagra caminaban cabizbajos lamentando entre dientes la falta de pan del día, sin pensar mucho en el miedo que comenzaba a instalarse en sus corazones.

Más tarde desaparecieron los mellizos de la costurera, que se había quedado en el taller hasta bien entrada la madrugada terminando unos quehaceres para la mujer del alcalde. Otra noche se esfumaron tres adolescentes que habían ido al río a beber cervezas, aunque sobre ellos se dijo que igual se habían marchado para buscar una vida nueva en un lugar más esperanzador.

Luego fue el monaguillo, las mujeres del enterrador y del herrero; y el bebé del alcalde, arrebatado del pecho de su madre por una sombra oscura mientras lo amamantaba.

El terror y el nerviosismo se apoderaron del pueblo. Nadie salía de sus casas, las puertas y ventanas estaban atrancadas con maderos y los cuchillos, hachas y escopetas de caza dormían bajo las almohadas. El Demonio se había instalado en Cañasagra y no había manera de echarlo. Todo por el maldito agujero.

El alcalde dio parte a la consejería, que envió a un par de técnicos, un experto espeleólogo y un geólogo que cercaron la cueva y se introdujeron con cuerdas en ella para no volver a salir de allí.

En las esferas políticas se elaboraron informes sobre grietas aparecidas tras riadas, cuevas tras terremotos y oquedades ocultas bajo finas capas de arcilla que quedaban al descubierto cuando llovía, pero nada como eso. ¿Un agujero de la nada? ¿Tan perfecto? ¿Tan antinatural? Nunca se había visto algo igual. Y las conjeturas se trasladaban de papel en papel por la burocracia de los despachos sin llegar a resolver nada.

Tras el incidente de los técnicos de la consejería llegaron dos patrullas de la Guardia Civil que iluminaron con potentes focos la entrada de la oquedad, introdujeron instrumentos especiales para medir su profundidad, encontrar agua u otros elementos naturales singulares como algún tipo de animal o vida desconocida, fluidos extraños o gases mortales. Nada. El que se metió dentro no volvió a salir y los que se quedaron fuera desaparecieron por la noche sin dejar rastro.

Los vecinos decidieron reunirse en asamblea extraordinaria. Había quien atestiguaba que había visto una araña gigante salir del orificio, quien afirmaba que era cosa de extraterrestres, o quien aseguraba que era morada de espíritus. Se barajaron todas las posibilidades: la puerta al infierno, guarida de lobos, de osos o de cualquier otra alimaña; los vecinos del pueblo más cercano que, muertos de envidia, querían acabar con ellos; la NASA, el Ejército haciendo pruebas de bombas nucleares o incluso una potente empresa petrolífera que buscaba el oro negro bajo sus tierras y pretendía echarlos para extraerlo a su gusto.

Fuera lo que fuera estaba allí dentro y tenían que poner fin a esa situación. Bonifacio Magano, conocido por su valentía, su terquedad y su fuerza vital, tomó las riendas:

–Nadie va a venir a amedrentarnos ni a quitarnos a nuestros hijos. Sea lo que sea lo que habite en esa gruta debemos acabar con él. Somos suficientes para preparar una emboscada y matar a la criatura que espera agazapada allí dentro.

–¿Y si es venenosa y nada más entrar estamos muertos?

–Sí, mira lo que ha pasado con los técnicos del Gobierno.

–Y con los guardias civiles...

–¿Y qué hacemos? ¿Esperamos hasta que hayamos muerto uno a uno? ¿Queréis quedaros solos, sin familia? O peor, ¿servir de alimento a lo que quiera que habite dentro?

–Yo estoy de acuerdo con el Boni –apuntó Fabián Confurco–; o atajamos esto o se nos va de las manos. Más vale ir de frente. Las autoridades nos han abandonado.

–¿Y por qué no le echamos tierra y punto?

–Ese agujero es tan profundo que no tenemos tierra suficiente en Cañasagra como para taparlo.

–¿Y con piedras?

–Podemos intentarlo...

Esa misma tarde acarrearon las rocas más grandes que pudieron reunir, una de ellas una piedra redonda del molino antiguo que tenía las dimensiones perfectas para la boca de la oquedad y, sobre ésta, toneladas de mineral de la antigua cantera de mármol.

–De aquí no sale ni el mismísimo Lucifer.

–Sea lo que sea se va a pudrir allí dentro.

Exclamaban satisfechos los aldeanos después del esfuerzo. Tras lo cual, esa noche descansaron tranquilos y agotados.

Al alba se escucharon los gritos desgarradores de todos ellos al descubrir que no se hallaban en sus lechos ni sus hijos ni sus mujeres. Corrieron al pozo. Las piedras habían sido desplazadas. La congoja, pero sobre todo el ansia de venganza, les infundió a los hombres de Cañasagra un nuevo coraje.

Bonifacio Magano se acostó en el suelo y se asomó con temeridad. De las entrañas de ese agujero subía un aliento frío, pérfido, que al ganadero le recordó el olor de los mataderos sucios: esa mezcla de sangre recién derramada, sangre ya podrida y el más atávico de los miedos, el que antecede a la muerte.

–Vecinos, tenemos que entrar allí. Somos fuertes, somos valientes, y no permitiremos que ningún bicho inmundo acabe con nuestras vidas –comprobó que alguno de ellos se echaba hacia atrás, miedoso, así que elevó el tono de voz para convencerles–. Es más, tenemos la obligación de bajar allá abajo armados hasta los dientes; nuestras familias pueden estar retenidas dentro.

–Es cierto, no podemos darles por muertos.

–Puede que estén esperando nuestra ayuda.

–¿Y si es el mismísimo diablo quien está agazapado allá abajo esperando a que lleguemos?

–¡Pues lo agarramos de los cojones y nos lo cargamos!

–Eso, ¡nos lo cargamos!

–Dentro de una hora nos vemos aquí los valientes. Los lamehuevos que no estén ya se pueden ir cagando leches al otro lado del mundo porque pienso matarlos yo con mis propias manos –añadió el Boni para darle más énfasis e infundirles un valor que ninguno llevaba dentro, tras lo cual se marchó a grandes zancadas.

Bonifacio, además de ganadero, era cazador. Sabía que una de las primeras cosas que perciben los animales es el olor corporal de los humanos, por eso se le ocurrió embadurnarse hasta arriba de mierda fresca de vaca, para que el sudor del miedo se cubriera con el fuerte hedor de la boñiga. Total, él ya estaba acostumbrado. Cogió un hacha, un machete, sus dos rifles de caza y una linterna, y se fue a esperar a los demás al agujero.

Poco a poco fueron llegando uno a uno los hombres de Cañasagra recelosos, con el corazón en un puño y muertos de miedo, pero intentando aparentar lo contrario. Si hubiesen sido perros habrían llevado las orejas gachas y el rabo entre las piernas. *Malditos acojonados*, pensó Bonifacio, *no tienen cojones ni para ir a buscar a sus mujeres.*

–Joder, Boni, hueles a mierda que apestas... ¿te has cagado de miedo?

Los demás rieron, para soltar tensión más que porque les hiciera verdadera gracia; todos confiaban en el valor del Boni.

–No tanto como tú, Chaneiro. ¿Quieres darme un abrazo antes de morir? Más vale apestar a boñiga que hacerlo a miedo, como tú.

A eso nadie dijo nada y se dispusieron a comenzar con el trabajo. Clavaron en el borde de la oquedad gruesos clavos que se usaron en la cantera en su día. A ellos ataron cuerdas largas, y las lanzaron dentro. Fueron entrando en grupos de cinco, deslizándose por las cuerdas con improvisados arneses de telas vaqueras, con las armas en las manos, las linternas de minero en la frente y el terror impreso en los ojos.

Conforme bajaban, la temperatura descendía y la oscuridad se hacía más envolvente. El hedor impregnaba el aire, dotándolo de una densidad molesta, difícil de respirar. No se oía nada excepto el palpitar violento de la propia sangre en los oídos.

Fueron descendiendo lentamente todos por las cuerdas, eran un total de cuarenta o cuarenta y cinco hombres que no sabían qué ocurriría con sus vidas. El hueco, estrecho al principio como la garganta de un gigante, se fue ensanchando y dio paso a una caverna de inmensas dimensiones cuyas paredes los focos de las linternas eran incapaces de alcanzar.

Tras muchos metros, los primeros hombres tocaron suelo. Entre ellos Bonifacio, que lo pateó para asegurarse de que era real. Miró hacia los lados para comprobar el peligro pero allí no se veía nada ni a nadie. Esperaron en grupo a que todos bajaran. El agujero perfectamente redondo del techo quedaba ahora lejano, como la luz al final del túnel que muchos deseaban alcanzar de nuevo para echar a correr y no volver nunca. En aquella madriguera fétida no podrían nunca encontrar la paz.

El peligro inminente se palpaba en el aire cuya quietud era sobrecogedora. Bonifacio los dirigió hacia un lateral; si daban con la pared de la cueva estarían más protegidos por un flanco. La encontraron y se trasladaron despacio siguiéndola sin saber hacia dónde o hacia qué se dirigían. Los hombres apestaban a sudor punzante de miedo y dirigían sus linternas hacia la oscuridad esperando una señal.

Los primeros, entre ellos Bonifacio, tropezaron con algo blando. Cadáveres. Dirigieron los focos hacia ellos. Todos reconocieron los restos de alguien: vecinos, amigos, hijos y esposas, blancos y rígidos, con los ojos y las bocas abiertas, con el rictus del pánico antes de la muerte impreso en sus facciones. Los hombres se derrumbaron, se escucharon sollozos y más de uno se meó en los pantalones. Un intenso olor nuevo impregnó el ambiente, el del sudor apestoso de las sobaqueras de cuarenta hombres aterrados.

Bonifacio se arrepintió de su valentía, de la que ya no quedaba ni el más mínimo atisbo. Se pegó a la pared y esperó mientras el corazón se le salía del pecho. Los hombres se movían nerviosos a su alrededor como las vacas cuando hay lobos cerca, lo había visto mil veces. Al final no eran más que ganado al albur de lo que la criatura hedionda de las entrañas de la tierra quisiera hacer con ellos.

Mas no era una criatura, era toda una manada. Los focos por fin sacaron de dudas a los habitantes de Cañasagra. Un grupo de seres con apariencia humana, sin pelo, de piel blanquecina y transparente, ojos saltones y rojos, se aproximaba a ellos. Iban desnudos, había machos, hembras y crías. Sus bocas se abrían en un castañeo indecoroso y mostraban colmillos afilados bañados en babas que se deslizaban viscosas por sus mandíbulas inquietas. Se detuvieron un instante a olfatear a los extraños que les servirían de festín. Sus ojos parecían vacíos, sin visión ni inteligencia pero dotados de gran agresividad.

Fue un leve gruñido el que dio paso a la carnicería que allí tuvo lugar. Las fieras se lanzaron hacia sus víctimas desgarrándoles las gargantas con más necesidad que violencia, de forma mecánica y natural, como los lobos.

Bonifacio, que se había caído cerca de la pared, contempló horrorizado, bajo la tenue luz de las linternas que los hombres aún mantenían en sus cabezas, cómo las criaturas bebían a borbotones, con suma ansiedad, la sangre que sorbían del cuello de sus vecinos. Sangre que podía ver deslizándose por las gargantas sedientas de aquellos monstruos sin piedad, bajo su piel blanquecina, prácticamente transparente.

Las malditas bestias emitían desagradables ruidos, mezcla de satisfacción, jadeos y gruñidos al tragar los litros y litros de sangre de sus congéneres. Él seguía mirando con pavor. La boñiga de vaca había resultado efectiva y gracias a su genial idea ahora estaba contemplando horrorizado el final de todo un pueblo y el suyo propio.

Un niño, cachorro, enano o lo fuera, dejó el cuerpo de Gerardo el tendero y se dirigió a él con sus ojos rojos vacíos de mirada; emitía gruñidos de delectación y olfateaba el aire. Bonifacio empuñó su hacha dispuesto a sacarle las entrañas a ese maldito hijo de Satanás aunque fuera lo último que hiciera, pero la criatura fue tan rápida y tan violenta que cuando se dio cuenta ya notaba la sangre de su cuello siendo sorbida con avaricia por el cachorro. La conciencia se le iba y lo único que atinó a pensar fue que no era nada elegante morir apestando a mierda. Su brazo se movió por el instinto y el hacha entró varias veces en la carne y el cráneo de aquella pequeña bestia derramando sobre él un líquido viscoso y maloliente como la sangre podrida. El cuerpo sin vida del pequeño monstruo dejó de succionar y cayó al suelo junto con los cadáveres de los vecinos de Cañasagra. Bonifacio se taponó la herida con la mano. Se arrancó la camisa y se la anudó al cuello a modo de torniquete. La sangre propia y la de la criatura le cubría el pecho, los brazos y parte de la cara.

Y de repente todo fue silencio. Las bestias se retiraron a lo más profundo de su cubil a digerir su festín de sangre y Bonifacio se quedó solo, cagado de miedo y rodeado de los cuerpos sin vida y sin sangre de sus amigos y vecinos.

Apagó la linterna; no podía ver más aquel horror, se sentía débil. Buscó de nuevo la pared rugosa y húmeda de la cueva y se sentó en el suelo derrotado.

El agujero de arriba, con el que había comenzado todo, se cerró y todo fue oscuridad, hasta su conciencia.

Nunca sabría a ciencia cierta cuánto tiempo estuvo inconsciente, igual podían haber pasado minutos que días o años. Despertó dolorido y desorientado hasta que un fuerte hedor a podredumbre lo volvió a situar en el lugar en el que se hallaba: el infierno. Al menos los demás estaban muertos, ya no se enteraban de nada, pero él seguía vivo y no sabía por cuánto tiempo. Miró hacia arriba buscando el agujero; con suerte podría alcanzar las cuerdas y subir de nuevo. Lo dejaría todo, su casa, su ganado, su vida, y se marcharía lo más lejos que pudiera a intentar olvidar aquel horror. Pero recordó que el agujero se había cerrado.

Buscó el lugar donde creía que estaba y allí se encontraban las cuerdas, enroscadas como serpientes durmientes en el suelo. Arriba no había más que oscuridad. El agujero no estaba.

Volvió a alcanzar la pared y a tientas la siguió. Le pareció que era la forma más sensata de buscar una salida si la había, aunque también era probable que volviera a dar con la manada de vampiros infames que habían exterminado a todo un pueblo. Se estremeció al pensarlo, mas ya no le quedaba nada que perder excepto su vida, y la perdería de todas formas si se quedaba quieto.

Prefirió no encender la linterna. Le pareció que las criatura eran ciegas, lógico si vivían en la oscuridad, pero podían percibir atisbos de claridad y era como señalarse a sí mismo para servirles de alimento.

Anduvo durante horas con el corazón en un puño. Aquella caverna era más larga que un día sin pan. Como aquél: un día sin pan y sin esperanza. La cueva se iba estrechando, lo notaba por el ruido de sus pisadas. Estaba alerta como cuando cazaba, con la mano bien cerrada sobre el mango del hacha, pero ya no sentía miedo. No, el miedo paralizaba y él debía seguir adelante. Estaba cansado, sediento y débil, mas debía seguir; siempre hacia delante, nunca detenerse.

Sus sentidos agudizados, sus músculos tensos, su mente encauzada hacia la más mínima posibilidad de supervivencia. Se detuvo, le había parecido escuchar algo, un murmullo lejano. Sí, un murmullo. Si llegaba hasta ellos se cargaría a unos cuantos antes de que le exterminaran a él, putos engendros chupasangre. Siguió caminando –ya le daba igual todo– y decidió encender la linterna que seguía llevando en la frente. La caverna era ahora apenas un pasadizo que continuaba adentrándose en las profundidades de la tierra. De la tierra maldita del subsuelo de Cañasagra.

El murmullo se hizo más audible y, por todos los santos, ¡era agua! ¿Había algo más esperanzador que aquello? Si conseguía dar con el curso de un río, aunque fuera subterráneo, podría seguirlo; podría ser que desembocara en la superficie. O no, pero el agua siempre significaba vida –ya lo decían los romanos– y él estaba harto de tanta muerte.

Caminó al menos un par de horas más; los pies le dolían y el hacha descansaba en su cinturón. El agua estaba próxima, ya se la oía corretear con alegría y las paredes de la cueva supuraban humedad. Si salía de ésta con vida, ¿cómo iba a explicar todo lo vivido en ese lugar? Qué tontería... ¿explicar a quién? ¿Explicar qué? ¿Que era el único que había vuelto del infierno?

El túnel estrecho por el que caminaba desembocó en otra gran oquedad sustentada por columnas de estalactitas y estalagmitas fusionadas. El pequeño río subterráneo se escuchaba corretear muy cerca. Lo buscó con ansiedad, consciente por vez primera de lo sediento que estaba, hasta que la luz de la linterna de su cabeza, que ya había perdido intensidad, se reflejó en las aguas.

Bebió con ansiedad introduciendo la cabeza de lleno en el agua. Tenía un ligero sabor férreo, similar al de la sangre, pero le dio igual; sólo quería calmar su sed. Se echó agua por la cabeza y se lavó la cara. El agua lo cambió todo, bendito elemento; especialmente su estado de ánimo, que se recompuso y se fortaleció. Fue al mojarse la cara cuando percibió un ligerísimo roce en la piel, apenas un soplido. Una levísima corriente de aire. Toda su atención se centró en el sentido del tacto, su piel debería indicarle de dónde procedía aquella corriente y, si era real y no se la había inventado, todavía había esperanzas de sobrevivir.

Logró acertar de dónde provenía y se dirigió hacia allí justo en sentido contrario del pequeño río. El suelo de la cueva parecía inclinarse hacia arriba. Continuó un par de horas más; la pendiente era cada vez más empinada, lo que sin duda era una gran noticia, pero su corazón y sus músculos se cansaban. ¿Cuánto llevaba sin comer? Por el vacío de su estómago diría que un par de días, aunque su estómago era protestón y no muy de fiar. Hizo un esfuerzo y siguió avanzando.

La linterna, más agotada aún que él, tintineó un par de veces y se apagó por completo. Y dio gracias al cielo por ello, porque si no, no habría sido capaz de distinguir la claridad tenue que se colaba por algún punto de la cueva. Avanzó hasta que la luz y el aire se fueron haciendo más patentes. Era increíble, al final iba a ser el único del pueblo en escapar de la muerte. A su mente volvieron las imágenes de los monstruos de dientes afilados y ojos muertos. Aún no podía cantar victoria. Apretó el paso. La cueva se estrechaba de nuevo, cada vez más, hasta el punto que tuvo que caminar con la cabeza gacha y ambas manos apoyadas en las paredes. Aquello era un túnel y al final había luz, una luz clara y cálida, la luz del sol.

Los últimos metros tuvo que encararlos reptando hacia arriba, pues el pasillo se había estrechado tanto que apenas cabía. Sólo faltaba que casi al final, cuando ya veía la salida, su corpulencia no le dejara salir por el agujero. No importaba, rompería la tierra con uñas y dientes si era necesario pero él no se quedaba allí; él salía como que se llamaba Bonifacio Magano y era el hombre más testarudo del mundo.

No se equivocaba del todo, tuvo que dejarse la piel de las manos y gran parte de sus uñas rompiendo la dura pared de la roca hasta hacer el boquete tan ancho como para que su cuerpo derrotado cupiese.

La luz cálida del sol le cegó los ojos y la brisa le acarició la cara. Respiró una gran bocanada de aire fresco y limpio. No podía creerlo, se había salvado, ¡estaba vivo!

Cuando sus ojos se adecuaron a la luminosidad del día ya sabía en el lugar exacto en el que se encontraba: en el nacimiento del Argus, en el bosque, a media montaña. Aún le quedaban unos seis o siete kilómetros hacia el pueblo. Con fuerzas renovadas se dirigió hacia él. Cogería lo imprescindible, lo cargaría en la camioneta, comería algo y se largaría de aquel maldito pueblo fantasma para siempre. El cielo le había dado una nueva oportunidad para vivir y sabía Dios que la aprovecharía.

Bonifacio Magano, el ganadero con mayor número de cabezas de vaca, conocido por su rudeza y su incansable capacidad de trabajo, arrastraba los pies por el camino de vuelta desde la montaña hasta su casa. El polvo le besaba las botas y se adhería a ellas, a su ropa y a su piel como una amante pegajosa. Se sentía sucio, muy sucio, y cansado, pero contento. El cuerpo y la ropa llenos de sangre y estiércol.

En la puerta de su casa le esperaba el alcalde, su buen amigo y confidente. Pero, ¿cómo? ¡Le había visto morir en las fauces de aquellas monstruosas criaturas! ¿Acaso se estaba volviendo loco?

–¿Qué hay, Boni? –le saludó el alcalde con gesto desganado.

–Aquí estamos, reventado... –contestó como lo había hecho unos días atrás, sin poder creer lo que sucedía.

–Hueles a sangre y a mierda que apestas...

–¿Un... un... un chato? –fue lo único que acertó a decir.

JHS

Densas nubes de color granate oscuro pasaban altas sobre la meseta, creándose y deshaciéndose a cada segundo; las ráfagas de viento revolvían las dunas kilométricas y lanzaban por los aires las rocas más pesadas. Al fondo, en el horizonte, se abría la cúpula de acero de la Ciudad 18.

Aquella meseta rojiza era el Calvario.

El centurión arakno se encaró a aquel rebelde que sangraba y era sostenido por dos soldados, pues tenía las seis extremidades descoyuntadas.

Y dijo:

Hace miles de años, antes de que se extinguiese la vida inteligente sobre la Tierra, nosotros pudimos recibir sus mensajes. En aquella época nuestra especie no era más que un sencillo rebaño de criaturas primitivas que andaban a seis patas, se escondían en las cuevas de los cañones para lamer el hielo aprisionado entre las grietas y se extasiaba cuando el viento solar le traía los mensajes de radio de aquella civilización lejana, que podíamos captar telepáticamente aunque no descifrar, y que atribuimos en principio a prodigios de la Naturaleza, caprichos de las estrellas, hasta que descubrimos a Hahk, el Dios verdadero, y con él el destino único de los araknos. Fue en aquella época cuando murió el último ser humano; en el año cien mil antes del Gran Brote, según nos dice la Palabra Revelada.

Iniciada finalmente nuestra Era Espacial, fuimos de inmediato a la Tierra y a la Luna y examinamos las ciudades que los humanos habían considerado más importantes. Nos fijamos especialmente en su cultura: pintura, escultura, joyería, que hablan un lenguaje universal. También llegamos a apreciar su música una vez que aprendimos a distinguirla de las palabras, de ese lenguaje humano que hasta ahora no hemos podido descifrar.

Al igual que nuestro arte, el arte humano representaba aquello que era más apreciado por los terrestres. En las pinacotecas, los lugares públicos y las estancias privadas había paisajes fértiles, puestas de sol, frutas, flores, hombres, mujeres y animales hermosos... el arte sirve, al fin y al cabo, para acercar a las personas lo más bonito y lo más digno de una cultura; también para adoctrinar y educar, y para rendir homenaje a los seres más eminentes, del mismo modo que nosotros rendimos tributo a los araknos más destacados y a nuestro padre Hahk.

En las pinturas y las esculturas de la Tierra vimos representados a los personajes más importantes dentro de la sociedad. Nosotros no podemos adivinar cuál era su función exacta, aunque podemos hacernos una idea de lo que hacían por sus atributos y por los vestigios informáticos que nos han llegado. Dulces hembras con sus crías, ancianos severos en el acto de juzgar, nobles fantasmas que vienen a visitar a sus descendientes, hechiceros capaces de la interlocución directa con Hahk, poderosos caballeros armados, artesanos y campesinos, gente buena cuya imagen fue plasmada en las pinturas, tallada en el duro mármol o reproducida en el espacio virtual, para ser recordada para siempre, como hacemos nosotros con nuestros hombres y mujeres de bien; para que nunca se olviden de ellos.

Claro que, al igual que nosotros, los seres humanos también dejaron constancia de los más perversos y peligrosos de sus semejantes. Hemos visto representaciones de hombres y mujeres torturados, privados de su cabeza o sus extremidades, encerrados con murallas de pinchos y enterrados por los robots en inmensas sepulturas colectivas.

Hace muchos miles de años existió en la Tierra un criminal cuya memoria no fueron capaces de olvidar. Ignoramos qué terrible daño pudo hacer a sus contemporáneos, en qué pudo perjudicar a toda la Humanidad que, desde entonces, se recreó representando sus tormentos. ¿Cuál sería su delito, para ser escogido como ejemplo para lo sucesivo?

El criminal aparece representado por vez primera en la vieja Roma, donde debió de ser condenado y ejecutado. Una figura flagelada que purga su delito clavada a una cruz, alanceada, con una corona de púas de metal en la cabeza, retorciéndose de dolor bajo el sol del desierto... A partir de entonces aparece expuesto en los templos principales de las grandes ciudades, pero también en el lugar de preferencia de los hogares más humildes, de punta a punta del planeta y sin grandes modificaciones a lo largo de doscientos siglos.

Nuestros estudiosos afirman que ese criminal en el patíbulo fue puesto de ejemplo por Roma para aquél que estuviera tentado de apartarse de las leyes. De esta forma, a medida que la civilización romana se fue expandiendo por el mundo llevó consigo, junto a su idioma, sus normas, el culto a sus dioses y la imagen de sus dirigentes, la ominosa representación de aquel transgresor, para advertir a todas las civilizaciones hermanas sobre lo pernicioso de su ejemplo.

–¡Ecce Homo!; ved aquí a este hombre –nos advierten las viejas pinturas, las esculturas, las tallas de bronce y madera– que fue escarmentado por sus delitos! ¡Tened cuidado de no seguir su ejemplo! Porque así es como acaban los grandes criminales...

Y ahora tú pretendes que has venido a salvarnos... tú has venido con palabras de paz e igualdad entre altos y bajos, de rebelión contra los poderes establecidos... tú has tratado de hacernos renegar de nuestras creencias y nos has hablado de un nuevo dios cuyo hijo eres tú mismo... ¡Como si nosotros no conociésemos a Hahk, que nos modeló de fango y luego nos hizo enverdecer! Tú eres, sin duda, el peor de los criminales, aquél que en la Tierra dejó tamaña lacra que sirvió en adelante de escarnio y advertencia a todos los seres humanos hasta que llegó el momento de su autodestrucción. Tú te proclamas rey de todos nosotros, redentor de los pobres, enviado de un nuevo dios más poderoso que el nuestro...

Pero no, rebelde; no, delincuente. Hemos aprendido muy bien el mensaje que nos dejaron nuestros viejos vecinos, los humanos. Has sido apresado por nuestra guardia gracias a la delación de un buen ciudadano que ha sabido desligarse a tiempo de tus enseñanzas; el pueblo entero te ha negado la libertad cuando le hemos dejado decidir quién de entre todos los criminales tenía que ser absuelto; tú has sido condenado a morir lentamente, aspado bajo el sol, como ejemplo para las generaciones venideras de lo que sucede a quienes se apartan de las leyes de Hahk.

El centurión hizo una señal con una de sus extremidades superiores y los soldados ataron firmemente al aspa de seis brazos a aquel arakno peludo, mal vestido y espigado que predicaba la rebelión y el sometimiento a su falso dios por las calles y las plazas de Ciudad 18; aquel arakno tan parecido en su mensaje y su manera de actuar al criminal cuya ejecución en el patíbulo había perdurado en el planeta Tierra durante cientos de miles de años; si bien éste, como todos sus congéneres, tenía cuatro brazos, cuatro ojos y era de un color rojo terroso.

Una ráfaga del violento huracán que recorre permanentemente el hemisferio norte de aquel planeta sacudió firmemente el aspa de seis brazos mientras aquel réprobo elevaba la mirada al cielo granate y le preguntaba a su Padre por qué le había abandonado.

Viaje al exterior del cuerpo

Cuando Pedreño puso el pie en el primer escalón de las flamantes instalaciones de corte futurista de Divofatis, ya tenía una ligera idea de lo que iba a escribir en su artículo del domingo en *El de Siempre*, uno de los periódicos más leídos del país, conservador y muy crítico con todo lo que oliera a novedad científica. No se podía imaginar el veterano periodista que lo que albergaban las estancias de aquel magnífico edificio cambiaría su vida drásticamente. Antes de entrar se detuvo a mirar el DeathClock a ver si tenía la suerte de que cambiara dos o tres números de golpe, pero no lo hizo; ni siquiera cambió la cifra. Se desesperó y decidió entrar.

Bastó decir su apellido en el mostrador de recepción –el único mueble de toda la planta baja, que reinaba níveo y esbelto, solitario como un altar en medio de la nada–, para que la muchacha que lo dirigía lo tratara con una amabilidad pastosa e impostada.

Ahora vendrá la rubia de siempre, con la sonrisa de siempre y el cuento de siempre –pensó Pedreño. Y no se equivocó demasiado, no tuvo que esperar ni dos minutos cuando apareció por una puerta deslizante una muchacha de catálogo con el pelo lacio, rostro y cuerpo de modelo, sonrisa de dentista, paso decidido y, por supuesto, rubia.

–¿Agapito Pedreño? –preguntó retóricamente la muchacha ensanchando la sonrisa.

–Pedreño a secas –le estrechó la mano apretándola fuerte para coaccionarla, pero la rubia le devolvió el saludo con un apretón firme.

–Bienvenido a Divofatis, señor Pedreño. Soy Marta Muza, la directora de márketing y comunicación del grupo; espero que hoy le sorprenda gratamente lo que hacemos en esta empresa porque hemos conseguido dar un verdadero salto en la Ciencia. Ya verá, le vamos a sorprender.

–Bueno, bueno, eso se lo diré yo al final de la visita. Soy perro viejo, señorita, me sorprenden ya pocas cosas.

Muza sonrió de medio lado con suficiencia y comprobó con desagrado cómo el hombre que tenía ante sí le miraba con descaro el pecho, si bien no hizo ningún gesto que diera a entender que se percataba de ello. Pedreño le pareció descuidado y sucio. Su rostro lucía una perilla pequeña en comparación con su ancho rostro que escondía parte de los labios finos y donde en ciertas zonas la cana le ganaba al negro; excepto en el bigote, que amarilleaba. El mentón y la papada se mostraban cubiertos por pelo incipiente de más de tres días de descuido de afeitado. Su ropa olía a comida barata y aceitosa y el fuerte hedor a tabaco que desprendía el hombre escondía un leve tufo a sudor estancado. Sin embargo, la directora de comunicación no atenuó ni un ápice su amabilidad; el perro viejo escribía para un sector que se mostraría crítico con el descubrimiento de la empresa y que, por otra parte, podía seducir perfectamente a parte de su público objetivo. Aquella entrevista era vital para Divofatis; el periodista tenía que salir convencido de que los servicios que allí se ofrecían eran pioneros y podían significar un avance para la Humanidad.

Pedreño la siguió escéptico por los pasillos inmaculados y pelados, dispuesto a no dejarse impresionar por la rubia pechugona a la que no dudaría en zumbarse si tuviera alguna posibilidad... como seguro se la beneficiaba alguno de los directivos de aquel monstruo de empresa biotecnológica.

Tras un buen rato de charla introductoria sobre la tecnología punta utilizada, los descubrimientos y las diversas pruebas que se habían realizado cumpliendo con los estándares más estrictos de seguridad, la mujer aseguró que los servicios se estaban ofreciendo desde hacía un par de meses a clientes muy exclusivos.

–A los ricos –apuntó él.

–No sabemos exactamente la situación de la cuenta corriente de nuestros clientes, pero... si tenemos en cuenta que cada tratamiento cuesta seis mil euros, entendemos que hambre no pasan.

¡Cago en la puta, seis mil euros! –pensó Pedreño–; *con eso tengo yo para putas todos los fines de semana del año. De las baratas, eso sí.*

–Todo ese rollo está muy bien, señorita, pero después de

ver laboratorios, salas de ensayos, ordenadores y quirófanos, o lo que diablos sea todo esto, sigo sin enterarme muy bien de a qué se dedican. ¿Podría explicármelo, si es tan amable?

De nuevo la directora de comunicación le dispensó una sonrisa condescendiente y de superioridad que a Pedreño no le gustó nada. Unos buenos azotes en el culo y algo de sumisión era lo que necesitaba la muchachita sabelotodo.

–Por supuesto, señor Pedreño; en realidad intentaba hacerle más interesante la experiencia. Vayamos a mi despacho y se lo explicaré todo con más detalle.

Al despacho donde se la chupas al que te ha colocado aquí –especuló Pedreño, disfrutando del contoneo gracioso de sus jóvenes nalgas apretadas bajo la falda.

Una vez acomodados, Marta Muza comenzó su explicación:

–En realidad todo parte de la mera psicología. De la necesidad del ser humano de verse desde otro punto de vista y de la dificultad que, por razones obvias, no podíamos solventar hasta ahora –hizo una pausa para observar la cara de Pedreño, que la miraba sin enterarse de nada–. La idea es bien sencilla: ofrecemos a nuestros clientes la posibilidad de separar su conciencia de su cuerpo para observarse o interactuar consigo mismo desde fuera.

–En plan espíritu o así –su rostro era pura estupefacción.

–No exactamente, es algo más... carnal que eso –se ajustó las gafas enfatizando las últimas palabras–. Prestamos a nuestros clientes un cuerpo biorrobótico –vio el gesto de su interlocutor y sonrió por dentro, esta parte era la que más le gustaba–. Mediante la escisión telequinésica logramos transmitir los impulsos nerviosos cerebrales que componen la conciencia humana; nuestra esencia, por llamarlo de alguna forma.

–¿El alma?

–Los científicos no sabemos de almas. En realidad el cerebro humano funciona mediante impulsos eléctricos. Con este sistema lo único que hacemos es duplicar esos impulsos y copiarlos en un cerebro vacío en un cuerpo diferente al del sujeto; bajamos la frecuencia de los impulsos originales hasta prácticamente atenuarlos, y su copia, que es la conciencia en sí, actúa en el cuerpo prestado.

Pedreño sacó su libreta cuyas primeras hojas lucían pequeñas manchas de café y de algo indeterminado, dispuesto a apuntar sin saber muy bien el qué por primera vez en toda su carrera.

–No se preocupe, le daré un amplio dossier informativo donde viene todo explicado de forma sencilla y comprensible. Acompáñeme, se lo mostraré.

Se dirigieron de nuevo hacia arriba en el ascensor hasta la planta veinte, que debía de ser ya de las últimas, y llegaron a unos pequeños habitáculos, tipo quirófano, con dos camillas y máquinas con apariencia muy sofisticada. En una de las camillas parecía haber un cuerpo rígido bajo una sábana. Sin miramientos, Marta Muza tiró de ella para descubrir lo que parecía un muerto de facciones sin expresión, como un muñeco pero muy real.

–Esto es un cuerpo biorrobótico –lo tocó invitándole a hacer lo mismo–. Es como un cascarón con vida pero vacío de pensamiento. Su fabricación es exorbitantemente cara, de ahí el precio tan alto del tratamiento.

–¿Vive lo mismo que una persona?

–No, ojalá, tarda un mes aproximadamente en formarse y tiene una vida útil de alrededor de un año; después se descompone biológicamente.

–A tratamiento por día ya le pueden sacar partido, ya.

–Está claro. Puede llegar a hacer hasta cuatro sesiones al día, al final termina saliendo rentable.

–¿Y siente? –preguntó Pedreño tocándolo con cierta repulsión y comprobando que parecía totalmente carne humana.

–¿Dolor? –él asintió–. No, su cerebro está vacío, virgen, sin conexiones neuronales.

–No respira.

–No es necesario para su supervivencia; sin embargo puede hacerlo. De hecho, cuando es usado sí que lo hace.

–¿Y cómo está la ley al respecto? –preguntó quisquilloso.

–Bueno, como se sabe, la Ciencia siempre se adelanta a

la legislación.

–Vacío legal absoluto, vamos –incidió disfrutando su malicia.

–Exactamente. No existe hasta el momento legislación en ningún país del mundo que impida el uso de esta técnica. No obstante, nuestros clientes firman un contrato específico que dota de legalidad al servicio.

–Mediante el cual los exoneran de toda responsabilidad, vamos.

–Digamos que nos blindamos ante cualquier irresponsabilidad de nuestros clientes –la rubia le miraba fijamente, sin desviar la mirada en ningún momento.

–¿Y moralmente? ¿No es un tanto deshonesto?

–La empresa no entra en ese aspecto, pero que quede claro que no nos parece inmoral en absoluto; si acaso, amoral.

–¿Y qué puede querer hacer la gente con su propio cuerpo delante, mirarlo sin más?

–Ni se imagina la cantidad de usos que hemos llegado a registrar; aunque, por supuesto, es totalmente confidencial cada uno de ellos. Hay personas que simplemente se observan para verse desde otro punto de vista: es muy útil para comprobar si nos vemos como realmente somos o si tenemos una percepción personal errónea; hay quien se besa y se abraza, incluso quien se hace el amor o... se viola.

–¿En serio? ¡La gente está fatal de la cabeza!

–Hay quienes simplemente se hablan, conversan consigo mismos.

–Pero, ¿el cuerpo original, el de verdad, puede hablar? ¿Reacciona de alguna forma?

–Apenas se queda con las reacciones cerebrales básicas; por eso le decía que se atenuaban pero no desaparecían del todo. Lo justo para poder respirar y que siga latiendo el corazón. Pasa a ser como el cascarón biorrobótico.

–Un pedazo de carne.

–Es usted quien lo ha denominado así.

–Supongo que ya sabe para qué medio trabajo.

–Por supuesto que lo sé.

–A mis lectores no les va a hacer ninguna gracia lo que hace Divofatis; desde el punto de vista religioso es una total y absoluta aberración.

–Contamos con la dificultad que entraña entender esta técnica. Por eso mismo está usted aquí, para entenderla a fondo y poder explicarla al detalle a sus lectores –le puso ojos de gata que ronroneaba.

–Si quiere que le sea sincero, no termino de entenderlo del todo. La teoría sí, hablo más bien de la utilidad.

–Ya hemos pensado en ello y, si quisiera, la empresa estaría encantada de que probara de primera mano nuestros servicios.

–¿El que cuesta seis mil euros?

Marta sonrió afirmativamente sabiendo que ya contaba con un sí. Después de probar la experiencia seguro que el periodista retrógrado la veía de otra forma diferente a la que los prejuicios morales y profesionales le sometían.

Agapito Pedreño, a sus cincuenta y cinco años, de los cuales más de treinta y seis eran de ejercicio del reporterismo más callejero, había experimentado y visto de todo. Sin embargo, admitía cierto nerviosismo provocado por el interés y el miedo a lo desconocido. Se encontraba exultante y atemorizado a la vez por la nueva experiencia, pero si no le había dicho que no a las drogas más fuertes, no iba a negarse a algo tan contundente.

Cuando despertó se encontraba en una sala aséptica y blanca, prácticamente vacía y de paredes acolchadas. Había un pequeño catre en una esquina y él se encontraba sentado en una silla frente a su cuerpo, en la misma posición ambos. La primera sensación fue impactante.

Estaba al tanto de todo. Tendría total y absoluta intimidad, el cuarto estaba insonorizado por completo y era libre de hacer consigo mismo lo que quisiera; invitación que le pareció un tanto escabrosa. Le avisarían por un altavoz cuando se fuera acabando el tiempo de la sesión y, por supuesto, podía conectar mediante el brazalete psicodélico que llevaba en la muñeca con el centro de observación, desde el cual, aunque no pudieran verle u oírle sin su consentimiento, controlaban sus constantes vitales en todo momento. Ya había firmado el contrato sin leerlo con la promesa de que le darían una copia para su artículo. Eso sí, todo quedaba grabado para visionarlo en caso de conflicto.

Era extraño, muy extraño. Se veía frente a sí y no tenía ni idea de qué hacer consigo mismo. Comenzó por observarse. Estaba muy viejo y muy panzudo; cuando se miraba al espejo no se veía así en absoluto, no tanto al menos. Sabía que no era hombre de cuidarse mucho, que hacía excesos con el tabaco, la bebida, la bollería y los fritos, que el colesterol lo tenía por las nubes y que el médico le había dicho mil veces que dejara el fumeteo o le iba a estallar el corazón el día menos pensado, pero no había sido consciente hasta ese momento de la manera tan obscena en la que su cuerpo había reflejado el descuido. Era curioso que lo primero que pensara de sí mismo era lo desagradable que resultaba a la vista. Se dio cuenta de lo tremendamente ridículos que le quedaban los pantalones abotonados debajo de su panza inconmensurable. Joder, ¿en serio tenía esa panza? ¿Cómo se la veía para mear? Comprendió entonces las miradas de algunas mujeres cuando se les acercaba en algún antro. No es que ellas fueran jovencitas vírgenes de carnes apretadas, que los bares que frecuentaba eran de cincuentonas viudas, divorciadas o ninfómanas de chocho inquieto, pero ni con ésas lograba un chusque gratis. En ese mismo momento se dio cuenta del porqué: realmente era un espécimen bastante desagradable, con su panza, su ropa sucia, su pelo escaso y grasiento y sus dientes amarillos. Tenía que haberse hecho una limpieza de vez en cuando, o siquiera cepillarse los dientes una vez al día, que ni ésas. Desde luego, ahora que se veía desde esa perspectiva, si fuera una mujer tampoco le habría gustado que un tipo así se le hubiera acercado. El jersey verde que llevaba estaba lleno de bolas y de manchas de aceite que él creía que no se veían, pero vaya si se veían. ¿Cuánto tiempo tenía ese jersey? Doce, quince años, y había ensanchado con él. Se rió por dentro por temor a escucharse una carcajada.

Su cuerpo le miraba con los ojos perdidos, vacío de entendimiento. Sintió la necesidad de hablarle:

–Esa mirada de bobo que has tenido siempre, Agapito. ¿Qué otro nombre podía ponerte tu madre con esa cara de atontado? –se rió de sí mismo como si lo hiciera de otra persona. Se levantó y se puso frente a su cuerpo cara a cara, medio arrodillado–. ¿Acaso esperabas un nombre mejor? Agapito. Tienes nombre de tonto porque tienes cara de tonto, aunque no lo seas del todo. O quizás sí que lo seas. Mírate, te has dejado; otros a tu edad aún conservan un cuerpo medio digno, van al gimnasio, caminan, se lavan... pero tú, un viejo verde es lo que eres. Pura escoria que ha echado a perder su vida.

Se sentó en el catre con las manos en la cara. Quizás esta experiencia le sirviera para cambiar de vida, para empezar a cuidarse. Igual si empezaba con pequeños hábitos como caminar un poco más, comer más fruta –¡qué asco le daba la fruta!– y dejar el vicio del tabaco...

Sí, iba a dejar él el tabaco, sí... si llevaba cuarenta años besando cigarrillos como si le dieran la vida y lo que habían hecho era quitársela. Puede que con ayuda del médico, de los parches, ¡de los putos chicles de nicotina que sabían a cenicero de menta!

El corazón prestado del muñeco biorrobótico en el que habitaba su conciencia mientras durase el experimento se aceleró un poco. *Piensa Pedreño, piensa, joder, ¡me cago en la puta de bastos!, ¡¿acaso no puedes sacar de esta experiencia algo positivo por una jodida vez en tu vida, maricón de los cojones?!* Igual la vida le estaba dando una oportunidad que valía seis mil euros así, por la patilla, para que intentara enmendar los errores. ¿Y por qué diablos no se había dado cuenta antes? ¿Acaso no era consciente de cómo había echado a perder su existencia por el retrete? Pero si el puto espejo se lo decía todos los días: *Agapito, eres un mierda. Agapito, no vales para nada, te crees bueno y no vales un zurullo...*

Los pensamientos le llenaron de ira. Se levantó para alejarlos de su cabeza, volvió a mirar su cuerpo de ojos perdidos, le cogió de la perilla para observarse mejor y se dio cuenta de que uno de sus ojos bizqueaba con mirada aborregada.

–Eres un mierda, Agapito, una auténtica plasta de

estiércol, A-ga-pi-to –repetía su odiado nombre deteniéndose en cada sílaba–. La dejaste ir, dejaste que se marchara y todo se fue al traste. Menudo imbécil. Tan ocupado como estabas con tu deslumbrante trabajo de reportero de mierda, levantándote a media mañana y haciendo el crápula por la noche –le dio unas palmadas al rostro de su cuerpo, cada vez más fuertes, y poco a poco fue perdiendo el control.

–¿Y cómo no se iba a ir si no te veía? Maldito hijo de puta... –le dio un puñetazo en la cara y su cuerpo cayó al suelo protegiéndose la cabeza, gesto que le pareció patético y le invitó a darle una patada en el costado–. ¡¿Cómo no se iba a marchar alejándose con tu hijo, si no has sido más que un mierda toda tu puta vida?! Terminabas tarde, eso ya lo sabía ella cuando os casasteis, pero luego, ¿qué?, te largabas al bar para no ver al crío berreando. ¿Y cuántas te echabas allí? ¿Tres, cuatro copas, seis? –le agarró de los cuatro pelos sucios que le quedaban y le golpeó la frente contra el suelo repetidas veces–. ¡Y eso todos los días!

El cuerpo del reportero seboso se había hecho un ovillo en un mínimo intento instintivo por protegerse. Agapito Pedreño volvió al catre y se sentó. ¡Cómo le apetecía un cigarro ahora! Intentó calmarse pero la visión de sí mismo allí tirado en el suelo le revolvió las entrañas.

Sin saber muy bien por qué, se acordó de aquel caso tan estúpido que le tocó cubrir en una ocasión. Una maldita mujer celosa que le pegó al marido una paliza de órdago porque decía que siempre estaba rodeado de clientas a las que trataba mejor que a ella. Todos pensaron allí, sentados en el banquillo de la prensa del tribunal de primera instancia, que la mala bicha estaba loca de atar ya que el marido regentaba un tanatorio. Celosa de las muertas, había que joderse con la histérica. Pero no, al final la mujer tenía razón. Luego resultó que el muy pervertido hijoputa arreglaba a los cadáveres, los maquillaba, peinaba y todo lo que se haga con los jodidos muertos, y después se los follaba. Había que joderse, lo que le tocaba ver en esta desagradecida profesión de pringados que es el Periodismo.

–¿Y tu mujer, qué? ¿También era una loca histérica? –le dio otra patada al individuo del suelo–. Pero si ni siquiera la tenías contenta en la cama, joder. Que no te la follabas ni los fines de semana y preferías irte de putas para evitar el momento romántico y todo eso.

Siguió pateando con violencia el cuerpo inerte. Se agachó y comenzó a quitarle la ropa, tenía interés en ver su cuerpo desnudo. Al desprender la camisa y ver la carne fláccida y blanquecina de su pecho y abdomen, enrojecidos por los golpes, se apiadó un poco, pero no de él mismo sino del sujeto que su mente no terminaba de reconocer como a sí. Le bajó los pantalones y los calzoncillos sucios dejando al descubierto sus partes íntimas.

–Mírate, pero si ni tu polla vale un carajo. ¿Qué tienes? ¿Un micropene? Tú, que te has creído siempre un hombre y no eres más que un pobre desgraciado, un mierda sin vida, sólo pendiente de los elogios y las palmaditas en la espalda. ¿Acaso te crees mejor que el cabrón desgraciado que se follaba a los cadáveres? –le dio una patada más en los testículos y el cuerpo se protegió la zona genital sin mucho entusiasmo–. ¿Dónde está tu vida ahora, gilipollas? – agachado junto a su cuerpo le asestó varios puñetazos en el abdomen y fue violentándose cada vez más–. ¡No tienes nada, nada! Dejaste escapar toda posibilidad de ser feliz y ahora ya no la puedes recuperar. Ni a ella ni a tu hijo. ¿Cuándo fue la última vez que le llamaste, mamón? –se levantó para poder darle patadas con más fuerza.

Los moratones sanguinolentos eran visibles. Por un instante pensó que aquello seguro que le dolía al volver a su cuerpo, pero aquel razonamiento se esfumó tal y como había llegado. Necesitaba un pitillo o dos, quizás tres, desesperadamente.

–Él tampoco te perdona que hayas sido tan cretino toda tu vida, no te perdonará jamás que dejaras sola a su madre en sus peores y últimos momentos, que no hayas ejercido de padre ni una sola vez, que nunca te hayas interesado por él– centró las patadas en el cráneo mientras gritaba a todo lo que le daba la voz. Su cuerpo comenzó a sangrar por la nariz y los oídos mientras los brazos intentaban cubrirse la cabeza sin mucha determinación. Sabía que debía parar pero a esas alturas no veía la forma–. ¡Maldito cabrón hijo de puta! ¡No tienes más que lo que te mereces y vas a terminar solo; viejo y solo, muerto en un sofá tan asqueroso como tú y rodeado de sucia soledad! ¡Por imbécil y por gilipollas, mamón de mierda!– le asestó un pisotón lanzado desde arriba a la cabeza con toda sus fuerzas y sintió un leve crujir bajo la suela del zapato.

La sangre se derramaba bajo su cuerpo desnudo cubriendo cada vez más el suelo inmaculado de la sala. Se asustó mucho.

La puerta se abrió y entraron alarmados el médico, una asistente y Marta Muza, de cuyo rostro se había esfumado todo rastro de amabilidad.

–¡Por el amor de Dios! ¡¿Qué ha hecho!? –exclamó ella.

Pedreño leyó en sus ojos que algo no había salido bien. ¿Qué iba a escribir ahora?

El médico se acercó a su cuerpo y, clavando la rodilla en mitad del charco de sangre, le tomó el pulso negando con la cabeza. El periodista contempló cómo el pantalón blanco del doctor absorbía su propia sangre y lentamente hasta empaparlo casi por completo.

–¿Y ahora qué? –preguntó Agapito, haciéndose cargo por primera vez de lo sucedido.

–Ahora nada –la cara de Marta reflejaba pura desolación–; ahora le devolvemos a su cuerpo y todo terminado –le lanzó una mirada altiva cargada de reproche.

–Pero, pero eso es imposible –protestó Pedreño–. ¡Está muerto!

–Efectivamente, será nuestro primer caso malogrado. Lástima que no pueda escribir su artículo; estoy segura de que habría sido todo un éxito, Agapito.

¿Aceptas el reto?

Como habrás podido comprobar, el único relato que lleva su firma es el de Ángela Ruiz. Te retamos. Sí, te retamos a que adivines de quién es cada uno de las narraciones del libro y nos envíes tu respuesta al correo electrónico **crudosysangrientos@gmail.com**.

Si los aciertas todos recibirás un segundo libro firmado por ambos autores*, para que se lo regales a quien tú menos quieras, y una sorpresa más.

¿Te atreves a aceptar el reto?

Oferta válida hasta que uno de los autores asesine al otro; desde ese momento la segunda de las firmas será sustituida por una psicofonía dedicada. No nos hacemos responsables si en esa psicofonía no se entiende nada.

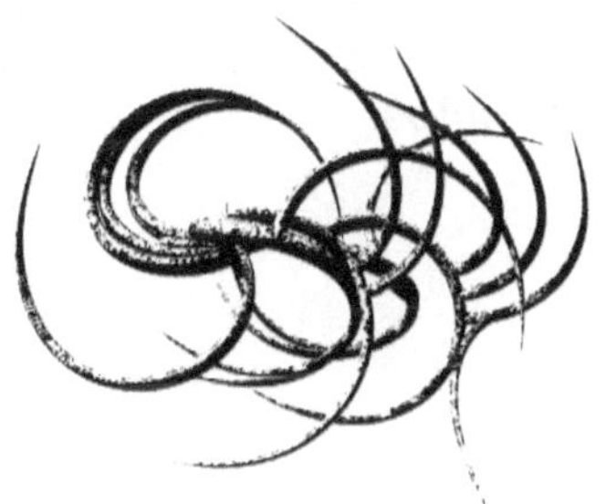

Agradecimientos

Bueno, esto ha sido todo... de momento. Si has llegado hasta aquí debemos darte las gracias por haberte embarcado con nosotros en esta apasionante aventura. Y quizás debamos también apiadarnos un poco por haber sido capaz de leer nuestras locuras.

Te agradeceríamos, amigo lector, que comentes tu impresión en las redes sociales –**@cristinaselva**, **@antoniombeltran**–, en Facebook, en Amazon, Goodreads, o a través de nuestro correo electrónico: **suciosysangrientos@gmail.com**, para que podamos seguir aprendiendo. O para saber dónde encontrarte si tu crítica resulta negativa, indecorosa o carente de la más elemental *morigeración*.

Queremos dar las gracias, con el corazón en la mano –y de momento es una frase hecha– a todas las personas que se han involucrado en este proyecto; a Jaime, esposo de Ángela Ruiz, y a sus hijos Alejandro y Sergio, por permitirnos contar con uno de sus valiosos relatos; y también a ella por haber formado una parte destacada, positiva y vital de nuestras vidas.

Gracias también a nuestras familias, parejas, hijos, hermanos, padres, abuelos y mascotas entrañables, que aguantan con estoicismo nuestras horas de encierro, nuestras evasiones diurnas, nuestras pesadillas nocturnas... y que nos han ayudado a dar vida a nuestros personajes crudos, sucios y sangrientos.

CRUDOS SUCIOS SANGRIENTOS